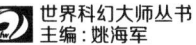 世界科幻大师丛书
主编：姚海军

红星蓝调

Red Planet Blues

Robert J. Sawyer

[加拿大] 罗伯特·索耶 著 | 画 龙 译

四川科学技术出版社

Red Planet Blues by Robert J.Sawyer
Copyright © 2013 Robert J.Sawyer
This edition arranged with The Lotts Agency Ltd.
through Andrew Nurnberg Associates International Limited
Simplified Chinese edition copyright:
2022 SCIENCE FICTION WORLD LTD

图书在版编目(CIP)数据

红星蓝调 / [加拿大]罗伯特·索耶 著;画龙 翻译.
-- 成都:四川科学技术出版社,2022.5
(世界科幻大师丛书 / 姚海军 主编)
书名原文:Red Planet Blues
ISBN 978-7-5727-0524-3

Ⅰ.①红… Ⅱ.①罗…②画… Ⅲ.①幻想小说-加拿大-现代
Ⅳ.①I711.45

中国版本图书馆CIP数据核字(2022)第064751号
图进字号:21-2015-161

世界科幻大师丛书

红星蓝调

SHIJIE KEHUAN DASHI CONGSHU
HONGXING LANDIAO

丛书主编　姚海军
著　者　[加拿大]罗伯特·索耶
译　者　画　龙

出 品 人　程佳月
责任编辑　宋齐兰　银　姚海军
特约编辑　颜　欢
封面设计　孙　容
版面设计　孙　容　甄沛佳
责任出版　欧晓春
出　　版　四川科学技术出版社
　　　　　成都市锦江区三色路238号 邮政编码 610023
　　　　　官方微博:http://e.weibo.com/sckjcbs
　　　　　官方微信公众号:sckjcbs
　　　　　传真:028-86361756
成品尺寸　147mm×208mm　　印　张　11.875
字　　数　260千　　　　　　插　页　2
印　　刷　成都市金雅迪彩色印刷有限公司
版　　次　2022年8月成都第一版
印　　次　2022年8月成都第一次印刷
定　　价　62.00元

ISBN 978-7-5727-0524-3

邮购:成都市锦江区三色路238号新华之星A座25层　　邮政编码:610023
电话:028-86361770

加拿大科幻"教长"——罗伯特·索耶

姚海军

　　时光飞逝,距我们出版第一部罗伯特·索耶的长篇小说已经二十年了。二十年来,索耶一直是中国读者最喜爱的科幻作家之一。2007年颁发的第18届中国科幻"银河奖",他被读者票选为"最受读者欢迎的外国作家"。当然,受欢迎的其实不仅是他的小说,还有他的博学、风趣与幽默。在活动现场,他是那种会引发听众尖叫的作家。2007成都国际科幻大会期间,他的精彩讲演以及与读者的频繁互动,和他的小说一样,提升了科幻文学的声誉。

　　索耶1960年生于加拿大首都渥太华,小时候梦想当科学家,特别是研究恐龙的古生物学家。但在高中快毕业的时候,他突然发现,世界上靠研究恐龙为生的人寥寥无几,而以写科幻小说为生的作家却成百上千,于是,科幻作家成了他的人生目标。

　　结果,索耶不仅成了科幻作家,还在世界范围内拥有广泛的知名度。在加拿大,他甚至被誉为"科幻界的教长"。他至今已经出版二十七部长篇科幻小说,发表短篇作品数十篇,作品被译成十五种语言。索耶不仅获得过世界级科幻大奖"雨果奖"和"星云奖",还是历史上唯一一位将美国、日本、法国、西班牙和中国五个国家的科幻最高奖项揽入囊中的科幻作家。

对任何作家而言,处女作都是解析其创作方向与风格的钥匙。索耶卖出的第一篇小说也是如此,这篇名为《动机》(*Motive*, 1979)的小说表明了索耶的创作观念,确立了他的写作特点——将科幻与悬疑推理紧密结合,创造出一种惊奇感与紧张感交织的雄壮旋律。

在写作生涯的最初几年,索耶主要创作非虚构类作品。他为加拿大和美国的各类杂志撰写了超过二百篇文章,包括从计算机到个人理财等诸多主题。此外,他还努力谋求在广播电视方面的发展,参加了美国哥伦比亚广播公司的《思想》节目的制作,并承担其中五期以科幻为主题的节目的撰稿和播音工作。在此期间,他采访了艾萨克·阿西莫夫、厄休拉·勒古恩等科幻大师。这些采访让他在快满三十岁时意识到,自己必须重拾科幻作家之梦。

1991年索耶出版了长篇处女作《金羊毛》(*Golden Fleece*)。该作涉及人工智能、外星文明、网络虚拟等诸多主题,不仅想象力惊人,整个故事也惊心动魄,获得了加拿大科幻最高奖"极光奖"。

1995年,《终极实验》(*Terminal Experiment*)出版,这部索耶最重要的长篇探讨了人类"灵魂"的真相以及意识上传引发的诸多问题,既有高科技小说的惊险曲折,又有一流科幻小说才有的对未来的深入思考,为索耶赢得了获得了世界科幻大奖"星云奖"和又一座"极光奖"奖杯。

2000年,《计算中的上帝》(*Calculating God*)出版,这部索耶本人最满意的作品探讨了困扰人类的终极谜题。它本是2001年雨果奖决选的热门作品,但最终获奖的却是J.K.罗琳的畅销作品

《哈里·波特与火焰杯》。提起此事，索耶火气十足，他说："我六次进入雨果奖决选，六次空手而归。每次我都很失望，但只有《计算中的上帝》那次真把我气坏了。他们把奖颁给了《哈里·波特与火焰杯》！那是一本好书，但它不是科幻小说！"经过二十多年时间的涤荡，《计算中的上帝》至今仍是科幻迷最喜爱的科幻作品之一。

2002年，"尼安德特人"三部曲首部《原始人》(Hominids)出版。这部试图将尼安德特人宇宙与人类宇宙相连的大胆作品终于让索耶如愿以偿，捧得了"雨果奖"最佳长篇奖杯。

除了科幻创作，索耶还热心科幻文化的推广与传播。他教授科幻写作，发表演讲，在1992年促成了美国科幻与奇幻作家协会加拿大分会的成立，后又短暂担任美国科幻与奇幻作家协会主席（1998—1999）。2007年劳伦斯大学授予索耶荣誉文学博士学位，2014年温尼伯大学授予索耶荣誉法学博士学位。

意识上传、外星智慧和人工智能是索耶最热衷的三大主题，他总是试图在宗教与科学之间找到平衡。综合来看，索耶的科幻小说主要有如下特点：

一是想象壮阔雄奇。在《星丛》(Starplex, 1996)中，人类通过外星人建造的超时空"捷径"深入宇宙，一睹宛如星球般巨大的生命体的"芳容"；在《计算中的上帝》中，自私的古老文明为防止宇宙中新文明对其生活的干扰，竟然将猎户座一等星引爆成了超新星。这些大气磅礴的想象，给读者带来巨大惊奇感的同时，也带来观念上的冲击。

二是融合悬疑推理。索耶不仅是科幻作家，也是一位悬疑推理小说家。他1993年的短篇科幻小说《宛如旧时光》(Just Like Old Times)在获得"极光奖"的同时，还获得了加拿大最高推理小说奖"亚瑟·埃利斯奖"。他的长篇多可以当作悬疑推理小说来读，其中展现出的逻辑推理能力，让很多同行望尘莫及。比如其长篇处女作《金羊毛》，开篇就是一场精心策划的谋杀。在《计算中的上帝》中，外星人来到地球，目地就是与人类一起破解文明周期性毁灭之谜。抛开科幻不谈，整部小说完全可以说是人类与外星人围绕这一任务展开的缜密推理。在《终极实验》中，主人公霍布森需要在自己的三个电子化分身中找出杀人凶手。而他晚近的作品《红星蓝调》(Red Planet Blues, 2014)，则完全可以称为一部火星背景的侦探小说："我"不仅要解决当下的麻烦，还要破解几十年前火星上的一起谋杀案。大量悬疑、推理小说手法的应用，非常有效地提升了索耶小说的可读性。

三是兼顾人物人情。索耶的作品大多属于硬科幻，有着扎实的科学理论基础与逻辑支撑，但除了科学气息，他的小说中还随处可见生活之色。换句话说，索耶是那种能够让宏大想象与现实大地完美融合的作家。比如，在《星丛》中，他塑造了凯斯·兰森这样一个典型形象。这是个迟疑不决的人，生活中如此，工作中也是这样：不想伤害妻子和婚姻，在其他女人的诱惑下又把持不住；面对桀骜不驯的异族下属，既想维护自己的尊严，又担心引发种族冲突。索耶特别善于把握这类中年男人的心理，《终极实验》中的彼得·霍布森、《计算中的上帝》中的托马斯·杰瑞克都属于这一类型。这些人物在生活中面临的困境与宏大格局中人类遇到的问题纠缠在一起，堪称宏大与渺小最完美的衬映。

有关罗伯特·索耶先生的最新消息是，他已经成为成都2023世界科幻大会的主宾。为此，我们特别推出他最重要的五部代表作的精装本，欢迎索耶再来中国。我相信，喜欢索耶作品的读者朋友们也在期待这一天的到来，听一听索耶先生对未来的新预见。

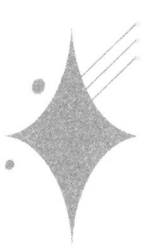

CONTENTS ◆ **目 录**

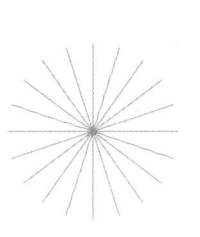

火星的阳光之下怪事连连

是寻觅主矿脉之人所为

鲜红的印记蕴含神秘的传说

那会让你血冷心悸

双月当空看到了诡异的景象

而它们所见最诡异的

定是那晚在往昔之湖的湖畔

我令一个换身的人弃下皮囊

第一章

办公室的门轻轻滑开。我连忙从椅子上站起身来招呼道："您好，您一定就是我九点钟约见的客户了。"这话说得好像十点、十一点我还有客户要见似的，其实根本不是那么回事儿。整个火星的经济都不景气，虽说我是火星上唯一的一名私人侦探，可这是我这星期接的第一个案子。

"没错。"来者的音调很高，是一个女人的声音，"我是卡桑德拉·威尔金斯。"

我上下打量了她一番。这番打量很有收获，我怀疑她在换身之前是不是真有这么好的身段。人们常常订购跟原身相似的可替换身体，至少轮廓相似。但是几乎所有人都忍不住把它整得更完美：男人会弄得更健壮，女人则弄得更窈窕。每个人都会修改容貌，调整一下不对称的地方，去掉皱纹，抹去缺陷。如果我要换身，就会除掉自己亚麻色头发中的灰发，再弄一个新鼻子，把它做成现在这个鼻子被打断好几次之前的那个样子。

"很高兴见到您，威尔金斯女士。"我说，"我是亚历山大·罗麦克斯。请坐。"

她身型娇小，身高不超过一百五十厘米，穿着一件时尚的银灰色短上衣和一条裙子,但是没有化妆,也没有佩戴珠宝首饰。我以为她坐下的动作会像猫儿一样柔顺,仪态万方,可她就那么扑通一屁股坐了下去。"谢谢。"她说,"我真希望您能帮助我,罗麦克斯先生。我真的希望。"

我并没有立即坐下,而是走到咖啡机前。我把自己的杯子倒满,问卡桑德拉是否也要一杯。大多数换身人的人造身体都可以吃喝,以便人际交往,但是她谢绝了。"您有什么麻烦呢?"说着,我回到了自己的座位上。

想看懂换身者的表情很困难:面部塑形通常都很出色,但是面部的运动多多少少有些受限。"我的丈夫……哦,天哪,罗麦克斯先生,我真不愿意提这事儿!"她低头看着自己的手,"我丈夫……他失踪了。"

我眉毛一挑,一个人在这个地方失踪可真要命。新克朗代克封闭在一个浅浅的穹顶下面,直径四公里,而中心支撑柱只有二十米高。"你上一次看到他是什么时候?"

"三天前。"

我的办公室很小,但有一扇窗户。透过这扇窗,我能看到隔壁那座破败的建筑,还有一个坡度很缓的拱架,那些拱架支撑着透明的穹顶。穹顶外面,一场沙尘暴正在肆虐,铺天盖地的橙色云雾遮住了太阳。火星的白昼从来都不是十分明亮,但拱架上的辅助光源弥补了光线的不足。"您的丈夫,嗯……跟您一样吗?"我问道。

她点点头,"哦,是的。我俩来这里是为了发财,跟所有其他人一样。"

我摇了摇头,"我的意思是他也换身了吗?"

"哦,很抱歉。没错,他也换身了……实际上,我俩都是刚刚才换身。"

"这套程序很昂贵。"我说,"他会不会付不起账溜了呢?"

卡桑德拉摇了摇头,"不,不。约书亚前一阵子发现了几个很不错的标本。他卖掉那些东西挣了一笔,足够买下'全新的你'的特许经营权。那就是我们相遇的地方——在辞掉筛土的活儿之后,我在那儿干起了销售。不管怎么说,我俩肯定照价支付了。"她那双人工合成的手绞在了一起,"哦,罗麦克斯先生,请帮帮我!没有我的丈夫约书亚在,我都不知道该怎么办了!"

"你肯定很爱他。"我边说边观察着她那张可爱的脸,不仅因为看着那张脸让人感到愉快,还因为在她回答的时候,我想评估她有多诚实。人们常常会因为家里的别扭事儿离家出走,但是毕竟配偶之间很少会走到那一步。

"哦,我当然很爱他!"卡桑德拉说,"我爱他的心难以言表。约书亚是一个很好很好的男人。"她恳切地注视着我,"你必须帮我把他找回来。你一定要做到!"

我低头看了看咖啡杯,它热气腾腾,"你找过警察了吗?"

卡桑德拉发出一个声响,我猜那是她哼了一声,声音够粗暴,干巴巴的,像火星上的沙土。"找过。他们……哦,我不喜欢嚼舌根儿,罗麦克斯先生!相信我,那不是我的处事方式,不过……好吧,没什么需要回避的,对吗? 他们毫无用处。真是一点儿用都没有。"

我轻轻点了点头,这类事我听得多了。我这个小小的营生还得多多感激 NKPD,也就是新克朗代克警察局,感谢他们对于大多数犯罪案件不闻不问。他们是一家私人机构,受雇于霍华德·斯普拉科夫,为的是保护他建造这座城市三十年以来投入的资产。警察会象征性地维持一下秩序,但仅此而已。"你是跟谁说的？"

"一名……警探，我猜他是警探，他没穿制服。我忘了他的名字了。"

"他长什么样儿？"

"红头发，还有……"

"那是麦克，"她看上去有些困惑，于是我说了他的全名，"道格尔·麦克雷。"

卡桑德拉说："麦克雷，没错。"她耸了耸肩，她肯定注意到了我对她的反应流露出的惊讶。"抱歉。"她说，"我只是不喜欢他看我时的那副样子。"

这时候，我努力不让自己的眼睛在她身上乱瞟。我已经这么做过了，而且我记得我看到了什么。我猜她的原身跟这具身体不怎么像，如果像的话，她应该很习惯男人看她时那种贪慕的眼神。

"我会跟麦克雷谈两句的，"我说，"看看他们调查了些什么。然后我会从警察停手的地方入手。"

"你会干？"她的绿眼睛似乎闪动起来，"哦，谢谢你，罗麦克斯先生！我得说……你是个大好人！"

我微微耸了耸肩，"我能给你列出我的两位前妻和半打的银行家，他们绝不会同意这个评价。"

她说："哦，不，别这么说！你是个大好人，我很肯定。相信我。我的直觉很准。你是个大好人，我知道你不会让我失望的。"

好天真的女人，大概她也是这么想她老公的——直到他跑得没了踪影。"现在，你能跟我说说你丈夫的情况吗？他叫约书亚，对吧？"

"是的,没错。他的全名是约书亚·科纳·威尔金斯——你得叫他'约书亚',他不喜欢别人叫他'乔什'。非常感谢你。"我点了点头。以我的经验,那些叫名字必须叫全名的男人都是一根筋,从来不是什么大方的主儿。或许这个蠢蛋就这么消失反倒是件好事。

"好的。继续。"我没必要做记录。我的办公电脑——我桌子上那个小小的绿色立方体——正在记录每一件事,而且会提炼出有用的内容给我汇总出一份文件。

卡桑德拉那排人造的上牙不停地轻咬着人工合成的下嘴唇,她想了片刻,说:"好吧,他出生在堪萨斯的威奇托,三十八岁。他是七火年前搬到火星来的。"火年是火星的年份,时长大约是地球年的两倍。

"你有他的照片吗?"

"我能下载一张。"她指了指我那个落满灰土的键盘,"我能用吗?"

我点了点头。卡桑德拉伸手去够它的时候,碰倒了我那个写着"世界上最伟大的侦探"的咖啡杯,滚烫的液体泼到了她精致的小手上,她痛得轻轻地叫了一声。我连忙站起身,拿过毛巾擦拭起来。"我不知道会这么疼,"我说,"我是说,我喜欢热咖啡,不过……"

"换身者能感觉到疼,罗麦克斯先生。"她说,"因为生物就是如此。当你是血肉之躯,你身体的某个部分受到伤害时,你需要感官系统警告你。对于我们这些经过换身的人也一样。当然了,人造的身体更耐用。"

"啊。"

"抱歉。这些东西我解释太多次了,现在……你知道的,我

5

工作的时候净说这套词儿来着。不管怎么说,请原谅我弄脏了你的桌子。"

我做了个"无所谓"的手势,"感谢上帝,现在都是无纸化办公,对吧?不用在意。"我冲着键盘做了个手势。幸运的是,按键上没有溅到咖啡,"你要给我看的照片呢?"

"哦,没错。"她说了个口令,终端做出了反应——让我不解的是,她居然还想用键盘来着。她手动输入了一长串密码,看来是不想在我面前大声说出来。她打字的时候皱着眉头,还用退格键修改了一下。多字符密码念出来很简单,但输入就不那么容易了,如果你不擅长用键盘的话——而且你越有安全防范意识,你的密码就越长。

她进入了某个个人文件库,调出一张约书亚-绝不叫乔什·威尔金斯的照片。威尔金斯夫人是如此的迷人,而约书亚跟我想象的大相径庭。他长着一双冷冷的灰眼睛,头发剃得很短,几乎看不到,嘴唇抿成一条线,整体的感觉就像爬行动物。"那是之前。"我说,"之后什么样? 现在,在他换身之后是什么样?"

"嗯……基本上一样。"

"真的吗?"如果我长着那么一张嘴,肯定会把它修掉。"你有没有他思维移植之后拍的照片?"

"没有照片,"卡桑德拉说,"毕竟我跟他刚刚换身。但是我能进入'全新的你'数据库,给你看看他新面孔的制作方案。"她对着终端又说了个口令,接着又输入一串很长的密码。真够快的,她让计算机绘制的约书亚头部图像显示在了我的屏幕上。

"你说得没错。"我惊讶地说,"他没做什么改动。我能把这些留个拷贝吗?"

她点点头,又说了一些口令,换身的各种文件便下载到了本地存储器。

　　"好了。"我说，"我的费用是每小时两百太阳币，其他费用另算。"

　　"很好，没问题！我不在乎钱，罗麦克斯先生……一点儿都不在乎。我只想要约书亚回来。请告诉我，你会找到他。"

　　"我会的。"我露出了最贴心的微笑，"别担心，他不可能走太远。"

第二章

当然了,说实在的,约书亚·威尔金斯很可能已经走得很远了——所以,我的首要工作就是排除这种可能性。

过去的二十天里,没有太空飞船离开火星,所以他不可能离开这颗星球。在南边有一个巨大的气闸,通过它,可以让巨大的太空船进来,不过它已经有好几个星期都没开过一条缝儿了。而且,尽管换身人可以在火星表面自由活动,但也只有四个气闸站能通到穹顶外面,而它们全都守卫森严。我亲自造访了每一个气闸进行查询,很有把握:过去三天里,出去的人只有那些经常走霉运的化石猎手;起尘暴之后,他们全都回来了。

我读过这个城市的早期历史,"火星化石狂潮"——他们是这么称呼那个时代的。温嘉顿和奥·雷利,这两位私人探险家自费来到这里,发现了火星上的第一块化石;返回地球之后,他们卖掉化石,赚了一大笔。它们比任何稀有金属乃至太阳系中的其他任何东西都值钱——那可是外星生命存在的确凿证据!拳头大小、品质尚好的标本可以卖到数万元以上;足球大小、品质优良的标本则高达数百万。在一个几乎任何东西——包括钻石和黄金——都能人工合成的世界,再也没有比拥有一块火星的五足虫类或根状菌丝体的石化遗骸更能彰显身份的了。

温嘉顿和奥·雷利从来没有精确描述过他们是在哪里找到标本的，不过很容易查到，他们的太空船第一次降落就选在了这里——伊希地平原的盆地之中。之后，其他的探宝猎手纷至沓来，然后是霍华德·斯普拉科夫——亿万富翁，"全新的你"的创始人，他的公司在思维扫描及上传领域的技术无人能及。他花重金建造了我们的穹顶城市。早些年间，那些发现了高品质标本的人从斯普拉科夫手中买下了新克朗代克的地产。这对于斯普拉科夫来说是一项很不错的投资：他花费大量资金建造了穹顶，但出售地皮给他带来了超过三倍的利益，而且他一开始就从居民身上征收生命保障税——好吧，至少是从生物学意义上的居民身上征收。不过，"全新的你"每进行一次换身程序，都要给斯普拉科夫一笔丰厚的技术版权费，所以，双管齐下，他赚了个盆满钵满。

火星上的生命形式从来都没有大范围散布过，这里存在的单一的生态系统似乎完全局限在了这个盆地里。有些勘探者——抱歉，应该说是化石猎手——在温-奥的第一次探险之后不久就来了，他们找到了一些品质优良的标本，虽然大多数都有破损。

主矿脉就存在于某个地方：一个被称为"阿尔法沉积带"的地层。那里出产的化石保存完好，甚至比地球上的伯吉斯页岩化石群保存得还要完整。只有温嘉顿和奥·雷利知道它在哪儿。据说，他们纯粹是瞎猫碰着死耗子才找到那个地方的。但他俩都死了。在第三次探险之后，他们重新进入地球大气层时，飞船的隔热层不幸脱落。而且，自那之后二十火年，再也没有人重新发现那个地方。不过人们仍然在寻找。

意识移植一直挺有市场：让生命跨越无限的时间，这种吸引力是巨大的。不过在这里，在火星上，这种需求尤为巨大，因为人造的身体能够连续几星期，甚至几个月停留在火星表面，这无疑十分有利于淘古生物方面的金矿。

总之，约书亚-绝不叫乔什·威尔金斯显然并不在生活区外面，而且他也没有坐太空船飞走。不管他藏在什么地方，肯定就在新克朗代克穹顶下面。我不敢说他正跟我呼吸着同样的空气，因为他根本就不呼吸。不过他就在这里，在某个地方。我要做的就是找到他。

我不想重复警察做过的努力。虽说我和麦克挺熟，但"努力"这词儿对于当地警察机构来说确实有点儿过誉，"走马观花"也许更符合事实。

新克朗代克有十二条辐射状的道路，把穹顶下的一圈圈同心环形建筑分隔开来。这些环形均匀分布，只有七环与八环之间的空隙更加宽阔，因为那里容纳着农田、船坞、货栈、水和空气处理设施等等。我的办公室在穹顶边缘，就是第九环的外侧。我可以乘坐悬浮电车进入中心区，不过我更喜欢步行。一个好侦探要清楚街上都在发生什么。尽管悬浮电车残破不堪，可要想看清街上的情形，坐它还是太快了点儿。

我第一次来这里的时候，曾开玩笑说新克朗代克不是火坑——跟它比，火坑真是好太多了。我说："这儿简直就是鬼门关。"那已经是十年前的事了，还是旺达那件事发生不久以后。在这片巨大的平原上，要说哪儿在走下坡路，那一定是新克朗代克。熔合表层土筑成的街道已经有了裂缝，建筑物——不只是棚户区的那些——都年久失修，破败的酒吧和妓院里挤满了暴徒和空手套白狼的骗子，到处都充斥着贫困与颓废。就像一部我很喜欢的老电影里，某个角色评论一个镇子时说的话："再也没有比那里更藏污纳垢的地方了。"新克朗代克应该在气闸上挂一个标记，写上："塔图因星球的莫斯·艾斯利。①"

我毫无顾忌地打量着沿路看到的每一个换身人。从像卡桑德拉·威尔金斯那样十分精致的代身，到像奥兹国的铁皮人②那样只能迈步走的玩意儿，不一而足。后者作为换身人很容易识别，而前者有时会被误认为生物意义上的人类，尽管也有分辨二者的窍门，比如，人们几乎会下意识地注意到，代身的塑料皮肤特别有光泽，他们的肢体平衡能力也特别强。这种感觉被称为"购觉"：辨别购置来的身体的感官能力。

当然了，那些把自己装进二流合成身体里的人坚信：等他们最终找到上等标本，就可以购买更上档次的代身了。可怜的傻瓜们，已经很多火年都没人找到过真正令人瞩目的化石了。如果付得起路费的话，很多人都想放弃，返回地球；或者干脆定居下来，过平静而绝望的生活，就像梭罗③那样。他们的梦想跟他们从未找到过的化石一样，早已毫无生机。

我沿街走着，步履轻松，毕竟火星的重力只有地球的百分之三十八。有些人被困在这里是因为他们任由自己的肌肉衰退，再也无法忍受一个G的重力。至于我，被困在这里是因为其他缘故——感谢上帝，火星上没有真正意义的政府，所以也没有引渡协议。我比大多数人都热爱运动——经常在船坞旁边的谷力健身房健身——所以我的腿仍然很健壮。要是有必要，我能轻

---

① "再也没有比那里更藏污纳垢的地方了。"是电影《星球大战》中的一句台词，说的是塔图因星球上的小酒馆莫斯·艾斯利。

② 电影《绿野仙踪》里的人物。

③ 亨利·大卫·梭罗（1817—1862），美国作家、哲学家，代表作《瓦尔登湖》。

轻松松走上一整天。

我经过几个或细长或矮胖的机器人。它们大多数都跟柱子一样不能说话，而且不比四岁大的孩子更聪明，只能做些跑腿的活儿，或者负责没完没了地修路、建房。

警察局是一栋五层高的不对称建筑。它可是够高的，都快接近穹顶中心了。曾经雪白的墙壁已经布满裂纹，成了肮脏的灰粉色。前门是明净的石英同分异构体制造的，跟头上的穹顶一样。我走上去时，两扇门往两侧滑开。大厅右侧是一张红色的长桌——就好像我们在火星上看到的红色还不够多似的。桌子后边是一张画着伊希地平原的地图，新克朗代克是一个大大的圆形，标记在边上。

NKPD 里有八位警察，轮流当值的是低级警官。今天当值的是一个身形肥胖、没啥教养的家伙，叫赫胥黎黎。他蓝色的制服看上去总是小一号。"嗨，赫胥黎。"我走过去开口道，"麦克在吗？"

赫胥黎黎瞅了瞅监视器，然后点了点头，"在，他在呢，不过他任何人都不见。"

"我可不是任何人，赫胥黎。我是跟在你们这帮蠢货屁股后面收拾烂摊子的人。"

赫胥黎黎皱起眉头，本打算反唇相讥一下，但他最后说："哎，好吧……"

"哦，"我说，"好样的，赫胥黎！你真是让我无话可说了。"

他眼睛一挤，"你并没有你自己想象的那么幽默，罗麦克斯。"

"我当然没那么幽默了。没人能幽默到打动您啊。"我冲着里间的安保门点点头，"能行个方便，让我进去吗？"

赫胥黎黎说："让你进去只是为了摆脱你。"能想出这么一句话来挤对我显然让他很高兴，所以他重复了一遍，"只是为了摆脱你。"他伸手到台面下边，内门随即滑开——那是一扇没有标记的黑色门板。我手指在额角一挥，冲着赫胥黎比画了个脱帽礼，径直进了里间。然后我顺着走廊到了麦克雷的办公室，门开着。我用指头叩了叩钢制的门框。

"罗麦克斯！"他抬起头看着我，"下定决心来自首了？"

"真幽默，麦克。你应该和赫胥黎一起去巡街。"

他哼了一声，"找我什么事儿，亚历克斯①？"

麦克没有换过身，他是个瘦得皮包骨的生物人，浓密的橙色眉毛遮掩着他那双蓝眼睛。在他桌子后边的书柜上是他妻子和宝贝女儿的全息像，小姑娘两个月前刚刚出生。"我正在找一个家伙，叫约书亚·威尔金斯。"

麦克有很浓的苏格兰口音——太浓了，我看得出那根本是在装腔作势。"啊，是的。谁是你的委托人？他妻子？"

我点了点头。

"大美人儿。"他说。

"是个美人儿没错。不管怎么说，你尽力寻找了她的丈夫，这个威尔金斯——"

"我们找了一圈，是呀。"麦克说，"他是个换身人，你知道吧？"

我点点头。

"好吧。"麦克说，"她把他的新面孔设计方案给了我们——精确的尺寸，以及所有资料。我们通过面部识别软件，把数据输进公共安保摄像头。到目前为止，还没碰上好运气。"

----

① "亚历克斯"是"亚历山大"的昵称。

我笑了。麦克的警探工作通常就是这么干的：他都不用把瘦骨嶙峋的屁股从桌子后边抬起来，就能把事儿办完。

"它们覆盖了新克朗代克多少区域？"我问。

"将近百分之四十的公共区域。"

人们对待摄像头的方式是持续不断地砸、偷、堵，总是比麦克和他的手下更换、修理的速度快。毕竟这是一座边疆城镇，有很多发生在本地人身上的事情不想被外人看到。"如果你发现了任何东西，要让我知道，好吗？"

麦克的两条浓眉拧在了一起，"就算是火星，也要依照地球的隐私法行事，亚历克斯……或者说，至少我们的母公司是这么规定的。我不能泄露安保摄像头看到的东西。"

我从口袋里掏出一枚五十太阳币的硬币，在手里抛着。它飞速蹦向空中，然后缓缓落下——即使已经在火星待了十年，我看东西还是这种感觉。麦克不需要换身人的反应能力也能在半空中抓住它。"当然了，"他说，"我认为我们可以有个例外……"

"谢谢。你在任何时候都是执法官员的信誉保证。"

他笑了，然后说："说说吧，你最近都使什么枪？ 还是那把老史密斯威森？"

"那把枪是注册了的。"我眯起了眼睛。

"哦，我知道，我知道。不过要小心。嗯？ 这年头，他们是进化了的一代。拿子弹对付换身人可没多大用场，而且那些家伙一天比一天多，因为程序终于开始降价了。"

"我也听说了。你是不是碰巧知道在哪里做换身最好呢？ 如果你必须把一个人的思维抽取出来的话。"

麦克摇了摇头，"不同的代身模型情况各有不同。但论改进任何类型的身体缺陷，'全新的你'是最好的地方。"

"那你们这些家伙是怎么控制他们的？"

"直到最近，能控制的都很有限。"麦克说，"睁一只眼闭一只眼，也就这样了。"

"保险箱要热卖了。"

麦克居然没有反驳，"确实。不过让我给你看样东西。"我们离开他的办公室，到了走廊深处，进入另一间屋子。他指着桌子上的一个装置，"刚刚从地球送来的。最先进的家伙。"

那是一个又大又平的碟子，五厘米厚，直径可能有半米。边缘有一对"U"形把手，正对着安装在两侧。

"这是什么？"

"宽频干扰器。"麦克将它举到面前，就像角斗士的盾牌，"它能发射多频谱震荡电磁脉冲。在四米的距离之内，或者更近一点儿，它能完全破坏一个换身人的人造大脑——跟用子弹杀死人类一样干脆。"

"我可没打算杀死任何人。"我说。

"这是你最后一次说这话。"

哟呵，他说的也不是没道理。"我想你恐怕没有多余的能借给我一个。"

麦克笑了，"你开玩笑？ 我们目前手上只有这唯一的一个，而且它还是原型机。"

"哦，好吧。"说着，我转身朝门口走去，"那么我想我只能小心点儿了。"

第三章

我的下一站是"全新的你"大厦。我上了第三大街,它是辐射状街道中的一条,到那里要走过五个街区。"全新的你"大厦有两层高,跟这里的大多数建筑一样,是用激光熔合火星砂制成的红砖建造的。正门两侧是两扇宽大的同分异构石英窗,展示着五火年前就摆在里边的人造身体,它们的身上早已落满灰土,还配搭着五火年前的时尚穿戴,是时候换换了。

底层被分成了展示厅和工作间,由一扇门隔开。那扇门正开着。工作间里散布着配件:这儿有一只白皮肤的人造手;那儿有一条黑皮肤的小腿;架子上摆着人工合成的眼睛和成卷的上了色的单纤维,我猜后者是用来仿制毛发的。两张工作台上摆满了各种各样的内部组件:马达、液压泵和关节铰链。

毗邻的展示厅里摆放着完整的人造身体。我扫视了大厅一圈,发现卡桑德拉·威尔金斯也在这儿。她穿着米色外套,正在跟一男一女谈话——他俩都是生物人。看样子,那二位应该是潜在客户。

"你好,卡桑德拉。"我走上前去说道。

"罗麦克斯先生!"她惊呼起来,向那对顾客致歉了一句,然后朝我说,"我很高兴您来这里——真是太高兴了！你有什么新消息吗?"

"没有。我已经拜访了警察。我想,应该从这里开始调查。毕竟你和你丈夫拥有特许经营权,对吗?"

卡桑德拉热情地点了点头,"我就知道雇用你是正确的选择！你知道吗,那个懒散的警探麦克雷从没到过这里—— 一次都没有！"

我笑了,"麦克不是那种适合户外工作的类型。那么,好吧,你付的钱会有回报的。"

"这是真的吗?"卡桑德拉说,"难道老天开眼了?"

"你说你丈夫是在最近移植了思维?"

"是的。在楼上进行的。下面这里只进行销售和服务工作。"

"你有没有约书亚进行换身的监控录像?"

"没有。'全新的你'不允许在楼上安装摄像头,他们可不喜欢让操作过程泄露出去。商业机密,就是这样。"

"啊,好的。那么你能不能让我看看它是怎么进行的呢?"

她又点了点头,"当然。你想看什么都行,罗麦克斯先生。"

我想看看那件米色外套下面的东西——什么都比不上高档换身人的身体完美——不过我克制住了这个想法。卡桑德拉环视了大厅一圈,然后招呼了另一位员工过来—— 一位娇小的、赏心悦目的女性生物人,脸上的妆和身上的首饰都很有品位。"抱歉,"卡桑德拉对那两位已经让她费了不少口舌的顾客说,"这位高桥小姐会接待你们。"然后她转向我,"这边请。"

我们穿过一扇挂着帘幕的门,上了楼梯,来到两扇带着小窗的门前。"这里是我们的扫描室。"卡桑德拉说着,指了指左边那扇门。她踮起脚尖看了看里边,点点头,挺满意,然后打开了门。里边有两个人:一个是四十岁上下的秃顶男人,他坐在座位上;另一个站着的女人看上去有二十五岁。那女人是换身人,所以其实看不出她到底多大岁数。卡桑德拉说:"很抱歉打扰了。"她冲着椅子上的男人一笑,同时指了指我,"这位是亚历山大·罗麦克斯。他为我们提供,嗯,某种咨询服务。"

那个男人抬眼看着我,有些惊讶,然后说:"克劳斯·汉森。"这算是做了自我介绍。

"您介不介意在扫描的时候让罗麦克斯先生看一下过程?"卡桑德拉问。

汉森皱起他那张瘦长的脸思忖了片刻,接着他点了点头,"当然行。为什么不呢?"

"谢谢。"说着,我迈步进了房间,"我就站这里好了。"我走到对面,靠在墙上。

汉森坐在一张很像理发用的椅子里。那名女性换身人从椅子上方拉下一个半透明的半球形罩子,它是由一个活节臂连在天花板上的。她把它放低,完全罩住了汉森的脑袋,然后转身走到控制台前。半球体发出微光,仿佛有一层油膜从它表面流过;我猜这就是扫描场。

卡桑德拉站在我身边,双臂抱在胸前。我问:"扫描要用多长时间?"

"用不了多久。"她答道,"我们利用的是量子力学原理,所以扫描很快。这之后,我们只需要几分钟时间来把数据转移到人造大脑里。然后——"

"还有'然后'?"我说。

她耸了耸肩,就像这事情是显而易见的,"然后汉森先生就能永生了。"

"啊。"

"跟我来，"卡桑德拉说，"咱们去看看另一边。"我们离开这个房间，进入隔壁那扇门。我果然没猜错，这间屋子是那间的镜像。屋子中间的台面上躺着汉森的新身体，穿着时下流行的蓝色外套，它闭着眼睛。屋里还有一个男人，是"全新的你"的技术员，他是生物人。

我走了一圈，从各个角度观察那具人造身体。汉森的代身仍然是秃顶，只是秃的那圈小了一半。有趣的是，汉森选择了一种经久耐用的胡茬型外貌设计，但现在还是生物人的他胡子刮得倒很干净。

突然间，仿制的眼睛睁开了。"哦，"一个跟我刚才在隔壁听到的相仿的声音响起，"太不可思议了。"

"您感觉怎么样，汉森先生?"那个技术员问。

"很好。很不错。"

"好的。"技术员说，"当然了，还需要一些内置调整。咱们检查一下，确保你所有的部件都在运行……"

"看到了吧?"卡桑德拉对我说，"就是这么简单。"她领着我出了屋子，关上门回到走廊。

"了不起。"我指了指左手边的门，"你们什么时候处理原身?"

"已经在做了，就在那把椅子上。"

我盯着关上的那扇门，尽量克制住不安的颤抖，没有让卡桑德拉察觉。"好了。我觉得我看到的够多了。"

她看上去有点儿失望，"你确定不想看看别的了?"

"怎么? 还有更值得看的?"

"哦,我不知道。"卡桑德拉说,"这地方很大。不光是这层楼的东西,还有楼下那些……以及地下室。"

我眨了眨眼,"你们有地下室?"几乎没有火星建筑带有地下室。永冻土层非常坚硬,很难挖掘。

"是的。"她顿了一下,目光转向一边,"当然了,没什么人会去下面,只是仓储用。"

"我得去看看。"我说。

我就是在那里找到他的。

他躺在一堆巨大的货箱后面,脸朝下,头上满是黏糊糊的机油。他身边有一把准分子电力冲击手钻,就是很多化石猎手用来清除表层物质的那种工具。手钻旁是一张完好的老式纸,上面用印刷体大写字母写着:"我很抱歉,卡桑。感觉完全不对。"

当你成了换身人,自杀就不太容易了。割腕毫无意义,毒药没什么用,溺水也一样。不过,约书亚-绝不叫任何别的名字·威尔金斯似乎找到了方法。从现场来看,他先是后背紧靠着坚硬的水泥墙,然后用强壮的人造手臂举起手钻,把它顶在额头正中间。接着,他按下了开关,让这东西一直运行,直到它穿透钛合金颅骨,把人造大脑里的材料搅得一塌糊涂。脑死亡后,他的拇指从开关上松开,手钻滑落。他滚倒在地,头撞到混凝土地面时扭了一边。他眉毛以下都完好无损。很明显,这就是卡桑德拉·威尔金斯给我看过的那张爬行动物一般的脸。

我连忙上楼找到卡桑德拉,她正热情洋溢地跟另一位顾客说着话。

"卡桑德拉,"我把她拉到一边,"卡桑德拉,喀喀……我很遗憾,不过……"

她看着我,瞪着那双绿色的眼睛,"怎么了?"

"我找到你丈夫了。他死了。"

她张了张可爱的小嘴,又闭上,然后又张开。她看上去像要摔倒,尽管有陀螺仪帮她保持平衡。"我……我的天,"她最后说,"你……你肯定?"

"看上去确实是他。"

"我的天。"她又说了一遍,"到底……到底出了什么事?"

这事儿没有委婉的说法。"看上去他像是自杀了。"

卡桑德拉的两个同事走过来,担心出了什么乱子。"怎么了?"他们中的一个问道,就是我之前见过的那位高桥小姐。

"哦,玲子。"卡桑德拉说,"约书亚死了!"

顾客们也好奇发生了什么。有个显然在这儿工作的男人穿过大厅,走了过来。他膀大腰圆,留着短短的黑发,一只耳朵上缀着金耳钉,胳膊跟普通男人的大腿一样粗。高桥玲子已经把卡桑德拉搂在了怀里——或者说是卡桑德拉搂住了她——抚摸着她的人造头发。我让那个壮汉尽量安抚人群,同时用腕式电话呼叫了麦克,告诉他约书亚·威尔金斯自杀了。

第四章

新克朗代克警局的警探道格尔·麦克雷在二十分钟后抵达，还带了两名警察。"现场看上去怎么样，亚历克斯？"麦克问道。

"倒不像我见过的一些生物人自杀现场那么糟糕。"我说，"不过也好不到哪儿去。"

"让我看看。"

我带着麦克下了楼。他看了看纸条，没有碰。

那个壮汉很快也下来了，后边跟着卡桑德拉·威尔金斯，她用人造手捂着人造嘴。

"你好，威尔金斯夫人。"麦克说着，抢身挡在了她和地上那具躯体之间，"我十分遗憾，不过我需要您正式确认一下。"

我不由得挑了挑眉。对换身人来说，用亲属验尸这种原始的方法来确认死者身份，真是够讽刺。但隐私法禁止给人造身体安装任何类型的身份识别芯片或是追踪设备。实际上，这也是诱使人们换身的因素之一：你到任何地方都不会再留下指纹或是DNA的痕迹了。

卡桑德拉鼓足勇气点点头，表示愿意配合麦克的要求。他让到一边，就像拉开了一面活生生的帘幕，露出后面那具人造躯体,它脑袋上有一个巨大的伤口。她低头看着它。我以为她会很快挪开目光,但她没有,只是一直盯着。

最后,麦克非常温柔地说:"那是您的丈夫吗,威尔金斯夫人?"

卡桑德拉缓缓点了点头,声音柔弱无力,"是的。哦,我可怜的约书亚……"

麦克走到那两个穿制服的人跟前商议起来,我也加入进去。"你们对死掉的换身人怎么处理?"我问,"找验尸官来似乎没什么意义。"

作为回应,麦克冲着那名壮汉打了个手势。那人摸了摸自己的胸口,扬扬眉毛,露出那种"找谁? 我吗?"的经典神态。麦克又点了点头。那人左右看了看,向这边走过来,就像跨过一条隐形的小路,"干吗?"

"你似乎是这里比较资深的员工。"麦克说,"对吗?"

那人有西班牙口音,"霍雷肖·费尔南德斯。约书亚是老板,我是高级技师。"或者他说的是,"我是技师先生①。"

"好的,"麦克说,"你也许能比我们更确切地指出死因。"

费尔南德斯对着那具人工合成尸体做了个夸张的动作,就好像……嗯,怎么说呢? 这死因就算不是显而易见,也不至于那么难懂。

麦克摇了摇头。"完全符合自杀的标准,我只是觉得……有点儿太过于符合了。"他声音诡秘地低沉下来,"工具在手里,还留下了遗言。"他一挑毛茸茸的橙色眉毛,"我只是想确认一下。"

趁麦克不注意,卡桑德拉悄悄凑上来偷听。我把她的这一

---

① 原文是"Senor Technician",因为西班牙口音,"Senior"的发音和"Senor"有点像。"Senor"在西语里是"先生"的意思。

举动看在了眼里。

"行,"费尔南德斯说,"我们当然能把他拆解开,检查有没有哪里出了毛病。"

"不,"卡桑德拉说,"你们不能那么做。"

"恐怕这是必须的。"麦克看着她说。他的苏格兰口音听起来总是很冲,不过我知道他正尽力说得温柔些。

"不。"卡桑德拉的声音颤抖着,"我不允许你们这么做。"

麦克的语气强硬了些,"每一宗可疑的案件我都会要求进行尸检。"

卡桑德拉张嘴还想说些什么,但最终放弃了。霍雷肖挪到她身旁,一条粗重的胳膊搂住了她娇小的肩膀。"别担心,"他说,"我们会小心的。"然后脸上出现一丝欣喜,"事实上,我们要看看能抢救出什么部件来——把它们用到其他人身上,给那些用不起档次这么高的新零件的人。"他露出天使般的笑容,"约书亚也会愿意这么做的。"

第二天,我坐在办公室里,透过已有裂纹的玻璃看着外面。尘暴已经过去了。星球表面上到处散落着岩石,就像小孩子卧室地板上杂乱无章的玩具。电话响起了《幸运女士请淑女些》①的歌声,我满怀期待地看了一眼,希望是一个新案子,那样我就能赚太阳币了。不过来电显示是NKPD。我告诉机器接听这个电话,麦克的脸随即出现在我手腕上的小显示屏中。

"嗨,亚历克斯,"他说,"到局里来一下,行吗?"

"什么事?"

袖珍的麦克紧皱着眉头,"我不想在开放的无线电里说这些

---

① 二十世纪五十年代的美国流行歌曲。

事儿。"

我点点头。威尔金斯案件结案了,我反正也无事可做。算起来,那案子我只忙活了大约七个付费钟头,真该死,而且这七个钟头里边还有些水分呢。

我沿着第九大街走向中心区,路过了一群脏兮兮的探矿者;一片斗殴后的现场,有些蠢货倒在血泊中,正由众所周知拥有金子般心灵的妓女照料着;还有一台崩溃的四腿机器人,正试图用三条能正常工作的腿往前走。

我进了警察局大厅,无法避免地和赫胥黎黎唇枪舌剑了一番,才获准进入里面。

"嗨,麦克。"我说,"怎么了?"

"早上好,亚历克斯。"麦克说话的时候舌头打着卷儿,"进来坐。"他冲着桌面终端说了口令,然后把显示器转过来让我看,"看看这个。"

我瞅了一眼屏幕,"这是约书亚·威尔金斯的验尸报告?"

麦克点点头,"看看人造大脑的分区。"

我飞速浏览着文字,找到那部分。"怎么?"我仍然没看出个所以然来。

"你知不知道'基线突触网络'是什么意思?"

"不,我不知道。你也不知道。你这滑头,除非有人告诉你。"

麦克微微一笑,点头默认了,"好吧,把人造大脑的那些玩意儿都抛开吧。'全新的你'里边的那个大块头——费尔南德斯,记得吗?——他真的深入研究了这个法庭物证,而且决定通过他们那儿的设备让它运转起来。你猜发现了什么?"

"什么?"

"大脑材料——人造颅骨内部的原材料——还是原始状态。没有植入任何信息。"

"你是说,没有扫描版的思维被移植进那个大脑?"

麦克抱着双臂靠在椅子上,"你说中了。"

我一皱眉,"不过这不可能啊。我是说,如果脑袋里没有思维,那么是谁写的遗言?"

麦克扬起两条浓浓的眉毛。"到底是谁呢?"他说,"而且,约书亚·威尔金斯的意识被扫描后到底发生了什么?"

"除了费尔南德斯,'全新的你'里面还有人知道这个吗?"

麦克摇摇头,"不,他同意在我们继续调查期间保密。不过我会给你线索,因为你处理的这件案子显然没有真正结案——而且,说到底,如果你不能时不时地挣上一笔,也就没法儿贿赂我了。"

我点了点头,"这就是我喜欢你的地方,麦克。你总是挺照顾我的利益。"

也许我应该直接去看看卡桑德拉·威尔金斯,确保我俩都同意我能接着计时收费,不过我还有些问题要先弄清楚。我知道该找谁。胡安·桑托斯是城里顶尖的计算机专家。我在以前的案子里跟他打过交道,最近和他建立起了小小的友谊——我俩都对地球的酒水有着同样的品位,他完全不介意跟我在新克朗代克某些肮脏的酒馆里喝上几轮。我给他打了电话,约在弯凿酒吧见面,那是第四大街旁一个脏兮兮的小酒吧,就在六环的建筑之中。酒保是一个脾气乖戾的生物人,叫布特里克。他身上的肉不少,骨子里却透出一股寒意。他穿着一件无袖衬衫,留着三天没刮的花白胡茬。

"罗麦克斯，"他看我进来，打了声招呼，"这次不会再打坏家具了，对吧？"

我竖起三根手指，"以童子军的荣誉担保。"

布特里克竖起一根手指。

"嗨，"我说，"有没有什么好货来招待你最好的顾客？"

"我最好的顾客，"布特里克边说边用一块烂抹布擦着玻璃杯，"都是付账的。"

"确实。"我说。这是从那位赫胥黎黎警官的《诙谐妙语指南》里偷来的一招。"那算了。"我自行走向后边的隔间。这里的两个女招待都赤裸着上身。我的最爱是一个棕色头发的可爱姑娘，叫戴安娜。她立刻迎了上来。"嗨，宝贝儿。"我招呼她。

她倚上前在我脸上嗑了一下，"嗨，甜心。"

火星上的低重力对于体型和容貌大有好处，不过戴安娜看上去还是有四十多岁了。她留着齐肩的褐发，棕色眼睛，组合在一起让人赏心悦目。但和大多数长期定居的火星移民一样，她已经失去了不少肌肉。我们常一起睡，不过倒也不排斥跟其他人约会。

胡安·桑托斯来了，穿着黑T恤和黑牛仔裤。他跟我差不多高，但一点儿都没有肩宽背厚的样子。他是那种典型的被称为麻秆儿极客的人。和许多麻秆儿极客一样，他总是眼高手低。"嗨，戴安娜！"他说，"我嘛，嗯，我给你带了件东西。"

胡安递给她一个用塑料布裹着的包裹。

"谢谢你！"还没打开包裹，她就热情地道谢。我不怎么了解戴安娜的过去，不过在她的成长过程中，一定有人教过她很好的礼节。她翻开塑料布，露出了一枝长长的白玫瑰。

戴安娜惊喜地尖叫起来。鲜花在火星上很罕见，仅有的一点儿农田大都用来种植食用植物,或是种植基因改造过、用来净化大气的东西了。她为胡安献上一吻作为报答,这让他非常开心。

我点了一杯苏格兰威士忌加冰,这里一般都用干冰。胡安要了纯威士忌。戴安娜去拿我们的酒时,他盯着她一路扭动的屁股,而我则一直盯着胡安,"行了,行了,行了。"他终于把身子挪回来,面对我,"我不知道你还给她带了东西。"

他不好意思地笑了笑,"谁不会呢?"我什么都没说,可胡安把这理解成了我想让他说下去。"她还没答应跟我约会,不过她同意让我读一些她的诗。"

我尽量让声音保持镇定。"你真幸运。"看来,还是别跟他提戴安娜和我这个周末要约会的事了,"那你知道诗人怎么打喷嚏吗?"

"我不知道。怎么打?"

"俳句①!"

"有病就吃药,亚历克斯。"

"嘿,"我把一只手放在心窝上,"你伤害了我。其实内心深处,我是个单口相声演员。"

"是吗?"胡安说,"我总说真正的勇士敢于面对心灵深处的自我,不过……"

"是吗? 你内心深处的自我是什么?"

"我?"胡安眼珠一翻,"我是个纯粹的天才。"

我哼了一声,戴安娜为我们拿来酒水。我们谢过她,胡安又一次盯着她离去的背影看个没完。

等终于看不到她了,胡安才转回身看着我问:"什么事?"他

① 这里原文是"Haiku",日语里"俳句"的发音,语音近似打喷嚏的声音。

的额头很宽,鼻子很长,下巴往回缩得厉害,这让他看起来总像往前探着身子似的。

我喝了一口,"你对换身知道多少?"

"让人着迷的玩意儿。"胡安说,"你想换身?"

"也许有一天会。"

"你知道的,据说现在做的话,三个火年就能收回成本,因为你换身之后就不用再缴纳生命保障税了。"

我还欠着税呢,而且不愿去想拖欠太久会发生什么。"那是另一码事。"我说,"你怎么样,打算做吗?"

"当然了,终有一天……而且我要来个全套的:提高感官、增强力量,一定得用最好的。加上我想要永生。谁不想呢? 当然,我爸是不会喜欢的。"

"你爸? 他怎么会反对这事儿?"

胡安哼了一声,"他是一名会长。"

"哪个政府的?"

"不,不。是会长。教会的牧师长。"

"我不知道现在还有教会保存下来,即便是在地球上。"

"他就在地球上,圣地亚哥。不过,是呀,你是对的。可怜的老家伙,仍然相信有灵魂。"

我眉毛一挑,"真的?"

"没错。因为相信有灵魂,他对于意识传送这事儿深恶痛绝。他说新版本的人跟原来那个并非同一人。"

我想起了那桩疑似自杀案中的纸条,"是吗?"

胡安眼珠一转,"你也信? 当然是同一个人了! 你看,明摆着的,在这种程序最初出现的时候,人们曾对它口诛笔伐,可那是几十年前,现在几乎所有人都习以为常了。'全新的你'为此投入了大规模的物力、财力,做了大量工作来把问题简单化。他们很清楚如果不这么做,就会存在各种各样的伦理争议,政府官员也不会坐视不理,那样一来,法律就会限制他们的生意。不过他们已经基本避免了引起争议的情况,方法是只给一个人提供服务,唯一的那个人:他们只做转移——不是翻版,不是复制,而仅仅是转移——把一个人的思维转移到另一个更耐用的容器里。这样一来,人格与财产所有权的合法转移就成了一件简单的事,也没人会拥有多于一票的选举权,诸如此类。"

"他们真是这么做的吗?"我问道,"转移你的思维?"

"哦,他们说自己是这么做的。'转移'是一个很妙、很安全、能让人接受的词儿。不过思维只是一个软件,从计算机出现之初,软件就是通过复制从一个计算平台转移到另一个平台,然后原件被清除。"

"但新大脑是人造的,对吧? 那我们怎么能保证制造出来的是超级聪明的换身人,而不是超级智能的机器人或计算机呢?"

胡安咂了一口酒,"这根本不是事儿。从没有人搞明白过如何编写一个与人类思维等效的程序。他们曾经说'奇点'即将到来,那时人工智能的能力就会超越人类,不过这种事从没发生过。但当你把整个大脑结构最细微的细节都加以扫描并且数字化的时候,扫描体显然就得到了智能,即便没人能指出智能在扫描体的哪个位置。"

"呵。"我也咂了一口酒,说,"那么,如果你想换身,打算怎么设置你的新身体呢?"

胡安伸开他那条螳螂般的胳膊,"嘿,伙计,别篡改完美的东西。"

"哈。"我说,"话说回来,你能修改多少呢? 我的意思是说,比如你只有一百五十厘米高,却又想打篮球。你能选择两米的身高吗?"

"当然,当然了。"

我一皱眉,"但是那样的话,新尺寸的身体和复制的思维之间不会产生不适应吗?"

"不会啊。"胡安说,"你想,当霍华德·斯普拉科夫最初进行意识复制的时候,他让原来的思维通过原来的软件直接控制新的身体。这样换身人就得花费好几个月时间重新学会走路,以及做其他事。"

"是呀,几年前我看过相关的资料。"

胡安点了点头,"但是,现在他们不让复制的思维做其他任何事情,只负责发送命令。思维产生的想法被新身体里的主计算机拦截下来,而身体由主计算机控制运行。换身后的思维要做的事,就是去想一下它要拿起这个杯子,明白吗?"他说着,做出了相应的动作,呷了一口,随即被烈酒刺激得眉毛一拧,"让计算机去操心要动用哪个滑轮、手要伸多长等等。"

"所以你可以订购一个跟原身完全不同的身体?"

"毫无问题。"他耷拉着眼皮看着我,"这对你的案子有什么影响吗?"

"该死。"

"嗨,别这么严肃。"说着,他又呷了一口,烈酒刺激的快感让他露出了愉悦的表情。

"我只希望千万别是那样。你瞧,我的案子是这样的:我要找的那个家伙拥有'全新的你'在这里的特许经营权。"

"是吗?"胡安说。

"是呀,而且我认为他经过精心策划,把自己的思维转移进了另一个身体,而这个身体并非是他为自己订购的那一个。"

"他为什么要这么做?"

"因为他要利用那个像是他本人的身体,伪造自己的死亡——而且,我认为他早就计划好这事儿了,因为他完全没考虑为自己的容貌做任何改进。我认为他想要离开,不过必须假死,这样就没人会去找他了。"

"那他为什么要这么做?"

我一皱眉,又喝了一口,"我不清楚。"

"也许他想要从配偶身边逃走。"

"也许吧……不过她可是个小尤物。"

"嗯……"胡安说,"你认为他用了谁的身体?"

"我也不知道。我希望新身体跟他的旧身体差不多,这样可以缩小嫌疑人范围。不过我猜事实并非如此。"

"没错,不会。"

我低头看了看我的酒杯。干冰正在升华,白色的水气溢满了杯口。

"还有别的事让你心烦。"胡安说道。我抬起头,看到他喝了一大口。一点儿琥珀色的液体从他嘴角溢出,留下一颗小小的水珠,闪着光挂在他那后缩的下巴上。"是什么事儿?"

我挪了挪屁股,"我昨天拜访了'全新的你'。你知道他们在转移你的思维之后,会怎么处理你的原身吗?"

"当然了,"胡安说,"就像我说的,没有转移软件这么一说。你复制它,然后删除原件。等换身一完成,他们就给生物版本的人施行安乐死。"

我点点头,"如果我正在寻找的那个家伙,他把思维放进了原本要植入别人思维的身体里,那么,后者的思维就不会被复制进任何地方,那……"我又喝了一大口,"这就是谋杀了,对吧?不管有没有灵魂……都没两样。如果你擦除了某人唯一的一份思维拷贝,你就杀死了那个人,对吗?"

"哦,没错。"胡安说,"比火星本身死得还彻底。"

我低头看着酒杯里打着旋儿的雾气,"所以我要找的,不只是一个从妻子身边逃走的丈夫。我找的是一个冷血杀手。"

第五章

我又造访了"全新的你"。卡桑德拉不在,不过我并不意外,她现在是一个伤心的寡妇。今天当值的是那个膀大腰圆的霍雷肖·费尔南德斯。

"我想要一份名单,就是约书亚·威尔金斯换身那天,所有进行换身之人的名单。"

他一皱眉,"那可是保密信息。"

有几位潜在客户正在周围转悠。我提高了声音让他们也能听到,"自杀留言挺有意思的,对吗?"

费尔南德斯赶紧抓住我的胳膊,把我拉到旁边的屋子里。"你在搞什么鬼?"他气愤地低声问。

"只是分享一下新闻。"我的声音仍然很响亮。尽管现在要让那些顾客听到,我觉得音量还不太够,"应该让打算换身的人都知道,那'感觉完全不对'——至少,约书亚·威尔金斯在留遗言的纸条上是这么说的。"

费尔南德斯知道没辙了。疑似自杀现场的遗言内容,确实跟"全新的你"的企业宣传相悖:换身是完美无瑕的,赋予顾客的只有好处。"好了,好了,"他咬着牙说,"我会为你取名单的。"

"服务真周到。他们会选你作本月最佳员工。"

他带我进入后面的房间,对着一个小小的方块形计算机说了口令。我恰好听到了进入顾客数据库的口令,只有六个字——一点儿都不安全。

"啊,"费尔南德斯说,"那天真够忙的。我们有时一连好几天开不了张,不过那天,有七个客人把意识移植到了人造身体里,而且……哦,没错。我们正在进行一火年两次的促销活动。怪不得。"他伸出一只手,"把你的板子给我。"

我把微型平板电脑递给他,他把那七个人的资料全都拷给了我。

"谢谢。"我接过电脑,手在额角一挥,做了个习惯性的虚拟脱帽礼。就算你在逼迫一个人做事,讲点儿礼貌也是有益无害的。

如果我猜对了,约书亚·威尔金斯把另外一个人的身体据为己有,并且那个人也在那天换身的计划表上,那么要找出他用了谁的身体应该不算太困难。我估摸着,我要做的无非就是跟这七个人挨个儿谈谈。

我的第一站,是一个名叫斯图亚特·波尔林的人的家。之所以选他家为第一站,纯粹是因为最近他刚巧成了专职的化石猎手。既然他付得起换身的费用,那肯定是有了不小的收获。

在去他家的路上,我遇见几个乞丐,其中一个举着牌子,上边写着"为了空气找活儿干"。警察不会把那些拖欠生命保障税的人踢出穹顶——斯普拉科夫实业在地球上仍然得维持良好的声誉——不过你要是租房住,或是抵押房子借了贷,那如果欠了款,就会被赶到街上去。

波尔林的家在五环第七大街。是破败的连排别墅中的一栋，我们管那些别墅叫"红石"。我按下他家的门铃，不耐烦地等待回应。他终于出现了。如果我没有这么一张著名的扑克脸，肯定会大惊失色。给我开门的男人跟全息影视明星科里寇·阿杰曼长得一模一样——同样骨瘦如柴的身形，同样热情洋溢的褐色眼睛，还有深色长发和修得整整齐齐的胡须。看来并不是每个人都想保留原身的形貌。

"您好，我叫亚历山大·罗麦克斯。您是斯图亚特·波尔林吗？"

我面前的这张人造脸显然是能微笑的，不过他没笑。"是的。你想干吗？"

"我了解到您最近进行了换身，把意识移植进了这个身体。"

他点了一下头，"怎么？"

"没什么，我为'全新的你'工作，隶属地球总公司。我到这里，是想检查一下我们火星上的特许经营商的工作质量。"

一般来说，这是一个很好的技巧。如果波尔林真是他本人，这个问题就不会让他紧张。不幸的是，观察嫌疑人表情的常用技巧在大多数换身人身上没什么用。我已经问过胡安·桑托斯这方面的问题。"不是说换身人的面孔不灵活，"他当时说，"实际上，他们能把表情做得更加灵活——能做出极为夸张的微笑和发愁的表情。不过人们不想那样，特别是在这里，边疆地带。你看，人有两种面部表情：自然的表情和刻意的表情。从软件角度来看，它们是截然不同的东西。假笑和真笑的思维机制完全不一样。这里的大多数换身人选择抑制自然的表情——他们很重视思想上的隐私，不让面孔流露出内心的想法，把这一点视为换身的附加好处。换身人可能心里已经乐开了花，可外表上来看，他只是有一点点笑容罢了。"

而波尔林正用那种让人什么都猜不透的表情盯着我。不过他的声音有些恼怒。"怎么了?"他又问。

"是这样,我想知道您对我们为您提供的服务是否满意。"

"它的花费可真不少。"

我笑了,"实际上,最近降了不少价。我能进来吗?"

他考虑了一下,然后耸耸肩。"当然,为什么不呢?"他挪到了一旁。

他的起居室里摆满了工作台,上边放着红色的岩石。一张工作台上方安装着一个由活节臂连着的巨大凸透镜,各种地质考察工具散落在周围。

"找到什么有意思的东西了吗?"我冲着那些岩石一挥手。

波尔林答道:"就算找到了,我肯定也不会告诉你。"他站在一旁,用那种典型的采矿偏执狂的眼神看着我。

"没错,"我说,"当然了。那么,您对于'全新的你'提供的服务还满意吗?"

"当然,不错。跟他们说的分毫不差。所有部件运行良好。"

"感谢您的帮助。"我说道,掏出板子做了几条记录,然后对着它空白的屏幕皱了皱眉,"哦,该死。这台蠢东西的某个准分子部件松动了。我得把它拆开复位一下。"我让他看了看这台设备的背壳,"你有合适的小螺丝刀吗?"

每个人都有几把螺丝刀,尽管大多数人几乎不怎么用。它们还是那种你想用的时候常常找不到的东西。有人把它们放在厨房抽屉里,有人放在工具箱里,还有人放在水槽下边。只有在这间屋子里住了相当一段时间的人,才会知道具体放在哪儿。

波尔林看了看螺丝帽的槽型,然后点了点头,"当然有。等一下。"

他径直去了起居室另一头，走到一个橱柜跟前，橱柜上半部分是玻璃门，下半部分是金属门。他弯下腰打开一扇金属门，伸手进去摸了几下，取出了一把合用的螺丝刀。

"谢谢。"我说着，从他看不到内部的角度掀开了外壳，然后偷偷从准分子电池的触点上拿掉了一个小塑料片，那是我放进去让电源短路的。我没抬头，问："您结婚了吗，波尔林先生？"当然，我知道他结了，这记录在"全新的你"的文件中。

他点点头。

"您妻子在家吗？"

他的人造眼皮微微一合，"怎么了？"

我告诉了他实情，因为这个情况跟我编的瞎话很搭，"我想问问她，能否察觉新的你和旧的你之间的差别。"

我又一次观察着他的神情，不过没看到任何变化。"行，这没问题。"他转头喊了一声，"雷茜！"

过了一会儿，一个相貌朴实、身材丰满的女人出现了，她六十岁上下。"这位是罗麦克斯先生，是'全新的你'总公司来的。"波尔林指着我说，"他想跟你聊聊。"

"聊什么？"雷茜问，她的声音低沉，却不令人讨厌。

"我能跟您私下谈谈吗？"我问。

波尔林的目光在雷茜和我之间看来看去，然后停在雷茜身上。"嗯……"他似乎有些不快，不过又说，"我看这没什么不方便的。"他转身走了出去。

我看着雷茜，说："我只是做一个例行的回访，确保接受我们服务的人对我们的工作感到满意。您有没有注意到，您的丈夫自从换身之后有什么变化？"

"倒是没有。"

"哦？如果有任何……"我鼓励地笑了笑，"我们想让程序尽可能地完美。他是否说过什么让你感到意外的话？说过吗？"

雷茜脸色一变，"你什么意思？"

"我是说，他是否有任何措辞或是腔调是你从没听过的？"

她摇头，"没有。"

"有时候程序会让记忆出现错乱。对于他应该知道的事情，他是否出现过想不起来的情况？"

"我觉得没有。"

"相反的情况呢？他是否知道什么你原本认为他不知道的事？"

雷茜挑起眉毛，"不。他就是斯图。"

我一皱眉，"完全没有变化？"

"不，没有……好吧，几乎没有。"

我等她继续说下去，她却没有。于是我催促道："是什么情况？我们真的想了解任何不同之处，了解我们换身程序之中的任何瑕疵。"

"哦，倒也不是什么瑕疵。"雷茜说，却没有直视我的眼睛。

"不是瑕疵？那是什么？"

"只是……"

"什么？"

"好吧，就是他现在床上功夫太厉害了。简直是金枪不倒。"

我眉头一皱。第一站没什么收获，让我有些失望。不过我决定用乐观的态度结束这场化装舞会，"我们的目标就是让您满意，女士。让您满意。"

第六章

　　我又花了好几个小时，拜访另外三位最近换身的人，他们中似乎没有哪一个不像他们本人。

　　这之后，我名单上的下一位是洛瑞·匹克奥弗博士。他的家在一栋四四方方的公寓大楼里，坐落于一环的外侧，就在穹顶最高点的下边。一楼和二楼的几扇窗户都用板子封了起来，不过他住在四楼，那里似乎只有一扇窗户有破损。有人在阳台上存了一套破破烂烂的火星越野车轮。另一户阳台上有个上了年纪的疯疯傻傻的家伙，正对着弧形人行道上的行人大喊大叫着污言秽语。大多数人都无视他的存在，只有两个孩子在和他对骂——是一个脏兮兮的男孩和一个更脏的女孩，都在十二岁上下，身材又高又瘦，一看就是那种出生在火星的孩子。

　　匹克奥弗是独居，所以没法儿找配偶或儿女询问他有没有什么变化。这让我产生了怀疑：如果打算选择一个人的身份来盗用，最理想的莫过于没有亲人的那种人了。

　　我站在过道里，通过门禁跟他对话。一个醉汉睡在门旁，他翻来覆去的动静吵得人听不清话，但此外也没怎么妨碍我。

　　"谁呀？"他的声音比我的音调要高些。

"匹克奥弗先生,我是亚历克斯·罗麦克斯。我是从'全新的你'地球总公司来的。我想问您几个问题,不知道方便吗?"

他说话有英国口音,"你是说罗麦克斯?你是亚历山大·罗麦克斯?"

"是我,没错。不知道我能否跟您谈几分钟呢?"

"好吧,行啊,不过……"

"有什么问题?"

"不能在这里,咱们到外面去吧。"

我有点儿不快,因为这意味着我没法儿用螺丝刀那套来试探他了。不过我说:"好的。环街对面有一家咖啡馆。"

"不,不。外面。穹顶外面。"

这对他来说很轻松,他现在是换身人了。但对我很麻烦,我必须租用一套压力服。

"您是认真的吗?我只是想问您几个问题而已。"

"是的,是的,不过我想跟你谈而且……"他的声音柔和下来,"……而且这事儿很微妙,要严守隐私。"

我旁边那个醉汉又翻了个身,打起了呼噜。

"哦,好吧。"我说。

"好样的。"匹克奥弗应道,"我这里正忙得脱不开身。大约一个小时后,好吗?就在东气闸外。"

"我们能去西气闸吗?我可以顺道去一趟我的办公室。"其实我并不需要到那儿去——我已经带着枪了——不过要是他有什么埋伏计划,我料想他不会愿意有什么变故。

"没问题,没问题——毕竟从这里去四个气闸的距离都是一样的!不过现在,我真的必须完成手头的事情……"

我怀疑洛瑞·匹克奥弗在打什么算盘，所以去西气闸之前，我先知会了麦克一声。当我到了那里，穿上压力服的时候，穹顶外面已是日落时分。压力服有三种尺寸，我穿了件最大号的，然后把氧气瓶挂在背后。我觉得压力服挺笨重，尽管穿这套装备需要承担的重量只有地球上的一半。

洛瑞·匹克奥弗是一个古生物学家——一位真正的科学家，而不是寻宝的化石猎手。他换身前的外貌，根据"全新的你"的文件记录来看，差不多是那种墨守成规的学院派：一张圆墩墩、软乎乎的脸，留着一圈灰白的头发。他的新身体精瘦、筋骨强健，满头深褐色的头发，不过看脸仍然认得出他。他腰间盘着一条腰带，挂着地质考察用的锤子，就是锤头锋刃又宽又平的那种。我愈发怀疑它会给我的鱼缸头盔来一下子了。我偷偷把那只史密斯威森手枪从夹克下面的枪套里取出来，放进了租来的压力服口袋里。万一在外面的时候会用到呢。

我们做了安保登记，然后让技术人员把我们送出了气闸。

天空正在变暗。附近有两座巨大的环形山，旁边还有一堆小环形山。铁锈色的沙土上几乎没有脚印，早些时候肯定有成千上万的足迹留在了这里，不过最近的尘暴把它们都抹掉了。走出去大约五百米，我转身看了看透明的穹顶和里面那些破败不堪的建筑。

"很抱歉把你拖到外面来，老伙计。"匹克奥弗说道，"我不想有任何目击者。"他的机械喉咙里安装有短距离无线电话筒，可以在穹顶外面说话，而我的鱼缸头盔里有收发器。

"嗯。"我随口答应着。

"我知道你不是刚从地球来的，"匹克奥弗一边走一边说，"而且我也知道你不为'全新的你'工作。"

　　我们投下了长长的影子。太阳比在地球上看到的小多了，现在正落在地平线上。天空呈紫色，地球出现在天空中，成了一颗明亮的蓝白色星星。在这里比在穹顶里更容易看到它，而且和往常一样，我抬头看着它的时候不由又想起了旺达。但我随即垂下视线看着匹克奥弗，问："你认为我是谁？"

　　他的回答让我很意外，尽管我并没表现出来。"你是当私人侦探的那个小家伙。"

　　似乎没有否认的必要了。"对。你怎么知道的？"

　　"过去几天里我都在观察你。"匹克奥弗说，"我正考虑聘用你干点儿事。"

　　我们继续往前走着，脚每一次落地都会扬起一点儿尘土。"找我做什么？"

　　"你先说，如果你不介意的话。"匹克奥弗说，"你来找我的真实目的是什么？"

　　他已经知道了我是谁，而我对于他是谁有一个很好的想法。我打开套在压力服左腕外面的电话，接通了我头盔里的耳机。"接通道格尔·麦克雷。"

　　"你在干什么？"匹克奥弗问道。

　　"嗨，亚历克斯。"麦克出现在了我腕上那个小小的屏幕上，我通过鱼缸头盔的耳机能听到他的声音。

　　"麦克，听着，我在西气闸外面大约半公里的地方。我需要增援。"

　　"罗麦克斯，你在干什么？"匹克奥弗问道。

　　"寇尔已经在穹顶外面了。"麦克说着，看了看屏幕外的什么东西，"她可以在两分钟内到达。"他切换了一下通话频道，可能是在跟寇尔警官通话。然后他又调了回来，"她在你北边，已经在红外线扫描器上看到你了。"

匹克奥弗转头看了看，也许他用红外线视觉看到了正在接近的警察。不过接着他转回身，在黑暗中伸开双臂，"罗麦克斯，看在上帝的分儿上，你在干什么？"

我晃了晃电话，挂断了跟麦克的通话，然后掏出左轮手枪。要对付人造身体，这东西其实没多大用，不过约书亚·威尔金斯不久之前还是生物人，我希望他仍能被手枪吓住。"你的妻子真是可爱极了。"

匹克奥弗的人造脸看上去一片茫然，"妻子？"

"没错。"

"可我没有妻子。"

"你当然有。你是约书亚·威尔金斯，你的妻子名叫卡桑德拉。"

"什么？不，我是洛瑞·匹克奥弗。你知道的，是你找的我。"

"别装了，威尔金斯。结束了。你把你的意识传送到了原本为真正的洛瑞·匹克奥弗准备的身体里，然后就这么逃走了。"

"我……哦。哦，天哪。"

"所以，你看，我知道了。而且……啊，现在寇尔警官来了。太糟了，威尔金斯。你会因为谋杀匹克奥弗被绞死——或者，他们有别的什么手段处置换身人。"

他轻声说："不。"

"是的。"我说。寇尔纤巧的身形就在匹克奥弗身后大约一百米远的地方，"咱们走吧。"

"去哪儿？"

"回到穹顶下，去警察局。我要让卡桑德拉在那里跟你会面，确认一下你的身份。"

太阳已经沉入了地平线。他伸开的双臂在渐浓的夜色中投下剪影，姿态恳切。"好吧，当然了，随你的便。找那个卡桑德拉，没问题。让她跟我谈谈。等她问过我两秒钟之后，她就会告诉你，我不是她的丈夫。不过……天哪，该死的，天哪。"

"什么？"

"我也想找到他。"

"谁？约书亚·威尔金斯？"

他点点头，然后，也许是觉得我在越来越浓的夜色里看不清他的动作，又说："没错。"

"为什么？"

他微微扬起脑袋，像在思考。我顺着他的目光看去，能看到暗淡的、悬在头顶的火卫一。最后，他又开口了："因为我就是他失踪的原因。"

"什么？"

"这就是我要雇你的原因，我不知道该去什么地方找他。"

"什么意思？"

匹克奥弗看着我，"我去了'全新的你'，罗麦克斯先生。我知道我有大量的工作需要在星球表面进行，我希望能连续好几个星期在野外……甚至好几个月！不用担心空气、水和食物。"

我一皱眉，"但是你已经在火星上待了六火年，我在你的资料里看到的。发生了什么变故？"

"一切都变了，罗麦克斯先生。"他看着远方，"一切！"但是他没有详细解释。相反地，他说："你正在寻找的这个叫作威尔金斯的家伙，我当然认识。我去了他的店，让他把我的思维从原本的身体转移到这具新身体里来。不过，他给我的思维保留了一份复件……我很确定。"

"那么……"我摇了摇头，"我从未听说过这种事。"

"我也没听说过。"匹克奥弗说,"我是说,我从他们的销售材料上了解到,意识是……嗯……按某种方式跃迁到人造身体里的。因此,我以为我在换身过程中不会有复件生成,否则就不会接受换身了。"

寇尔现在到了三十米外,正用一支大号来复枪瞄着匹克奥弗的后背。我抬起一只手,手掌向外,示意她站在那里别动。

"向我证明,"我说,"证明你就是自称的那个人。告诉我一些约书亚·威尔金斯不知道,但一个古生物学家应该知道的事情。"

"哦,看在老天的——"

"告诉我!"

"好的,好的。火星上最近的化石期要从那个名叫'诺亚风化期'的时代算起,那是一个形态多样化的时代,类似于地球上的寒武纪大爆发。迄今为止,已有二十七个明显的种类被识别出来——好吧,原本有二十九个,不过,我成功地证明了温鲍密安和咖露尼亚是布拉德布里亚的次级同类异名种。在布拉德布里亚之中,有六个种类,最为常见的是布氏短头蛙,以其分成两叉的臀部而著名以及——"

"好了!"我说,"足够了。"我冲着寇尔挥了挥手指,告知她我使用的无线电频率,看她调整好腕式电脑。"抱歉,警官。"我说,"错误的警报。"

那女人点了点头。"你欠我个人情,罗麦克斯。"她放低来复枪,从我们身边走过,朝着气闸走去。

我不想让寇尔听到,于是切换了频率,用手语知会了匹克奥弗。他看上去没什么动静,但我很快就听到了他的声音:"就像我说的,我认为威尔金斯给我的思维制造了一份副本。"

这么做当然是违法的,很可能也是不道德的,而且也许技术上不可行,我回头得去问问胡安。"你为什么会这么想?"

"只有这样才能解释我的计算机账户是怎么泄露的。除了我,再没人能进入它了,我是唯一知道密码的人。可是有人进过我的电脑,浏览了一圈。我用的是量子加密,所以任何时候哪怕有人看过一个文件,我也能清楚地知道。"他摇了摇头,"我不知道他是怎么做到的——肯定有什么我不知晓的技术——不过威尔金斯已经从我的思维副本中提取了信息。这是我能想到的唯一一种获知我密码的方法。"

"你认为威尔金斯这么做,只是为了进入你的银行账户?你账户里有多少钱值得他这么做?天太黑,我看不清你的衣服,不过要是我没记错的话,你看上去可真有些……寒酸。"

"你说得没错,我不过是个穷困潦倒的科学家。但我知道一些东西,能让不怀好意的人搞到他们做梦都想不到的巨大财富。"

"那么,那又是什么呢?"我说。

他站在那里左右为难,不知道该不该相信我。我由着他考虑,这位洛瑞·匹克奥弗博士,在繁星满天的背景下,只是一幅黑色的剪影。最后,他用一种柔和平静的声音说:"我知道它在哪里。"

"什么在哪里?"

"阿尔法沉积带。"

"我的天。你要发大财了。"

他可能摇了摇头,现在太黑了,看不清。"不,先生。"他用优雅的英国口音说,"不,我不想那样。我不想卖掉那些化石。我想保存它们,我要保护它们免受这些……这些盗贼的劫掠。我想确保它们被恰当地采集、科学地采集。我想让它们在最好的博物馆里得到善终。在那里，它们可以用于研究。有那么多东西需要研究、需要发现！"

"约书亚·威尔金斯现在知道阿尔法沉积带在哪里吗？"

"不……至少从我的电脑文件里得不到答案。我没有在任何地方记录，除了这里。"我能想象，他用手指点了点自己的额角。

"但如果威尔金斯能从你的思维副本里提取密码，那他为什么不直接提取阿尔法的位置呢？"

"密码直截了当——只是一串字符——而阿尔法的位置，噢，可不像地址那样，甚至我自己都没法儿明确说出它的经纬度。确切点儿说，我要凭借地质特征才能知道它在哪里，那对于非专业人员来讲毫无意义。那些信息要耗费很多时间去提取，这点我可以向你保证。所以他才试了更简单的方法——在我的计算机文件里找。"

我摇了摇头，"这根本没什么意义。我是说，威尔金斯又怎么知道你已经发现了阿尔法沉积带呢？"

匹克奥弗的声音突然变得很低："我之前去过'全新的你'——换身前你得提前去一趟，这是必然的。因为你得告诉他们，你想要什么样的新身体。按照你的要求订制需要花些时间。"

"没错。那又怎样？"

"我想要一个理想的身体，以便在火星表面进行古生物学考察工作。我有一些特殊的需求——要买那些东西，只有最成功的探矿者才支付得起：加强型膝盖；加强力量的手臂，用来移动岩石；有更宽的光谱反应的眼睛，好把化石看得更清楚；夜视能力,让我能在天黑之后继续挖掘。不过……"

我点了点头,"不过你没有足够的钱。"

"说对了。其实我根本付不起换身的钱,哪怕是最便宜的现货身体,于是……"

他住了嘴,我猜他是太生自己的气了,以至于无法把心里憋着的话说出来。于是我说:"所以你暗示说你就要发财了,并且提议他现在就按着你的要求做,以后你再把钱补上。"

匹克奥弗的声音很低落,"这就是科学家的悲哀:分享信息是我们的天性。"

"你有没有确切告诉他你发现了什么?"

"没有,不过他肯定猜到了。我是一个古生物学家,我已经研究温嘉顿和奥·雷利很多年了——所有的记录都是公开的。他肯定看出来了:我知道他们最宝贵的矿床在哪里。不然,像我这样的家伙还能从哪儿弄到钱?"他叹了口气,"我是个白痴,对吧?"

"这个嘛,至少我知道门萨①是不会招揽你的。"

"别老挖苦人,罗麦克斯先生。我感觉糟透了。"

我点点头,"但是,如果他怀疑你发现了阿尔法,只需要给你的这具新身体安装一个追踪芯片就行了。当然,那是违法的,但要得到他想要的东西,这是最简单的方法。"

匹克奥弗稍稍振作了一点儿,我猜想他也考虑过这种可能性。"不,不,他没有。追踪芯片肯定会发送信号,它们很容易就能定位。但我敢说,他知道我在换身前就清楚这点。我在换身后还做了自我检查,确定自己身上没有那玩意儿。"

"所以,你认为他用了另一个法子。"我说。

---

①指门萨高智商俱乐部,要成为会员必须通过高智商测试。

"是的！如果他成功找到了阿尔法的位置，一切都会丢失的！标本全会变成私人收藏——亿万富翁的纪念品，永远与科学绝缘。"他用那双哀伤的丙烯树脂眼睛看着我，声音已经嘶哑。我以前从未听说过换身人会这样。"所有神奇精美的化石都处于危险之中！你会帮我吗，罗麦克斯先生？请对我说你会帮助我！"

当然了，有两个客户总比一个好。这可跟银行账户息息相关。"好吧。"我说，"咱们来谈谈费用。"

第七章

　　和洛瑞·匹克奥弗回到穹顶里后，我给胡安打了个电话，让他来城中心匹克奥弗的小公寓见面。洛瑞和我提前到了那里，上了楼。早先那个睡在门廊的醉汉已经不见了。

　　匹克奥弗的公寓没有窗户，有三间小屋子。在我们等待胡安的时候，这位善良的博士——他拥有一个对任何人都充满了信任的灵魂——向我展示了三块他从阿尔法找来的化石。即便在我这双毫无专业眼光的眼睛看来，它们也漂亮得让人晕眩。这些标本都是无脊椎动物的外骨骼化石，已经从基质中剥离出来，很干净，而且精心地进行了整理。

　　第一块的大小跟我的拳头差不多，从身体中间向外伸展出数十条卷须，有些在端部长着三杈的钳螯，有些是四杈的，最大的两个分成了五杈。

　　另一块有我的小臂那么长。它呈哑铃状，两端的球体里都嵌着无数更小的半球状体。我说不清哪个是头、哪个是尾，不过匹克奥弗把握十足地向我保证：左边的球体是头，右边的是尾巴。

　　他向我展示了最后一个标本，说这是最让他骄傲欢喜的一个——它是迄今为止这个种类里发现的唯一标本。它是一个石化的带状物,如果将其伸展开,可能会有八十厘米长。不过它没伸开;相反,它跟自己接在一起,形成了一条莫比乌斯带,带子边缘生长着无数纤毛。看到保存如此完好的精美细节,我不由得一阵激动。带子上边还有一些等间距的钻石形的眼儿,边缘呈锯齿状。

我看着匹克奥弗,他显然十分开心,用自己的专业术语解说着、炫耀着他的标本。他在叙述它们非凡的科学价值时,我听得似懂非懂。不过我心里唯一的念头就是:这些东西值不少钱——事实上,在那个地方,这种品质的化石还有不知道多少呢。

胡安终于按响了门铃,洛瑞则用布盖上了他的标本。电梯出了毛病,不过在这种重力条件下问题不大,胡安到达公寓门前时并没有气喘吁吁。

"胡安·桑托斯,"他进来的时候,我给二人做了介绍,"这位是洛瑞·匹克奥弗。胡安是我们在新克朗代克能找到的最好的电脑专家。匹克奥弗博士是一位古生物学家。"

胡安将宽阔的额头转向匹克奥弗,"见到您很荣幸。"

"谢谢。"匹克奥弗说,"抱歉,这里乱得一塌糊涂,桑托斯先生。我独居。恐怕我是一个有许多坏毛病的长命单身汉。"他之前为我抹干净了一把原本布满了碎屑的椅子,现在又忙着抹起另一把来,这张正好在电脑跟前。他的电脑是一个银蓝色的立方体,大约有柚子那么大。

"怎么了,亚历克斯?"胡安朝匹克奥弗晃了晃脑袋,"新客户?"

"是呀。匹克奥弗博士的电脑文件被某个未经授权的人浏览过。我想知道,你能不能告诉我们那人是从什么地方登录的。"

"那你得在弯凿酒吧好好请我喝几杯。"胡安说。

"没问题。"我说,"我会把这事记在我的小本儿上的。"

胡安一笑,十指紧扣,抻了抻胳膊,掰了掰手指,就好像保险箱大盗要开工了似的。然后,他搬过新打扫出来的那把椅子,坐到了匹克奥弗的立方体计算机跟前,把显示器稍稍抬高了些,拉过键盘敲打起来。"你是怎么加密文件的?"他问,眼睛始终盯着显示器。

"文字密码。"匹克奥弗说。

"还有人知道吗?"

"没有。"

"也没有写在什么地方?"

"没有,好吧……也不尽然。"

胡安一转头,抬眼看着匹克奥弗,"这话怎么讲?"

"那是一本书里的一句话。如果我忘记了确切的词语,也是能查到的。"

胡安不屑地摇摇头,"你应该使用随机密码。"他敲打着键盘。

"哦,那句话十分保险。"匹克奥弗说,"没有人会猜到——"

胡安打断了他,"我猜你的密码是'那些有资格参加……'"

我看到匹克奥弗的人造下巴掉了下来。"我的天哪。你是怎么知道的?"

胡安指着屏幕上的一些数据,"这是几星期内,唯一从外部进入你系统的人输入的第一行字符。"

"我以为输入密码的时候,字符都是隐藏起来的。"匹克奥弗说。

"当然是隐藏起来的。"胡安说,"不过程序都有缓冲,就在这里。看。"

胡安在椅子上一歪,让匹克奥弗越过他的肩膀清楚地看到屏幕。

"这个……好吧,这太奇怪了。"匹克奥弗说。

"什么?"

"没什么,当然这是我的密码,不过不太对。"

我也探过头看着屏幕,"你什么意思?"

"哦,"匹克奥弗说,"看,我的密码是'那些有资格去参加福尔赛家喜庆事的人'——这是《有产业的人》的开头,约翰·高尔斯华绥的《福尔赛世家》的第一部。我喜欢这句话是因为它朗朗上口——'有资格去参加''福尔赛家的喜庆事'。这很容易记住。"

胡安摇着脑袋,满脸"孺子不可教也"的神态。

匹克奥弗继续说:"不过,看吧,不管是谁,输入的可不只是那些。"

我看着不断闪烁的字符串。它的全文是:那些有资格去参加福尔赛家喜庆事的人都见过他们在八点半用餐,享受七道菜。

"输入太多了?"我问。

"没错。"匹克奥弗点点头,"我的密码到'福尔赛世家的喜庆事'就结束了。"

胡安摩挲着他后缩的下巴。"这个没影响。"他说,"文件在密码输入完毕后就会打开,其余的文字会被系统忽略掉——用语音命令的系统一般都不需要按下回车键来确认。"

"没错,没错,没错。"匹克奥弗说,"可是后边那些话不对劲,它们不是高尔斯华绥写的。《有产业的人》是我最喜欢的书,我对它很熟悉。整段的开场词是'那些有资格去参加福尔赛家喜庆事的人都见过那种中上层人家的华妆盛服,那不但令人开心,也能让人长见识。'根本没说吃饭的时间,或是吃几道菜。"

胡安指着屏幕上的文字,好像那才是正确的版本,"你确定?"

"当然!"匹克奥弗回答,"你自己去查查好了。"

我一皱眉,"只有你知道密码,对吗?"

匹克奥弗用力点点头,"我独自一人生活,也没什么朋友。我喜欢安静。我从来没有告诉过任何人,也从没人在一旁听我念密码,或是看着我输入。"

"有人把它找着了。"

匹克奥弗看了看我,然后低头看着胡安。"我认为……"他缓缓说着,我猜,他是想让我有机会及时阻止他,别让他说太多。不过我任由他继续说了下去。"我认为这些信息,是'全新的你'从我的思维复本里面提取出来的。"

胡安把双臂抱在胸前,"不可能。"

"什么?"匹克奥弗说道。

"为什么?"我问。

"做不到。"胡安说,"我们知道如何复制构成人类思维的巨大交互链接阵列,我们也知道如何在人造基底中重现那些链接。不过我们不知道如何将它们解码,没人能做到。没有方法可以筛选思维副本里的数据,更别说提取特定的信息了。"

该死!如果胡安是对的——电脑方面的事情他总是对的——那么匹克奥弗的这桩生意根本就是混淆视听。恐怕根本不存在对他思维的违规扫描。要不是他的态度看起来极为认真,那看上去更像是有人偷听了他的密码,决定通过他的文件去寻宝。当我在这边浪费时间的时候,约书亚·威尔金斯无疑正从我的掌控之中越溜越远。

不过,在这条线索上再花几分钟还是值得的。"有没有什么迹象能看出,那人是在什么地方进入系统的?"我问胡安。

他摇摇头,"不能。干这事儿的人是个懂行的,把踪迹掩盖得非常好。是从外线进入的——我也就知道这么多了。"

我点点头,"好的。谢了,胡安。十分感谢你的帮助。"

他站起身,"乐意为您效劳。现在,喝一杯怎么样?"

我张开嘴正要答应,却突然冒出一个念头——威尔金斯现在在干什么?"嗯……下回吧,好吗?我在这儿还有些事情。"

胡安一皱眉,他显然想马上就来一杯。但我开始送客了,"谢谢你的帮助。我真的十分感激。"

"嗯,当然,亚历克斯。"他显然意识到这是逐客令,不过没太介意,"随时恭候。"

匹克奥弗说:"是啊,真是太感谢您了,桑托斯先生。"

"没问题。如果——"

"回见,胡安。"我说着,替他打开了门。"太谢谢你了。"我冲他挥了挥我那顶不存在的帽子。

胡安耸耸肩,明显意识到了我有心事,不过他对此没什么兴趣。他出了门,我按下滑动门的按钮。等门一关上,我就伸出胳膊搭在匹克奥弗的肩头,把他推回了电脑跟前。我指着屏幕上被胡安调成高亮的那行文字,大声读出它的后半段:"'……在八点半用餐,享受七道菜。'"

匹克奥弗点点头,"没错。怎么了?"

"数字常常都是加密的信息。"我说,"'八点半'和'七道菜'

对你来说有什么意义？"

"对我？没有。我的话，吃饭要比那早多了，而且从来都是一道菜。"

"但它可能是一条信息。"

"谁的？"

要跟他说清楚可不太容易，"你给你的。"

他把两条人造眉毛拧在了一起，"什么？"

"看。"我让他坐在电脑跟前，"胡安无疑是正确的。你没法儿筛选人类思维的扫描数据来提取信息。"

"可威尔金斯绝对就是那么干的。"

我摇了摇头，"不。找出思维中有什么东西的唯一方法，就是与它交流对话。"

"但是……但是没人问过我密码。"

"没人问过你这个。不过约书亚·威尔金斯一定把你的思维副本转移到了另一个身体里，让他能直接处理。一定是那个副本把你的密码透露给了他。"

"你是说……你是说还有另一个我？另一个有意识的我？"

"顺着这条思路想想看。"

"不过……不，不。那个……为什么？那是违法的。违规复制人类思维……我的天哪，罗麦克斯，这太可恨了！"

"我要看看我能不能找到那人。"我说。

"是那东西。"匹克奥弗恨恨地说。

"什么？"

"'那东西'，不是'那人'。我是唯一的这个'人'——唯一真正的洛瑞·匹克奥弗。"他浑身战栗，"我的天哪，罗麦克斯，我感觉……感觉受到了莫大的侮辱！这是盗窃，对我的思维进行复制！这是对个人隐私最不要脸的侵犯……”

“说得没错。”我说，“不过那个赝品正试图告诉你一些东西。这伙计……这东西……给了威尔金斯密码，然后给它添了些多余的词，是为了给你发信息。”

“可我不理解那些多余的词。”匹克奥弗的声音听上去很恼火。

“它们对于你来说毫无意义吗？是不是在提示什么东西？”

匹克奥弗又看了一遍屏幕上的文字。“我想象不出。”他说，“除非……不，不，我从来没有设想过这样的编码。”

“显然你想到什么了。什么编码？”

匹克奥弗沉寂了几分钟，好像是在考虑这个想法是否值得说出来。“好吧，新克朗代克是圆环形的布局，对吧？其中包含着照同心环形分布的建筑。八点半——那应该就是第八大街和第九大街之间，对吧？七道菜——从中心往外数的第七环？也许那个该死的赝品试图把我们的注意力拉到某个地方去，这座城里某个特定的地方。”

“七环，第八大街旁。”我说，“那一带很简陋。我在那儿附近的一家健身馆健身。”

“船坞，”匹克奥弗说，“不也在那里吗？”

“是呀。”干船坞作业在空旷地带更容易进行，而且，早些年间，太空船的维修服务是穹顶下的一项主要业务。我朝着门口走去，“我要去调查一下。”

“我跟你一起去。”匹克奥弗说。

我摇了摇头，他去恐怕只会帮倒忙，“太危险了。我应该独自去。”

匹克奥弗盯着我看了一会儿，像是要抗议，不过最终还是点了点头，"好吧。不过，要是你找到了另一个我……"

"怎么？"我说，"你想让我怎么做？"

匹克奥弗用那双恳切的眼睛盯着我。"除掉它，毁掉它。"他又战栗起来，"我永远都不想看那该死的东西一眼。"

第八章

我必须睡一觉，于是乘上悬浮电车回到了寓所——该死，有时我真希望自己是换身人。我的房子在第五大街，在纽约那是一个好地方，但在新克朗代克可就糟透了，特别是靠近边缘的地带。这里居住的大都是曾经尝试猎寻化石却无果而终的人，因此这条街的别名叫"悲情第五大街"。

我让自己睡了六个小时——自然是按火星时算，比地球时略长一点儿——然后我去了老船坞，到达的时候太阳刚刚升起。透过穹顶望去，东方的天空显现出粉红色，西边却是紫色。

太空船的一些维修作业仍然在这里进行，不过大多数船体都没有升空的价值了，已被遗弃。我想，每一艘废船都可以成为不错的藏身之处。太空船有防辐射屏蔽层，很难通过扫描船体来探查里边有些什么。

船坞是一大片空地，放满了各种尺寸、各种形状的船。它们大多是流线型——即使在火星稀薄的大气中，也需要这种形态。飞船有的以尾翼竖立着，有的平躺着，有的由活动腿支撑着。飞船上的舱室，只要是能看到的，我都去转了一圈。不过到目前为止，它们的气闸都严丝合缝、密不透风。

最后，我来到一艘被遗弃的巨大太空飞船上——船体足有三百米长、五十米宽、十几米高。船头上仍然能看到斑驳的名字"壮汉吉姆号"。用油漆刷在金属表面的"上火星还是等破产！"的口号似乎对船壳有点儿保护作用。我沿着船体侧面又走了一段，寻找某个舱室，直到——

就是这个了！我终于体会到化石猎手翻出一块保存完好的根状菌丝体是什么感受了。这儿有一个外部气闸，是敞开的。气闸里的门也开着。我迈步穿过气闸室，进入船体。里面有几个放置太空服的架子，却没有太空服。

走到屋子尽头，我发现了另一扇门——那种潜水艇式的，中心有一个锁紧轮。但这门关着，我估摸它早就封死了。不过我打算试试，要是它一动不动，就只能自认倒霉。解开锁闩，门一下就拉开了。我从腰带上取下手电，照向里面。看上去很安全，于是我跨了进去。门上装着弹簧铰链，一放开手，就自动关上了。

空气很干燥，有一股腐朽的气息。我下到一条通道，手电的光照向前方，然后……

一声啸叫响起。我猛地转身，手电的光束在那玩意儿溜走前射了过去：是只大个儿的褐色老鼠，眼睛在灯光下仿佛两撮燃烧的炭火。人们曾花费数火年时间全力消灭老鼠——还有蟑螂、蠹虫以及其他从地球传播来的害虫。

我回身朝飞船更深处走去。地板不是很平，略有些倾斜——朝右舷偏——而我有种越走越高的感觉。房内没铺地毯，光秃秃的金属地面挺滑的。右舷那侧的积水泛着油光，肯定有哪条管子破了。又一只老鼠在上头叫起来，我不禁寻思，它们在这样一条死气沉沉的旧飞船上能吃什么。

我想我应该联系一下匹克奥弗——让他知道我在哪儿。我打开电话,显示屏却提示无法连接。当然了,船体的辐射屏蔽层能阻挡信号。

寒气越来越重。我把手电举高,看到了自己呼出的雾气。我停下来聆听了一阵子:有不断的滴水声,是冷凝水,或是什么地方泄漏了。我继续向前,一边走,一边以专业的探察方式把光束扫来扫去。

沿着通道,每隔一小段距离就有一扇门——那种在太空船上常见的滑动门。大多数飞船都采用让乘客休眠的方式把他们带到火星,不过这是一艘带有舱室的老式航天飞船,可以让乘客和船员在八个月或更久的旅途之中保持清醒。

大多数门都被撬开了,每间敞开的屋子我都会照照看。有些是很小的乘客区,有些是仓库,有一间是医疗室——所有的设备都被拆走了,只剩一张体检床,它被结结实实地焊在了地上——我猜这玩意儿不值得让那些捡破烂的人大费力气,才幸存了下来。

我又查看了另一些区域,然后来到了通道里第一扇紧闭的门跟前。

我按下开门按钮,没有动静。飞船的电力系统早挂了。一个应急把手嵌在厚厚的门上,我估计想开门得有三只手才行:一只拿手电,一只拿着左轮手枪,另一只去拉把手。我把手电夹在右臂腋下,右手拿枪,用左手去拉把手。

门纹丝不动。我又试着更用力地拉了拉,几乎把胳膊拽脱臼。难道这扇门已经被调整成需要换身人的力量才能打开?也许吧。

我继续拉着,一点点光线开始从屋里溢出来,让我有些惊讶。我本来想瞬间拉开门的，来个出其不意，可每拉一下把手，这该死的东西只移动一点点。如果有人在门里，而他或她有一把手枪，那枪口现在肯定已经指着门了。

我停下来，先把手电塞进口袋，再把左轮枪插回枪套——该死，我真不喜欢在这种情况下放开这玩意儿——好让我能空出另一只手来开门。现在，我用两只手抓住把手，嘴里发出闷吼，用尽全身力气猛地一拉。里边的光线刺痛了我已经适应黑暗的眼睛。再拽几下，门打开的缝隙就足够我挤进屋了。我掏出手枪，走了进去。

一个刺耳的机械音响起来："求你……"但听起来一点儿都不可怜。

我的视线扫了一圈儿，看到了声音的来源。一张黑色的工作台靠在对面的墙上，捆在那张桌子上的……

捆在那张桌子上的是一个换身人。不过，这个换身人跟我的客户卡桑德拉那副令人遐想、近乎完美的身躯全然不同。这是一个粗糙而简单的人形机器，躯干四四方方，四肢是圆柱形的金属构件。而那张脸……

那张脸上根本没有任何人造皮肤，蓝色的眼睛有些吃惊地大睁着，牙齿就像松松垮垮套在脸上的假牙。面部的其余部分都是乱七八糟的传动轮和光纤，满是金属和塑料。

"求你……"他又说话了。我在屋里查看了一圈儿。有一个垒球那么大的准分子电池，几根线缆从它上面伸出来，连着便携式照明灯。还有一个带门的壁橱。我打开它——这扇门很容易滑开——确保我进来的时候没有别人藏在里边。一只瘦骨嶙峋的老鼠不知什么时候被困在了里边，这时赶紧从壁橱里跑出来，穿过半开的门溜走了。

我的注意力转到了那个换身人身上。他的身体套着黑色粗布牛仔裤和米色T恤。

看着那张没有皮肤的脸,我问:"你还好吗?"

金属的头颅轻轻地左右摇了摇;玻璃眼珠上的塑料眼皮收了进去,让这张不成形的脸呈现出了一种滑稽的恳求神态。"求你……"他说了第三遍。

我看了看固定住人造身体的束缚物:细细的尼龙带,就是桌子的一部分,绷得很紧。我看不到任何能让带子松开的装置。"你是谁?"我问。

我已经替他准备好了答案。"洛瑞·匹克奥弗。"不过,他的声音听上去不像我见过的那个洛瑞·匹克奥弗:没有优雅的英国口音,人工合成的声音很尖。

我可不会因为不想驳他颜面就相信他的话——何况他还没有颜面。"证明一下,"我说,"证明你是洛瑞·匹克奥弗。"

玻璃眼睛看向了一边。也许这个换身人正在思考怎么满足我的要求——或者他只是在回避我的目光。"我的公民编码是AG-394-56-432。"

我摇了摇头。"不够好。"我说,"应该用一些只有洛瑞·匹克奥弗知道的事情来证明。"

那双眼睛又看了看我,塑料眼皮垂下来,或许有些疑虑。"我是谁无关紧要,"他说,"让我从这里出去就行。"

这话表面上听起来很有道理,不过,如果他是另一个洛瑞·匹克奥弗……

"除非你能向我证明你的身份。"我说,"告诉我阿尔法沉积带在哪里。"

"去死吧你。"换身人说,"那条路行不通,所以你现在又换了这条路。"机械脑袋转向一边,"这条也没用。"

我说:"告诉我阿尔法沉积带在哪里,我就放了你。"

"我宁愿去死。"然后过了片刻,他又恨恨地说,"只是……"

我替他讲出了他的想法:"只是你没法儿死。"

他又看向旁边了。一个外表这么机器化的东西很难让人对它产生怜悯之情,这是我的借口,我打算抱着这个想法继续。"告诉我奥·雷利和温嘉顿是从哪里挖到那些玩意儿的。我会为你保守秘密。"

他什么都没说,不过我的思维在飞转,心在狂跳——我想起了另一个洛瑞向我展示的那些精美绝伦的标本。想到了在那个地方能找到多少那样的标本,以及它们所代表的难以计数的财富。我惊讶地发现,我的枪正指着那个换身人的脑袋。"告诉我!"我居然咬着牙说出了这话,"告诉我,别等我……"

远处,走廊外面传来了老鼠的尖叫和……

脚步声。

换身人也听到了。他的眼睛急速转动着,看上去无比惊恐。

"求求你。"他放低了音量说。他刚一张嘴,我就伸出食指竖在嘴唇上,示意他保持安静。不过他继续说:"求求你,看在上帝的分儿上,把我弄出去。我挺不住了。"

我径直走向壁橱,迅速躲进去,拉上门挡住自己。我调整到一个合适的姿势,好透过缝隙看外面——如果有必要也可以射击。脚步声越来越响。壁橱里有一股老鼠味儿。我静静地等着。

说话声传来,比那个自称是匹克奥弗的东西发出的声音更低沉、更像人类,"怎么……"

接着,我看到了一个人—— 一个换身人——她侧身挤进屋里,就跟我刚才一样。我这个角度看不到她的脸,不过看那身材是女性,而且一头黑发。我吸了一口气,屏住呼吸,然后……

然后她转过身,露出了面孔。我的心狂跳起来。这优雅的体型,分得很开的绿色眼睛。

卡桑德拉·威尔金斯。

我的客户。

她把手电筒放在一张小桌子上。"谁到这儿来过,洛瑞?"她的声音冷冰冰的。

"没有人。"他说。

"门开着。"

"你离开时就那样,我也挺惊讶的,不过……"他收了声,也许意识到话说太多会露马脚。

她微微偏起头。看来,即便有换身人的力量,那门也不太容易关上。希望她觉得这是合理的,准是她上次离开时误以为关好了门。当然,我立刻就发现了这个故事的漏洞:你可能没有让门关到位,但你不会没留意漏到外面走廊的灯光。但大多数人不会考虑这么多细节,但愿她会接受匹克奥弗的说法。

她又思忖了一会儿,似乎认可了就是这么回事儿,她点了点头,明显是对自己的想法感到满意。然后,她走到捆着换身人的桌子跟前。"我们没必要再来一次。"卡桑德拉说,"只要你肯告诉我……"

她停顿了半晌,等待回应,但匹克奥弗没有任何反应。她耸了耸肩。"如果你的选择就是这样……"她说着,出乎我意料地,举起右手狠狠抽在了匹克奥弗那张机器人般的脸上,然后……

然后匹克奥弗尖叫起来。

那是一种长长的、低沉的、颤抖的声音,就像金属薄板被揉搓时发出的那种让人极不舒服的声音,一种非人类的声音。

"求你……"他又咬着牙说了对我说过的那个充满悲伤的词,那个被我无视的词。

卡桑德拉又抽了他一巴掌,他又尖叫起来。到目前为止,这么些年来,我被无数女人抽过耳光:那很疼,不过我从没尖叫过。而人造身体的材料肯定比我的身体更结实。

卡桑德拉抽了第三个耳光。匹克奥弗的尖叫声回荡在这死寂的飞船里。

"告诉我!"她吼道。

我看不到他的脸,刚好被她的身体挡住了。可能他摇了头,可能他只是决绝地瞪着她。总之他什么都没说。

她又耸了耸肩,很明显这种刑讯逼供不是今天才开始的。她挪到床边,站在他被尼龙带捆着的右臂旁。"你不会想要我这么做的,"她说,"而我并非必须这么做,如果……"她故意收住话头,停了片刻,然后说,"啊,好吧。"她伸出米黄色的手,用三根手指握住了他的右手食指,开始把它往后弯折。

现在我能看到匹克奥弗的脸了。他下颌的传动轮在运转,正努力挣扎让自己的嘴闭上。他的玻璃黑眼珠翻进了脑袋里,左腿不停抽搐着。这是一幅怪诞的画面,我的内心在不停地交战,一会儿对躺在那里的换身人无比同情,一会儿对于那个显而易见的人造玩意儿冷漠无感。

卡桑德拉松开匹克奥弗的食指,有那么一会儿,我以为她是要表现出一丝仁慈。不过接着,她又一把抓住他的食指和中指,把两根一起往后掰。这一次,尽管尽了最大努力,匹克奥弗的喉咙还是发出了刺耳的机械声。

"说!"卡桑德拉吼着,"说!"

最近我学到了一件事情——还是从卡桑德拉那里学来的——人造身体必须有疼痛传感器,否则机器人的手可能会因为放在加热器上报废,或让关节承受过大的压力。不过我并没有想到这类传感器会如此敏感,而且……

而且,就在匹克奥弗又一次发出令人心悸的尖叫时,我心头一震。卡桑德拉了解所有关于人造身体的事情,毕竟她就是销售这玩意儿的。如果她想调整一下换身人的心-体界面,让疼痛加剧,简直是小菜一碟。我这辈子见过许多邪恶的事儿,但这是最卑劣的。扫描一个思维,把它放进一个痛觉超级敏感的身体里,折磨它,直到它吐露秘密。然后,当然了,你只要抹掉这个思维就万事大吉了,而且……

"你迟早会完全崩溃的,你很清楚。"她几乎是在恳切地劝慰,同时看着匹克奥弗那张没有血肉的脸,"既然那不可避免,你还不如现在就告诉我。"

一些用作匹克奥弗面部肌肉的弹性带子开始收缩,他的牙张开了,头迅速向前轻轻一点。我起先以为他是不合时宜地想要亲她一下,随即我意识到他想啐她一口。当然了,他那干巴巴的嘴和塑料喉咙里可造不出痰,不过他的思维——一个人类的思维,一个习惯了生物身体的思维——聚集起它所有的憎恶,做出了这个最原始的动作。

"非常好。"卡桑德拉说。她把他的手指更残忍地往后猛地一掰,弯成一个极度痛苦的角度。匹克奥弗尖叫并呜咽着。最后,她松开他的手指,说:"咱们再玩点儿不一样的。"她向前一靠,用左手撬开他的右眼皮,把右手拇指狠狠抠进了他的眼睛里。那个玻璃球体被压进了金属头颅,匹克奥弗再一次尖叫起来。看来人造的眼睛比自然的眼睛结实,不过戳进去的拇指更结实。我感觉到自己的眼睛湿润了，心中涌起怜悯之情。

匹克奥弗的躯干被两条固定带束缚着，人造脊柱微微弓起来。一次又一次，我清楚地看到卡桑德拉的表情，看到那完美对称的人工合成的脸欢欣地微笑着，令人作呕。

最后，她抠进眼睛的拇指停止了动作。"够不够?"她问，"因为如果你觉得不……"

如我先前所说，匹克奥弗仍然穿着衣服。但不管你是生物人还是换身人，那身衣服走在街上都够寒碜的。现在，卡桑德拉把手伸到了他的腰间。我看着她松开了他的腰带，解开了牛仔裤的扣子，拉下拉链，然后把裤子尽可能地褪到金属大腿下面，一直拉到束缚带的位置。换身人没必要穿内衣，匹克奥弗里面什么都没穿。他的人造阴茎和睾丸暴露出来。我感觉到自己的阴囊在恐惧中紧紧收缩起来。

接着，卡桑德拉做出了最让人吃惊的事情。对于掰他的手指她毫无内疚，把拇指直接戳进他的眼睛里她也没有一丝犹豫。但现在，她打算折磨他的下身了，却似乎不想直接碰触。她开始在屋里四下打量。有那么一下，她的目光落在了壁橱的门上，我往后一缩，靠在了内侧的墙壁上，希望她不会看到我。我的心在狂跳。

最后，她找到了要找的东西：一把扳手，就放在地板上。她把它捡起来，举过头顶，直视着匹克奥弗的那只好眼睛——另一只眼睛在她抽出拇指的时候立刻就闭了起来，一直都没再睁开。"我要把你那两颗滚珠砸成铁屑，除非……"

他现在闭上了另一只眼，塑料眼皮紧紧挤在一起。

"数到三。"她说，"一。"

"我不能。"他用低低的声音说，像是在耳语，"你们会毁了化石,把它们卖给……"

"二。"

"求求你！它们属于科学！属于全人类！"

"三！"

她的手臂猛落下来,在空中划出一条巨大的弧线,银色的扳手砸进了塑料囊里,那是匹克奥弗的阴囊。他发出了比我听到过的任何叫声都要令人震撼的惨叫,那么洪亮,真的,把我的耳朵震得嗡嗡作响,尽管还隔着半闭的壁橱门。

她又举起了胳膊,但一直等着,等那尖叫声渐渐变成一串呜咽。"还有一次机会,"她说,"数到三。"他的整个身体都在颤抖。我感到一阵恶心。

"一。"

他把头转到一边,仿佛让眼睛看向一边就能让折磨停止了。

"二。"

一声呜咽涌出他那人造的喉咙。

"三！"

我发现自己也把眼睛转到了一边,无法去看那……

"好吧！"

是匹克奥弗的声音,刺耳的机械声。

"好吧！"他又喊了一遍。我把脸转回来:那个生物人模样的女人拿着扳手高举过顶,而那个极度惊恐的机械模样的男人被绑在桌子上。"好吧。"他又重复了一遍,这次说得很轻,"我会说出你想知道的一切。"

第九章

"你会告诉我阿尔法沉积带在什么地方?"卡桑德拉问,垂下了手臂。

"是的,"匹克奥弗说,"是的。"

"在哪儿?"

匹克奥弗安静了。

"在哪儿?"

"上帝请宽恕我……"他轻声说道。

她又举起手臂,"在哪儿?"

"尼里·帕特拉火山口东南偏南方向十六点四公里。那里有三座环形山,每一座的宽度都不超过一百米,形成了一个完美的等边三角形。阿尔法沉积带就是从它们东边五百米左右的那个双槽沟地带开始的。"

卡桑德拉的电话无疑正在录音——就像我自己的电话一样。"我以为它就在这儿,在伊希地平原。"

"不在这里——它在毗邻的高地平原上。正因如此,才没有别人找到过它。"

"你最好说的是实话。"她说。

"我说的是实话。"他的声音很微弱,"我已经到这个地步了,当然说的是实话。"

卡桑德拉点点头,"那么好吧。是时候把你关掉了。"

"我对你说的是实话!我告诉你了每一件你想知道的事。"

"确实如此。所以你对我也没什么用处了。"她从小桌子里取出一件多用工具,回到匹克奥弗跟前,打开了他体侧的一个小门。

我走出壁橱,枪口直瞄着卡桑德拉的后背。"不许动。"我说。

她一转身,"罗麦克斯!"

"威尔金斯夫人,"我点了点头,"我猜你不再需要我去找你丈夫了,对吧?现在你已经知道他的下落了。"

"什么?不,不。我仍然要你找到约书亚。我当然要!"

"所以你能跟我分享这笔财富?"

"财富?"她转头看了看那位不幸的匹克奥弗,"哦。好吧,行啊,反正有大笔大笔的钱唾手可得。"她笑了,"多得让我很乐意跟你分一杯羹,罗麦克斯先生——哦,你是一个大好人。我知道你不会伤害我!"

我摇了摇头,"一有机会你就会出卖我。"

"不,我不会的。我需要保护,我很明白……那些化石在带来金钱的同时,还会带来什么。让你这样的人陪在身边,只会让我安心。"

我看了看匹克奥弗,摇了摇头,"你对那个人严刑拷打。"

"那个'人',你是这么叫他的,要是没有我的话,他根本就不存在。而那个真正的匹克奥弗根本不会来找我们任何麻烦。"

"不过……这种折磨,"我说,"太没人性了。"

她不屑地冲匹克奥弗甩了甩拇指,"他不是人类。只不过是某个软件在某个硬件里运行了一下罢了。"

"你不也是这样嘛。"

"我不只是这样。"卡桑德拉说,"我有授权。他是违规的……违规品没有权利。"

"我不打算跟你争论伦理问题。"

"好的。不过请记得谁在替谁工作,罗麦克斯先生。我是委托人——而我现在要走了。"

我稳稳端着手枪,"不,你走不了。"

她看着我。"这局面有意思。"她的语调很坚定,"我手无寸铁,你有一支手枪。一般来说,你握有主动权,对吧?不过你的枪可能没法儿阻止我。打我的头,子弹会从我的金属颅骨上弹开;打我的胸口,顶多也就是打坏一些零件,反正我能更换——我能做到,而且还能打些折扣。

"不单如此,"她接着说,"我的力量相当于十个男人。毫不夸张地说,我能把你的四肢扯下来,或是用双手把你的脑袋拍碎,就跟拍甜瓜一样容易,而你的脑浆,要是有的话,就会喷涌而出。所以,接下来要怎么做,罗麦克斯先生?你是否打算让我走出这道门,去忙我的生意呢?或者你打算以扣动扳机作为开始,让你的死作为结束?"

一直以来,手中握着枪总是让我感到有力量、有安全感。不过这时候,这支史密斯威森像铅块。她说得没错,向她射击就跟用枪砸她差不多少——不过,要是能一枪撂倒她,我肯定会开枪。以前我在自卫的时候杀过人,但是……

但这不是自卫。不算是。如果我没有出现,她就会离开。我能否冷血地杀掉她……好吧,不算是冷血。而且她是对的,她是一个人,而那个匹克奥弗不是。她是卡桑德拉·威尔金斯唯一合法的实体。这里的警察可能很腐败,也很懒惰,但就算是他们也不会对穿顶下的谋杀案睁一只眼闭一只眼。

"那么,"她最后说,"要怎么样呢?"

"您做了一番很有说服力的辩论,威尔金斯夫人。"我用在这种气氛下最有理性的语气说。接着,我丝毫不露声色地扣动了扳机。

我不知道换身人的时间感应器是被调慢了,还是按着精准的石英传感器计时的。对于我来说,那一刻的时间似乎凝固了。我发誓,我真的能看到子弹沿着弹道曲线飞出我的枪口,之后划过三米的距离到了……

当然不是飞到了卡桑德拉的躯干上。

也不是她的脑袋。

她是对的,那样做无法伤害她。

不,相反,我瞄准的是她身后,那张桌子上躺着的人造匹克奥弗。具体来说,瞄准的是捆着他躯干的那根结实的尼龙带,那根带子就在他右手边——在那里打了个交叉,把匹克奥弗的手臂紧紧固定住。

子弹切过带子,把它打成了两段。长的那段登时松开了,一下甩起来,弹过他的身体,就像一条被四万伏高压电击中的蛇。

卡桑德拉错愕地瞪着眼,发现我居然没打中她。子弹的爆裂声仍在我耳中回荡,不过我发誓还听到了束缚带松开的声音。要是你对疼痛超级敏感,肯定要有相当长的时间才能缓过来,我希望匹克奥弗足够聪明,注意到了我在瞄准的时候稍微偏了一些。

他确实注意到了,手臂一松开就立马坐起来——他的腿还捆着。他随即一把抓住卡桑德拉的胳膊,把她扯了过去。我在火星那微弱的重力下用力一跃。卡桑德拉的大部分身体是由轻质复合材料和人工合成材料制造的，而我仍然是很好的血肉之躯：我比她至少重三十公斤。我的冲撞让她往后一仰，重重地摔在了桌边。匹克奥弗伸出另一条胳膊，抓住卡桑德拉的另一条手臂，往后一拧，让她靠在了桌边上。我手忙脚乱地站起来，然后举起枪，对准她的右太阳穴。

"好了，甜心。"我说，"你真的想测试一下你的人造颅骨有多结实吗？"

卡桑德拉大张着嘴。如果她是生物人，八成已经气喘吁吁了。不过她那没心没肺的胸脯静如止水。"你不能这样朝我开枪。"她说。

"为什么不行？匹克奥弗在这里，他毫无疑问会帮我，我会说这是正当防卫。对吗，匹克奥弗？"

他点点头，"绝对的。"

"事实上，"我说，"你、我、这个匹克奥弗，还有另一个匹克奥弗，天下只有我们四个知道阿尔法沉积带在哪里。我认为在这种情形下，我们三个不带你参与会更好。"

"你不可能就这样脱身的，"卡桑德拉说，"办不到。"

"我已经逍遥法外好多年了，"我说，"也根本看不到这种好日子有个头。"我打开保险，就是好玩儿想吓唬她。

"我说，"她说，"没必要这么干。我们都能分享这笔财富。足够分的。"

"但你没有任何资格来分。"匹克奥弗说，"你窃取了我的思维副本，还实施酷刑。你想因此得到报偿吗？"

"匹克奥弗说得没错，"我说，"这是他的宝藏，不是你的。"

"那是全人类的宝藏，"匹克奥弗纠正道，"它属于全人类。"

"但我是你的委托人。"卡桑德拉冲着我说道。

"他也是。至少,他那个合法的版本是。"

卡桑德拉的声音绝望了,"但是……但是那有违我的利益!"

"那起诉我好了。"

她厌恶地摇了摇头,"你这么做就是为了你自己!"

我亲切地耸耸肩,把枪口更紧地压在了她的人造脑袋上,"我们不都是这样吗?"

"开枪。"匹克奥弗说。我看到他仍然抓着她的上臂,用力拧到她身后。如果他是生物人,躯干扭成这样肯定十分不舒服。我突然想到,以他对疼痛的敏感度,拧成这样一个姿势应该也非常难受。不过显然他痛并快乐着。

"你真想让我这么做吗?"我说,"我是说,我能理解,在她对你做过那些事之后,但……"我没说完心里的想法,话说到一半,让他自己去做决断。

"她折磨我,她应该受死。"

我皱起眉,无法反驳他的逻辑——不过,不知道匹克奥弗是否意识到自己其实和她一样,也在干着违法的事儿。

"我不能责怪你。"我又开口了,然后又加了一个"但是"。接着,又一次只把话说到一半。

最后匹克奥弗点了点头,"也许你是对的。我对她没有任何怜悯,但我不需要看着她死。"

卡桑德拉显然松了口气,脸上掠过一丝涟漪。

我点点头,"好样儿的。"

"但是,还有,"匹克奥弗说,"我想报复。"

卡桑德拉的上臂仍然被匹克奥弗扣着,但她的小臂是自由的。于是她努力动着手。我低头看时,她正费力地把手伸向腹股沟,像是要保护……

我平静而满意地点了点头。

卡桑德拉飞快地把手伸进裆里,身子蜷缩起来——但这一切都太晚了。

匹克奥弗也看到了——他扭着身子,正好目睹到这幕。

"你……"他开始缓慢而明显地抖动起来,"你是……"他停下了,要是他没被捆着,我敢肯定他会往后退好几步。他的声音很轻,显然大吃了一惊,"你不是女人……"

卡桑德拉不愿意用她的手直接碰匹克奥弗的下身——尽管那是人造的。当匹克奥弗打算把自己受过的折磨反施于她进行报复时,卡桑德拉的手本能地去保护……

这下一切都说得通了:她一屁股坐进椅子里的粗俗姿态,她不给自己化妆、不佩戴首饰,还有其他一大堆细节。

卡桑德拉的手本能地去保护自己的睾丸。

"你不是卡桑德拉·威尔金斯。"我说。

"我当然是。"女性的声音说。

"你的内部不是。你是一个男人。不管这个身体里移植了谁的思维,它属于男性。"

卡桑德拉剧烈地扭动起来。该死,匹克奥弗被这个现实震惊得头晕目眩,放松了手上的力道,她脱身了。我开了枪,子弹直接射进她的胸口,一股机油流了出来,就像从破了口的罐子里喷涌而出。不过子弹根本没能让她放慢速度。

"别让她跑了!"匹克奥弗用高亢的机械音叫道。我把枪口甩向他,他好像以为我打算干掉他好让她逃走,眼中闪过一丝惊恐。我瞄准捆着他的腿的尼龙带开了一枪,却没完全打断。我和匹克奥弗只能用手撕扯起来。带子终于断开,被甩到一边。

匹克奥弗双腿一蹬,从桌上跳下来,稳稳站在地上。人造身体有很多优点,虽然天知道他躺了多久了,但一点儿没变得麻痹、迟钝。

几秒钟后,匹克奥弗就已经行动自如。卡桑德拉逃出了那道被我撬开了一半的门,顺着走廊跑进了黑暗中。我能听到水花泼溅的声音,这就是说她偏离了走廊的中心线,跑到了右舷积水的那边,而且我还听到她在什么地方结结实实地撞了一下,但她立刻又继续跑了起来。她没拿手电,走廊里唯一的光线是从这间屋里泄出去的——她跑得越远,身后的光就越暗淡,而她的影子投在正前方,会令她更加看不清路。

我挤了出去,掏出口袋里的手电照亮前面。这道光对卡桑德拉没多大用处。我注意到匹克奥弗现在穿好了裤子,也走出来站到我身旁。他跟着我跑了起来。

我们的脚步声盖住了卡桑德拉的,我猜她肯定跑出去了有三四十米远。尽管这里一片漆黑,可她毕竟来过好几趟了,比我们有优势。我是第一次来,匹克奥弗对这儿也不是太熟。

一只老鼠尖叫着仓皇而过。我已经有些上气不接下气。"你在黑暗中能看清多少?"我问道。

匹克奥弗的声音里没有丝毫费力的喘息,"只比生物人好一点点,除非专门升级到红外线。"

我点点头,但按他的说法,在这片黑暗里恐怕他看不到我的任何动作。我的腿比卡桑德拉长,但她能把腿甩得更快。我把手电对着上方,往更远处照去。前方好一段距离之外,她正奔跑着。我又把光束指向地面。

头顶滴下的水越来越多,卡桑德拉不时改变着路线。我想开枪——不是真的要把她撂倒,只是为了增加点儿戏剧效果

——这时,我突然发现匹克奥弗超到我前面去了。他那双机器腿跟我的腿一样长,但他能把那双腿摆动得跟卡桑德拉的腿一样快。

我试图跟上他的速度,但很困难。就算在火星的重力下,快跑也是个力气活儿。我又把光束往上照去,发现匹克奥弗已经在我前方了,他的身体正好挡在了走廊里的远处,所以我不知道现在和卡桑德拉距离有多远。有匹克奥弗隔在中间,我没法儿像想象中那样很帅地开上一枪。

匹克奥弗一路向前。我经过一扇又一扇敞开的门,它们就像黑暗中一张张黑色的大口般冲我张着。我听到了更多的老鼠叫声,还有匹克奥弗的脚步声,还有……

突然有东西从我身后跳到了背上。一条结实的手臂勒住我的脖子,狠狠卡在我的喉结上。我试图喊匹克奥弗,但喘不上气。我拼尽全力伸长脖子,把手电的光束指向天花板,好让一些光从上面反射到我背上。

是卡桑德拉!她钻进了一间屋子,潜伏着等我。匹克奥弗没有察觉到目标早已不在前边——他刚好挡住了我的视线,脚步声又妨碍了我的听觉。我能看到自己呼出的冷气,当然了,看不到她的。

我又一次竭力呼喊匹克奥弗,但拼尽全力也只发出了细小嘶哑的声音,这点儿声音在他的脚步声中几不可闻。我已经非常疲累,再加上被卡住了喉咙,这片黑暗之中,我的眼前开始出现白色的光影。这是窒息反应。我只有几秒钟来拯救自己了。

我尽量蹲下身子,卡桑德拉仍然在我背上,她的头紧紧抵着我的。我用尽全力往上一蹦。就算我现在这么虚弱,这一蹦也够狠的。在火星的低重力状态下,我像子弹一样弹了起来。卡桑德拉的金属头颅撞进了走廊的天花板。碰巧正好有一个照明设备在我头顶,我听到了玻璃和塑料破碎的声音。

我落了下来,速度慢得令人生气。卡桑德拉仍然紧紧趴在我背上。不过等一落地,我立刻往前冲了几步,然后再次跃起。这一次,头顶只有冷冰冰的舱壁,她的金属头颅狠狠撞了上去。

又是缓慢的下落。我觉得有什么又粘又湿的东西渗进了衬衫里。有那么几秒钟,我以为卡桑德拉弄伤了我——但并不是。显然那是从她身上的子弹孔里漏出的机油。我们再次落地时,卡桑德拉卡着我脖子的手松开了,她想从我身上下来。我转身往前用力一推,她仰面摔在了走廊的地板上,然后我一个翻身压在了她身上。我用尽了全身的力气。手电被撞飞弹到了一边,转了好几圈儿才停下,光束正好背朝着我们。

尽管这么狼狈,我手里仍然抓着左轮枪。我举起枪,摸到卡桑德拉的脸,用枪管狠狠抵住。多年前,曾有一次,我把枪筒狠狠砸进了一个恶棍的嘴里;这一次,我有别的主意。我把枪筒直接顶在了她的左眼上,狠狠顶着——颇有一点儿以牙还牙、以眼还眼的意思。

我说:"我打赌,如果我朝你的玻璃眼睛开枪,瞄得稍微高一点儿,就能打碎你的人造大脑。想试试吗?"

她什么都没说。我朝着身后喊道:"匹克奥弗!"这个名字回荡在走廊里,不过我不知道他是否听到了。我把注意力转回卡桑德拉身上——或者这个该死的不管到底是谁的家伙——我打开了保险,"我现在比较关心的问题是,卡桑德拉·威尔金斯是我的客户——可你不是她。你是谁?"

"我就是卡桑德拉·威尔金斯。"她说。

"不,你不是。你是个男人……或者说至少你拥有男人的思维。"

"我能证明我是卡桑德拉·威尔金斯。"这个仰卧在地的玩意儿说,"我的名字是卡桑德拉·鲍兰·威尔金斯,我的本姓是科利尔。我出生在艾奥瓦州的苏城。我的公民编号是——"

"这些都是摆在明面儿上的事儿。"我摇了摇头,"谁都能找到这些资料。"

"但我知道其他人不可能知道的东西。我知道我小时候养过的宠物的名字,知道我十五岁时做了什么被赶出学校,还确切地知道在我原身上的哪个位置有文身,我……"

她继续说着,不过我没再听。

耶稣基督呀,这几乎是一宗完美的犯罪。没有人能够利用一个窃取来的身份逃走——至少不会太久。原身如何说话,原身知道的秘密,如果不了解这些基本的信息,很快就会露馅儿,除非……

除非那个身份被你据为己有的人,是你的配偶。

"你不是卡桑德拉·威尔金斯,"我说,"你是约书亚·威尔金斯。你拿走了她的身体,你换身到了她的代身里,而她换身到了……"我的胃一阵收缩,这确实是一宗几乎完美的犯罪,"而她没有换身,原身安乐死的时候她就死掉了。这让你成了谋杀犯。"

"你无法证明。"那个女性声音说,"没有生物特征,没有DNA,没有指纹。我说我是谁,我就是谁。"

"你和卡桑德拉一起酝酿了这个计划,"我说,"你们俩估计匹克奥弗肯定知道阿尔法沉积带在哪里。不过后来,你决定不跟任何人分享这笔财富……哪怕是你的妻子。于是你除掉了她,同时让你也能完美地逃脱。"

"太疯狂了。"女性的声音答道,"是我雇用了你。为什么在……在火星上……我要这么做?"

"你期望警察出面调查你的失踪,让他们在'全新的你'的地下室找到尸体。可惜他们只知道坐在局子里,根本动都懒得动。而你很清楚,如果是你找到了它,嫌疑就会落在你身上——配偶有最大的嫌疑!你想要的,就是让我找到尸体。"

"口说无凭。"换身人说,"这只是你的推测。"

"也许吧,"我答道,"我不必让其他人满意,让我自己满意就够了。尽管如此,我要给你一个机会。你瞧,我想活着出去——可是你活着的话,估计我很难保命。明白吗?如果你有什么好方法,就告诉我。否则,我别无选择,只能崩了你。"

"我保证不害你性命。"人工合成的声音说。

我大笑起来,笑声回荡在走廊里,"你的保证?呵呵,我还信我能用它去银行贷款呢。"

"不,我是认真的。我本来不打算告诉任何人。我……"

"你是约书亚·威尔金斯?"我问。

沉默。

"你是吗?"

我感觉那张脸抖动了一下,手枪的枪筒在眼窝里微微晃动。"是的。"

"好了,安息吧。"我说。然后又突发奇想加了一句,"乔什。"

我扣下了扳机。

第十章

枪口冒出的火光短暂地照亮了那张完美无瑕的女性面孔，那张脸几乎露出了生物式的恐惧。左轮枪的后坐力在我手中反冲了一下，然后又是一片漆黑。我不知道这颗子弹会对那个大脑造成多大伤害。当然了，人造的胸口没有一起一伏，它也从来没有起伏过。而且没有任何地方能检查脉搏。于是我决定再开一枪，以防万一。我轻轻晃了一下，想让这一枪穿过另一只眼睛，然后……

然后约书亚的手臂猛地一挥，把我掀到了一边。我感觉自己飞了起来，约书亚翻身爬起。他一把抄起手电，晃动着转过身，光束照亮了他的面孔。原先的那只眼睛成了一个黑漆漆的窟窿。

我举起枪……

约书亚立刻灭掉了手电，四周只剩下走廊深处的一点点光亮，是从那间行刑室里漏出来的。这不足以让我看清他的位置，但我还是扣动了扳机，听到子弹反弹的声音……要么是打在了约书亚的金属骨骼上，要么就是走廊的墙壁。

我是那种一直都很清楚枪里有几颗子弹的人。两颗。我不想把这两颗都乱射出去,不过……

我听到约书亚正步步逼近。我又开火了。这一次,那个女性化的发音装置发出了一声介于性感和痛苦之间的呻吟,我知道我打中他了。

还剩一颗子弹。

我开始往后退——这比往前走更加困难。在几乎伸手不见五指的黑暗里,怎么走恐怕都会绊倒。微弱的光线勾勒出了卡桑德拉·威尔金斯的身形,比我的身体小些,却更强壮。他可能会把我拎起来往天花板上撞,就像我刚才撞他那样,而我很肯定自己的脑袋没那么结实。如果被他抓住胳膊,估计枪会被夺走。那么多子弹都不够让这个人造身体歇菜,但一颗子弹足够我喝一壶了。

我心念一转,要是有枪对着我,那最好是把空枪。我端起枪,估摸着对准了目标,最后一次扣动了扳机。

左轮枪轰鸣了一声,枪口冒出的火光照亮了周围,我的眼前一闪。换身人叫了一声——我猜我打中了一个十分要命的传感器,会产生剧烈的疼痛。不过约书亚继续往前移动。我身体的一部分决定转身逃走——我的腿还是更长些,尽管我没法儿让腿甩动得更快——可身体的另一部分却不这么想。手枪已经没用了,我把它扔到一边,撞到走廊墙壁发出一声巨响,然后它落在地板上,弹跳着发出一连串响声。

刚把枪扔掉,我就意识到自己犯了个错误。我清楚地知道有多少子弹,但约书亚不知道。要是对方以为枪还上着膛,那空枪也是一种威慑。

我们面对面对峙着——我也只能做出这么个判断了。不知道我们之间的距离到底有多远。尽管跑起来会发出声响,可脚步声会产生回音，我俩都可以往前或是往后走上一两步，或是往左、往右，而对方根本搞不清到底是什么情况。我尽力不发出任何动静。但一个换身人能够一连几个小时纹丝不动地站着，保持绝对安静。

尽管我只在老电影里听过钟表走动时的嘀嗒声，但此刻我很清楚时间在不断流逝，我俩都在等着对方先动，而我根本不清楚他到底伤得有多严重。

一束光突然照在我的脸上。他打开了手电，让光束直接射向我的眼睛。一时间我什么都看不见了。我猜他剩下的那只机械眼应该完好无损，因为在知道我的确切位置后，他腾身而起跃到半空中，一下儿把我扑倒在地。

这一次，他两手勒住了我的脖子。我的体重还是比约书亚占优，拼命翻了个身，让他仰面朝天躺在了地上，我压在他身上。我弓起身子，用膝盖狠狠顶上他的卵蛋，希望这样能让他松开我……

……只是，当然了，他根本没有卵蛋，他只是以为自己有。该死！

那双手仍然死死掐着我的喉咙。虽然这里的空气冷得瘆人，可我已经汗流浃背。但我的两只手空了出来。我把右手抵在他的胸口——摸到那对人造乳房时让我有些意外——摸索到了第一颗子弹打出的那个光滑、湿润的弹孔。我用拇指狠狠抠了进去，用力一扯，跟着用左手拇指插进了伤口里，用力拉开。我想，如果我能摸到内部零件，也许能扯掉一些关键部件。人造的皮肉很柔软，下面是一层感觉像泡沫橡胶的东西——而那下面，就能摸到金属部件了。我尽力把整只手都塞进去，试着把能抓到的东西都扯出来。但我的力气消失得很快。跳动的脉搏在我耳朵里发出雷鸣般的声响，让我听不到别的任何声音，只有不绝于耳的轰——轰——轰——轰——轰——

是脚步声！有人正往这边跑，而且……

一束光照在我们身上。

"他们在那儿！"高亢的机械声，我听出是那个匹克奥弗违规品的声音，"他们在那儿！"

另一个声音叫道："NKPD！"我也听出来了——是一个低沉的苏格兰口音，"松开罗麦克斯！"

约书亚抬起头。"退后！"他用那个女性的声音叫喊起来，"你们要是不退后，我就宰了他。"

我用模糊的视线看到了麦克。"如果你杀了他，就犯下了谋杀罪。你不想这样的。"他说道。

约书亚的手松了一点儿——可还不够让我脱身，只是把我当作人质。这样至少能多活一会儿。我在冰冷的空气中喘着气，可肺部仍然像有火在烧。在手电的光芒中，我看到卡桑德拉·威尔金斯正伸着脖子望着麦克雷。正如我所说，大多数换身人不会像生物人那样表露出太多情感。不过很明显，约书亚现在有些惊慌失措了。

我仍然压在他身上。我想如果我保持这姿势，等他心慌意乱、一不留神的时候猛地一挣，或许能脱离他的控制。"放开他。"麦克坚决地说。他手里的手电让我很难看清他，但我突然意识到，他拿着那个巨大的碟子。"松开他的脖子，否则我就废了你。"

约书亚得把那只完好的眼睛往上翻得几乎看不到黑眼珠，才能看到身后的麦克。"你以前用过那玩意儿吗？"他说，"不，我知道你没用过。我干的是换身这行，我知道那种技术才刚刚问世。分解过程不是瞬间完成的。没错，你能杀掉我，可我在死之前就能杀了罗麦克斯。"

"你撒谎。"麦克雷说。他把手电递给匹克奥弗，抓着那两个 U 型把手，将碟子垂直举在身前，"我读过说明书。"

"你想试试？"约书亚问道。

我只能把脖子抬起一点点，很难看到麦克。他似乎皱起了眉，过了片刻，稍稍侧了侧身子。匹克奥弗正站在他的身后，接着……

接着，突然爆发出一股电流的爆裂声。约书亚在我身下一阵抽搐，他掐着我喉咙的手比刚才收得更紧了。爆裂声尖锐刺耳，是物质分解的声音。我的手仍然插在约书亚的胸口里，能感觉到他的整个内部都在震动，就像身体正遭受折磨。我把手撤出来，抓住他的胳膊，用尽全力挣脱开来。他的手从我喉咙上弹开了，那具女性的身体在飞速震颤着。我滚到一旁，而他的人造身体一直在抽搐，发出刺耳的声响。我大口大口喘着气，这会儿唯一能想到的就是多多呼吸。

等头脑清醒些了，我又看了约书亚一眼。他仍在抽搐。然后我抬头看向麦克，他正把那个分解碟敲得梆梆响。他总算是让它启动了，可显然不知道怎么把它关掉。我看着他正打算把它翻个面儿，可能是想在边缘找到什么之前没留意的控制器之类的——但我意识到，如果把碟子完全转过来，就会对准身后了，那个方向正好站着匹克奥弗。匹克奥弗也清楚地看到了这一点。他连忙举起双臂，就像要挡住自己的脸——其实这么做也无济于事。

我大叫起来："别！"可我的声音太哑，音量只比粗重的喘气声大不了多少，完全淹没在了尖锐的噪声里。当分解器的光束不再对着脸朝下趴着的约书亚时，他那诡异的震颤停了下来。

可我还是发不出任何声音。匹克奥弗叫起来："别动!"这声音大得足够盖过分解器电流的声音。麦克又把碟子旋转了几度,终于意识到匹克奥弗是什么意思了。他赶紧把碟子转回来,让发射面正对着下方,接着把它丢向地面。它以火星式的慢动作缓缓下落,当啷一声砸在了甲板上,电流声低弱下来。我挣扎着站起来,过去查看约书亚的情况,而匹克奥弗和麦克正围着那个碟子转,应该是在找开关。

照理说,应该有很多科学的方法来查看这个换身的约书亚是不是死了。不过这一刻,这样的方式是最简单粗暴的:我弯起一条腿,用力踢了一脚那个狗娘养的,正踢在那颗美貌动人的脑袋上。我的力道让他的整个身体翻了半圈儿,约书亚却完全没有反应。

突然,尖锐的噪声停了。我听到麦克沾沾自喜地说:"不就在这儿嘛!"借着匹克奥弗的手电光,我朝他看去,他也正看着我。麦克那双浓密的橙色眉毛扬着,脸上挂着忸怩的笑容,"谁能想到关机的时候是要把开关拉出来,而不是按下去呢?"

我试着说话,总算能发出点儿声音了,"你能赶来真太感谢了,麦克。我知道让你离开局子你得有多伤心。"

麦克冲着匹克奥弗的方向点了点下巴,"是呀,没错,你要感谢这家伙打了电话。"他说着转过身,面对匹克奥弗,"可你他妈是谁?"

我看到匹克奥弗那机械脑袋上的嘴张开,一个念头掠过我心头。这个匹克奥弗是违规品。另一个匹克奥弗和约书亚·威尔金斯说得都没错:这么一个东西不应该存在,它没有权利。确实如此,那个合法的匹克奥弗无疑会要求销毁这个副本,没人想要一个未经授权的自己到处游荡。

我的脑袋从左往右很夸张地摇了一下，又转回来。显然匹克奥弗看到了，他没把话说出口就闭上了嘴。而我尽我所能地大声说："让我为你做个介绍。"同时，我等着麦克转向我。

他看过来时，我指了指麦克，说："这位是道格尔·麦克雷侦探。"然后深吸一口气，缓缓吐出，又指着匹克奥弗说，"很荣幸向你介绍约书亚·威尔金斯。"

麦克点点头，接受了这个说法，"这么说，你找到你的目标了？祝贺你，亚历克斯。"然后他低头看着一动不动的那个女性躯体，"您的妻子太不幸了，威尔金斯先生。"

匹克奥弗把脸转向我，明显是寻求帮助。"太让人伤心了，"我赶紧说，"她疯了，麦克……而且几周以来一直威胁要杀了她那可怜的丈夫约书亚。他决定伪造自己的死亡，好从她身边脱身，不过她挺聪明，追到了他。我别无他法，只能尽力阻止。"

就像得到了暗示，匹克奥弗走到那个死去的人造身体跟前，蹲在它身边。"我可怜的亲爱的妻子。"他说，尽力让他那副机械嗓柔和一点儿。他抬起没有皮肤的脸冲着麦克，"这颗行星会让人变成这样，你知道的。让人发疯。"他摇了摇头，"那么多梦想都破灭了。"

麦克看着我，然后看了看匹克奥弗和那具躺在甲板上的人造身体，又看了看我。"好了，亚历克斯。"他缓缓点了点头，"干得好。"

我冲他行了个虚拟的脱帽礼，"很高兴有你帮忙。"

三天后，我走进昏暗的弯凿酒吧。

跟往日一样，布特里克正在吧台后边，"又是你？罗麦克斯？"

"正是我，一点儿不错。"我开心地答道。没穿上装的戴安娜光彩夺目地站在吧台旁边，正往她的托盘上放酒杯。"嗨，戴安娜。"我说，"今晚下班后跟我一起出去乐乐，让全城……"我没说完下半句：让全城都眼红去吧。这颗该死的行星整个儿都是红的。

戴安娜脸上散发出光彩。不过布特里克一抬筋肉结实的大手，"别急，招人疼的小伙子。你要是有钱带她出去乐，那准有钱把赊的账结清了。"

我在柜台上拍下两个一百太阳币的金币。"这应该够了。"布特里克的眼睛瞪得跟金币一样圆，他赶紧拾起来，好像害怕金币会消失一样——在这种地方，还真说不准。

"我就在后边的隔间里。"我对戴安娜说，"我在等胡安，他来了以后你能把他带过去吗？"

戴安娜一笑，"当然了，亚历克斯。不过，我给你拿点儿什么？跟平时一样？"

我摇摇头，"哎，不要那些劣质酒了。给我来点儿你们能弄到的最上等的苏格兰威士忌……还要在里面放上用水做的冰块。"

布特里克眯缝着眼睛，"那可是要额外收费的。"

"没问题。"我说，"给我另计一笔账好了。"

几分钟后，戴安娜带着我的酒来到隔间，胡安·桑托斯跟着她。他一如既往地痴迷地看着她。"要我给你拿点儿什么？"戴安娜问。

他有些犹豫——对我来说，他想要什么很明显——紧接着那宽大的额头往前一探，"杜松子，纯的。"

她点点头，出去了，他又一直盯着她离去，然后才坐到我对面的椅子上。"这杯你请,亚历克斯。你还欠我的呢,上次我在匹克奥弗博士那里帮过你一把。"

"确实,老朋友。"

胡安将后缩的下巴支在手上,"你看上去心情不错。"

"哦,没错,"我说,"我拿到报酬了。"

那个以约书亚·威尔金斯的身份被世人接受的男人回到了"全新的你"。他在那里修好了自己的脸,升级了人造身体。然后他告诉大家,经历这番波折之后,继续在那里工作太痛苦了。于是他把"全新的你"的特许经营权卖给了他的助手——霍雷肖·费尔南德斯。这笔钱足够让他生活了,特别是现在他既不需要食物,也不必支付生命保障税了。他把他那位亲爱的妻子应该付的所有费用都付给了我——外加奖金。

我问过他,下一步打算干什么。"好吧,"他说,"你是唯一知道真相的人。如你所知,我仍然是一个古生物学家。我打算寻找新的化石矿脉——我要花费几个月的时间在火星表面工作。谁知道呢?也许还有另一个沉积层比阿尔法更好。"

至于另一个匹克奥弗——那个官方认可的,又怎么样了呢?这事颇费了些周折,不过我想方设法说服了他,告诉他是故去的卡桑德拉窃取了他的思维副本,不是约书亚。而且是她把思维副本安进了一个人造身体。我告诉匹克奥弗博士,当约书亚发现妻子干了些什么,他就销毁了那个违规品,并把毁坏的代身丢弃在了"全新的你"的地下室。

不算太离谱,对吧?可我仍然想得到更多东西。我租了一件压力服和一辆火星越野车,去了尼里·帕特拉东南偏南的十六点四公里处。我估摸着能捡到一块可爱的根状菌丝体或是漂亮的五足虫类化石,这样下半生就不用劳碌了。

好吧,我看了又看,找了又找,但是我猜匹克奥弗的副本对于阿尔法沉积带的位置根本就撒了谎。即使在严刑拷打之下,他也没有放弃他深爱的化石。我确信温嘉顿和奥·雷利的矿源就在外面的某个地方,而那个合法的匹克奥弗无疑正费尽心力地保护它们免受劫掠。我希望他能交好运。

"干一杯怎么样?"戴安娜一送来胡安的烈酒,他就举杯提议。

"我奉陪。"我说,"敬什么呢?"

胡安一皱眉,想了想。然后他的眉毛像条虫子似的爬上了光滑的额头,他说:"就敬坦坦荡荡面对最真实的自己。"

我们碰杯,"干杯!"

第十一章

两个月后。

监控摄像头的画面从显示器上弹出来时,我的双脚正搁在桌上。屏幕上的那家伙显然是按了门铃——就是他激活了摄像头——紧接着他就背过身去。很少有新客户不预约就上门,所以我伸手摸向那支贴心的史密斯威森。我放下脚,枪口对准滑动门,朝着空中喊:"对讲器。"然后问道,"谁呀?你是谁?"

这个鬼鬼祟祟的家伙回头看向摄像头。我看到了他的半边脸:没有光泽的金属,残留着一些人造的浅米色皮肤。那个声音!我立刻就听出了那口优雅的英国腔。"下午好,罗麦克斯先生。我能跟您谈谈吗?"

我把枪放在桌上,说:"开门。"门滑到一边,露出了那个没什么皮肉的换身人。"天哪,洛瑞。"我说,"你出什么事了?"

那个金属额头上有东西动了动,我猜是小马达提起了仍然残存的眉毛。"什么?哦,对,这东西需要修修了。"

"酒吧斗殴?"我想,他可能是被那种啤酒杯拍在脸上的老伎俩割掉了塑料皮肤。

"我吗?"他好像被这说法吓着了,"不,当然不是。"他摊开右手,"能再见到你真好,亚历克斯。"我们握了握手。由人造身体的计算机控制的握手十分完美,握力和时间掌控得恰到好处。

他脸上的皮肤损毁了将近一半,看上去几乎跟我从"壮汉吉姆号"上救出来的那个未经授权的他一样,只有张机器人的脸。我坐回椅子里,示意他坐客人的椅子。匹克奥弗带着一个金属箱子,盖子上有结实的提手。他把它放在旧地毯上,坐了下来。

"我能为你做什么?"我问。

"我想雇用你,老伙计。"

"你想让我找到对你下手的人?"我伸手朝着他那张受损的脸画了个圈儿,"来点儿小小的报复?"

"不是。或者说,至少不完全是。"

"那是什么事儿?"

匹克奥弗起身,毫不费力地拿起他刚刚放下的金属箱子。他问:"可以吗?"同时用另一只手指了指我的桌子。我点点头,他便把箱子放在了桌面上。从沉重的响声来看,这东西肯定得有五十公斤。个人备忘录:永远不要跟换身人掰腕子。

他打开了箱子的锁扣,我起身向里面看去。里头是整齐排列的金字塔形蓝色泡沫橡胶,放在上边的是好大一块灰色的岩石,宽度有半米,形状多多少少有点儿像澳大利亚。尽管它几乎是平的,可表面还是有五个凹痕。

"那是什么?"我问道。

"印模,编号2-13-80-8。"

"印模?"

"正相态的反面,就是另一面。你切开一块有化石的岩石,如果里边有真正的化石,比如一个贝壳,在一面的岩石上就会有化石的实体,而另一面的岩石上就会留有化石的负相态印记,或者说模子，就是同一件东西的另一面。带着化石的那边是实体化石，另一部分就是印模化石。采集者有时候会带走实体化石而丢弃印模，但对一个真正的古生物学家来说，在这两者上都能看到同样的价值。"

"那么，那串数字是什么意思呢？"

"'2'是个前缀，代表奥·雷利和温嘉顿的第二次探险，'13-80-8'是挪亚奥雷利标本类型的目录编号——一种五足虫类生物——现在它在地球上的皇家安大略博物馆。这一块印模就是它的基质的一部分。我对那块实体化石了如指掌，就像了解自己的原身一样。"

"哦。"我应道。

"我知道我找到了一个丰富的化石矿床……当然，这么好的矿床可能不止一个。没有理由认为，我找到的正好就是温嘉顿和奥雷利的阿尔法沉积带。直到我发现了这块印模，这是……这就是我确实发现了阿尔法的证据。"

"够厉害。"我答道，"不过，是什么把你的脸搞成了这副模样？"

匹克奥弗用双手取出那块半米长的印模化石。我怀疑他并不需要两只手才搬得动，不过他看上去对这块标本非常小心。他把它放下，同时拿出了一大块气泡减震垫。然后我看到了箱子底部的东西：一个平平的金属碟子，直径大约四十厘米、厚六厘米。这装置已经坏了，内部的机械结构被火星的沙尘搞得一团糟。至于这东西到底是什么，那毫无疑问：这是一颗地雷。

"怎么可能？"我说。

"没错。"匹克奥弗答道，"有人在阿尔法埋设了地雷。"

我朝匹克奥弗损伤的脸做了个手势，"我看地雷还不止一个。对吧?"

"很不幸,确实如此。这些鬼东西中的一个在我附近炸了。如果我正好在它上边,准会被炸得——有那么一个词儿,我迄今为止都还没机会用过呢:粉身碎骨。"

这就是匹克奥弗和我之间的区别:我从没用过"迄今为止"这词儿,但工作的时候倒是经常有可能"粉身碎骨"。

他继续说:"就是在那个时候,它带出了一块不错的肖斯塔基亚标本,这种标本我研究过。"

"是什么触发了地雷?"

"我正在几米外的地方用手钻清理一块基质,完全不知道沙子里埋着地雷。肯定是手钻的震动触发了它。"

我一皱眉。新克朗代克警察局不会关心这事的。多多少少维持一下穹顶下的秩序,这就是他们的全部业务了。麦克和他的警员们对外面发生的事的兴趣,不会比歌剧多多少。尽管如此,我还是问:"你报告NKPD了吗?"

如果匹克奥弗的鼻子还在,他可能会厌恶地抽抽鼻子。"我不能到处宣扬这事儿。那样的话,我就得告诉他们阿尔法在哪儿,而他们都很缺德。所以我来找你了。"

排除法是解决问题的一条路子。"谢谢。不过这事儿神秘在哪里呢? 当然是温嘉顿和奥雷利埋设的地雷,不是吗? 但话又说回来,要是他们得离开火星相当长一段时间……"

"……那他们可能想保护自己的发现。"匹克奥弗替我说完了,"我一开始也是这么想的——而且这东西显然已经埋在地里很久了。"他把那块印模化石放在我桌上,又把手伸进金属箱子,取出那颗破碎的地雷。"不过我搜索了一下这个装置的制造者。"他指着上面的一些雕刻标记,"当然,它不是作为地雷销售的,那是非法的。这东西被描述为埋藏式爆破装置,只不过碰巧有一个压力感应触发器。它还能通过遥控引爆,用经过编码的无线电信号就行。总之,这东西是一家名叫'爆破工业'的马来西亚公司制造的,型号是卡尔德拉-7。而卡尔德拉-7是在奥·雷利和温嘉顿死后十八个月才开始生产的。所以,绝不可能是他们探险时埋设的。"

"那么是谁在阿尔法埋了地雷呢?"

"啊! 这就是问题所在了,不是吗? 奥·雷利和温嘉顿在他们的第三次航行结束前丧命了。他们第一次探险是独自进行的——只有他们俩,两个疯狂的冒险家冲着那些死气沉沉的政府太空机构做了个蔑视的鬼脸,凭借一己之力到了这里。他们第一次航行时,瞎碰误撞落到了阿尔法。不过挖掘工作十分艰难,让他们吃够了苦头。所以第二次航行的时候,他们带了一个跟班,叫威廉·范·戴克。不过,第二次航行结束后,一返回地球,温嘉顿和奥·雷利就把范·戴克给踹了,采集来的化石卖掉后的收入只给了他一小部分。"

"那第三次探险呢?"

"他们跟威廉·范·戴克之间的关系已经到了水火不容的地步。第三次,温嘉顿和奥·雷利没带任何其他人。"

"啊,"我说,"不过显然这个范·戴克知道阿尔法在哪里。你认为他后来什么时候回来过,在那个地点埋设了地雷?"

"肯定是他。温嘉顿和奥·雷利死于非命,他是唯一知道阿尔法位置的幸存者。不过他在三十六年前就杳无音信了。那年后,就完全没了关于他的消息。"

我走到窗户对面的小吧台旁,给自己倒了一杯。我没费心给匹克奥弗来上一杯。如果我有个油罐的话,倒是可以让他给自己加点儿油。"所以,你想让我帮你找到威廉·范·戴克?"

"没错。范·戴克可能很清楚第二次探险找到的标本的下落——都有哪些私人收藏者购买了标本。后来他回到火星时,可能在阿尔法沉积带干过,至少干过一阵儿,然后给地球上的收藏者带回了更多的标本。我想搞清楚这些收藏者是谁,并且说服他们让我在科学报告中对那些标本进行恰当的描述。我不会从他们手中抢走化石。我知道,它们理应属于公共博物馆,但这也就只能想想罢了。可是,如果我得知化石都卖给了什么人,也许至少能对它们做些科学研究。而这事儿要从威廉·范·戴克入手。"

"但你说他已经藏匿了三十六年。这么些年过去了,很难找到线索。"

"那倒是。"匹克奥弗说,"不过地雷提供了新线索,对吧?"他看着我,两只非常人类化的眼睛安在那张毁坏的脸上。"我猜,这种案子就是你们这行人说的悬案。"

我想起了那句俏皮话:"火星上的都是悬案。"不过,这话不符合我一贯的睿智形象,于是我没吱声。进一步讲,跟我接的其他案子不同,悬案总能有双赢的结果:如果我解决不了,谁都不能责怪我;如果解决了,哼,那就是锦上添花。"如你所知,我的费用是每小时三百太阳币,其他费用另算。"跟我上次替他办事的价钱一样,比我给那个假卡桑德拉·威尔金斯开的价多一百——我对伤心的女人总是狠不下心来。

匹克奥弗看上去不怎么开心。话说回来,就他现在这张脸,怎么看都不可能有开心的样子。"成交,"他说,"你什么时候能开始?"

"没法儿马上开始。还有另一件事情。"

"什么?"

"我需要查看证据,按照你们古生物学家的话说,就是挖掘现场。"

"你想看阿尔法沉积带?"

"不然没法儿开展工作啊。"

匹克奥弗看着我的表情,就好像有人要拿走咕噜姆①的戒指时它那副样子,"但是我必须保护这些化石。"

"你不信任我?"我摆出一脸的纯真样儿。

"请原谅,我只想说一句话:'有多远,我就想把你扔多远。'火星的重力这么低,我的力量又这么大,所以那肯定远得要命。"他沉默片刻,我不动声色。"不过呢,没错,我应该信任你。"

我内心深处有一个声音说:"白痴。"但我嘴上却说:"多谢。"

"你能理解那里的化石有多珍贵吧?"他问道,"我是说对于科学界。"

"哦,当然了。"我答道,"它们是无价之宝。"至少,我脸上仍然挂着一副感人至深的微笑,"我是说对于科学界。"

---

① 《指环王》里的角色。

第十二章

匹克奥弗博士离开我的办公室后,我立即着手做了些研究。先要确认一下他告诉我的那番话。关于地雷的型号他没说错,它也确实是在马来西亚制造的。

在我不得不——呃哼!——离开地球母亲前,我去过很多地方,但唯独没去过马来西亚。

我找到一个网页,上面有拆除卡尔德拉-7型地雷的说明,我把步骤记录了下来。在每一个圆盘的中心都有一个直径三厘米的小洞。插进去一根小棍就能压下解除开关,但要是压在表面其他任何地方,都会触发地雷引起爆炸。

我希望进入爆破工业公司的用户数据库,我想也许胡安·桑托斯能黑进去。从火星是可以进入地球计算机网络的,然而当地球在我们视线之内的时候,会有三到二十二分钟的时滞,而当天体会合,也就是当太阳位于两颗行星之间的时候,延迟的时间会更久。在这种情况下,从事黑客工作会让胡安发疯的,所以他把这活儿外包给了地球那边的黑客。问题是爆破工业公司已经在商业界消失十一年了,而且考虑到该公司产品的性质,我怀疑所有的客户记录都已经抹掉了。

说起来，它们可能还不是直接销售给客户的。地雷也有可能是在火星购买的。从洛瑞拿到我办公室的那个地雷的破损状况来判断，它已经埋在地里很久了。那么多火星企业都已经倒闭，要想找到一个在几十年前买过某件东西的人，我真没抱多大希望。但这是我能想到的最好的线索了。于是我立刻前往穹顶中心，一头扎进了新克朗代克警局，看看他们的记录里有没有什么人因为销售地雷而受到惩处。

我进去的时候，赫胥黎黎警官正坐在他那张长长的红色接待台后边，我冲着他那雷打不动的位置行了个虚拟脱帽礼，"哦，哦，哦，赫胥黎，在这里看到你真是不同寻常！"

"看来今天不是我的幸运日，"赫胥黎说，"居然会看见你。"

"非也非也，"我答道，"你的幸运日肯定是赘肉成为时尚的那一天。"

"而你的幸运日，"赫胥黎说，这次他居然能随机应变了，"就是黄鼠狼的小眼珠子长到人脸上也会好看的那一天。"

"嘿，"我说，"我的眼睛可是我的独家特色。我的名片上就是这么说的。"

"上面说你是个傻逼①。"赫胥黎黎说。

"那也是非凡的，而你恰恰相反。"

我早些时候亲眼见过齿轮在匹克奥弗脑袋上转动着。而在这里，赫胥黎黎气急败坏的样子似乎也能很形象地显现出那种效果。最后，他回应道："你个鬼鬼祟祟的伪侦探。"

"你个脚底抹油的条子。"

"自以为福尔摩斯的蠢逼。"

"穿制服的猪。"

①这里用的"dick"一词为双关语，"dick"也有"侦探"的意思。

"死基佬①。"

我很惊讶他居然知道这个词儿，但我怀疑他是否明白这话有双重含义——假如他知道我有前科，我接下来的工作估计会不太好办。就在我字斟句酌想着怎么反驳的时候，麦克从警局前门走了进来。我转向他，"怎么，麦克！你居然亲自出马？"

他笑了，"哦，不是的。我是刚刚才到班。之前带我女儿看医生去了。"

"警察局没人了？"说着，我扬起眉毛，"你是说警局居然真的可以让老赫胥黎黎在这儿独当一面？"这话在我脑子里的效果比说出来强多了，然而他俩只是盯着我。蟋蟀是少有的没能在火星存活下来的昆虫，我想这就是为什么此刻这里安静得可怕的原因。我清了清喉咙，"不废话了，麦克，我能跟你聊聊吗？"

"当昂昂昂然。"他的舌头挺能打卷儿的。他冲赫胥黎点头，让他按下按钮，内侧的黑门滑开了。我们走过那条通往办公室的走廊，分别在办公桌两侧坐下。桌面看上去像是抛过光的木料，但却是仿制的。当然了，不管是桌子还是麦克，都比匹克奥弗所想的要腐败得多。

"我能为你做点儿什么，亚历克斯？"

我掏出平板，给他看了匹克奥弗拿来的那个卡尔德拉-7的照片，"我的一位客户在他工作的矿区碰上了这么个东西。是颗地雷。"

麦克斜眼看着照片，"看上去更像曾经的地雷。这东西多老了？"

"可能要回溯到火星化石狂潮初期。有什么人曾经在火星上卖过吗？这东西的官方定位是矿用爆破。"

---

① 原文是"gunsel"一词，也有"犯人"和"持枪歹徒"的意思。

"唔,可以肯定的是,这类信息不会公开。不过我查查看。"他对着计算机说出口令,让它显示警察数据库里所有关于地雷或矿用爆炸物的记录。"有一大堆涉及爆炸物的意外事故报告。"他看着显示器说,"不过其中没有……不,等一下。这个有点儿意思。显示到墙上。"门对面墙上的绿色苏格兰田野立刻变成了显示器上内容的放大画面。

"三十年前,就在穹顶建起不久,"麦克说,"到达这里的飞船带来了一船休眠的冒险者,还有他们的供给设备。货物卸下时,有一个货箱在运输途中受损——我猜是固定得不够牢靠。有个卸货工人看到了货箱内部,认出里面的东西是地雷。"麦克指着墙,图片的一部分被放大,显示出一个平坦的碟子,就像匹克奥弗拿到我办公室的那种,不过这个是崭新的。"同一类型的,对吧?"

我点点头。

"那是船上卸下的最后一批箱子。"麦克说,"其他所有的货物都在那个地方被集中取走了。很可能在其他箱子里还有更多的同类型地雷,不过谁也说不清了——而且也没有记录说是谁拿走的。当然,也没有人来索要那几个地雷。"

我点点头,"那艘船的状况呢?"

他在空中一挥手,墙上显示出了结果。"'B.特拉文号'。"他说,"退役了……不,看这个。它仍在运行,不过换了新名字,'凯瑟琳·丹宁号'。归内星系航运公司所有,由他们操作运行。那是斯普拉科夫星际公司的分支机构。"

飞船的原名似乎有些耳熟,但我一时之间也想不出个名堂,"我能不能要一份这艘运了地雷的飞船的乘客名单?"

我以为麦克会伸手要好处,不过他摆出一副很大度的样子。我猜他女儿的病看得肯定很顺利。"没问题。"他冲着墙壁又做了几个手势,乘客名单显示了出来。

我浏览着那些名字,在"范"字和"戴"字打头的里面查找,甚至连"威"字的也看了一遍。威廉·范·戴克,不过这些都不在名单上。好吧,又不止一个人是用化名来火星的。"有多少个人?"我问。

"一百三十二个。"麦克的计算机很周到地回答,它的口音跟麦克本人一样浓重,这一点总是让我觉得好笑。

"多少男人?"

"七十一个。"

"能不能把全部名单下载到我的平板里……男女都要。"我问麦克。

他对计算机说了一个口令,它开始执行。

变性当然是可能的,不过洛瑞本人肯定会告诉我:最简单的假设就是最好的假设,所以我会从假设只有七十一个嫌疑人开始——终于有人能让"只有"这词儿适用于这么大的数量了。看来,接下来我的任务挺艰巨。

第十三章

我回到办公室,窝进椅子里,双脚搭在办公桌上。反正没什么人会来,我索性脱掉鞋子和袜子,让脚透透气。"B.特拉文号"上七十一个乘客的名字罗列在了墙壁的显示器上,取代了我日常用的壁纸——层层叠叠的葱绿色与焦糖色条纹,就像旺达和我一起在底特律的那些年住过的屋子。条纹密密麻麻,腾不出一块地方来放她的照片。但那些纹路总让我脑中浮现出她的样子,我喜欢那种感觉。

虽然从名单上看不出乘客是生物人还是换身人,但"B.特拉文号"载着他们来火星的那个时候,换身的价格昂贵得能买下整个地球。那年代能负担起换身的人绝不会想来火星发横财,他们早就腰缠万贯了。所以,我敢打赌,所有这些人都是血肉之躯。

这期间,三十二人返回了地球,十三人死了,这两种人都可以排除掉,不会是威廉·范·戴克。对于前者,要质问他们挺难的;而后者根本不会说话了。于是我开始研究那二十六个仍然留在这里的人。一个名字立刻跃入了我的眼帘:斯图亚特·波尔林——我在调查威尔金斯案期间拜访过他。他是全职化石猎手,跟约书亚·威尔金斯在同一天进行了换身。那家伙选择了一张和全息影视明星科里寇·阿杰曼很像的面孔。当时我告诉他,我在"全新的你"总公司工作,他是第一个通过了我那引以为豪的"螺丝刀在哪里"测试的换身人——要是你乐意,也可以称之为"转向测试"。

我决定从他入手,于是套上了鞋袜。我还是个小孩子的时候,总以为"胶底鞋"是指口香糖粘在了你的鞋底。谁叫你生活在一群没有公德的邻居中间呢。其实,它指的是干我这行的人喜欢穿的软底鞋,在跟踪别人时不容易被发现。我这双是灰褐色的——颜色名是从鞋盒上看来的。

我打开办公室的门,步行到磁悬浮电车站,乘车到了七环第三大街的波尔林红石宅。我按下了发光的门铃,然后……

然后,哇哦。

"怎么是你? 是……是罗麦克斯先生,对吗?"毫无瑕疵的瓜子脸上,那张完美的小嘴说着话。

我眨了眨眼,"雷茜? 是……是你吗?"

她笑了,露出一排白如极地冰冠的牙齿,"是的。"

我上次见到波尔林妻子的时候,她只是一个相貌平平的女人,至少在过去六十多年里她都是。不过,好吧,如果他把自己上传到了一个肌肉发达的全息明星的皮囊里,那她选择这副相貌也是理所当然的了。我的2D老电影爱好让我认出这是费雯·丽的脸,但要是这穹顶下有超过三个人知道她是谁,我恐怕会很惊讶。雷茜的新面孔——还有她那比超新星还火辣的身材——让我觉得是在模仿凯拉·费丽娜,她在去年那部粗制滥造的翻拍片《马耳他之鹰》①中出演布里吉德·奥·绍付妮思。

①原为1941年的经典影片,布里吉德·奥·绍付妮思是片中的一个角色。

"你看上去光彩照人。"我说。

雷茜转了个圈儿,完美的皮鲁埃特旋转①。"是吗?"她说,再次露出珍珠般的牙齿,"您想进来吗?"

她让到一边,我走进这栋别墅,关上身后的门。"您丈夫在家吗?"我问。跟以前一样,起居室里摆满了工作台,上面放满了大块大块泛红的岩石。

"不在。他在穹顶外面,在矿上忙着呢。"她露齿一笑,"几个小时内都回不来。"

"啊。我希望能问他一些问题。"

她穿着一件浅蓝色的外套,像是直接绘制在她身体上的——或许还真是画的。低胸的领口露出那对完美的乳房。"那我呢?"她说,纤美的手抚在浑圆的臀部上,"您是为'全新的你'工作,对吗?质量保证?您看,我刚刚换身。您有什么问题要问我吗?"

我原以为可以直接跟波尔林谈谈,了解一下他多年前乘坐那艘"B.特拉文号"来火星时的情况。但既然他不在,我也没必要暴露身份。"我能看到,"我说,"我们制造了一件精美绝伦的作品。"

她低头欣赏着自己的身体。"哦,它看上去真不错,确实跟我希望的一样。不过我想确定每一部分的功能都正常。"她又看着我,海蓝的眼睛在长长的黑睫毛下闪着光芒,"你知道的,产品还在保质期内。"

"想必您和波尔林先生已经,嗯,测试过了。"

"是的,是的,当然了……不过他是先换身的。我还没机会,嗯,让这个新身体进行一些生物意义上的检验。"她挑了挑那对

①一种芭蕾舞旋转动作。

完美的眉毛,额头没有一丝皱纹,"这感觉就好像我又变成了处女。"

这种时刻是对一个男人道德品质的真正考验。我在内心深处问自己一个必须要问且极其严肃的问题:我在这里跟雷茜做爱所耗费的时间,是否应该算进向匹克奥弗收费的时间里?

她拉起我的手,带着我进了卧室。如果你能保持良好的身材,那在火星上的性爱是很美妙的,感谢这里的低重力。零重力并不好玩,零重力很容易让你把你的对象弄得满屋子乱飞。但三分之一的重力……噢,完美。你能做出各种特技,就像波尔林和他妻子那样,只需要在床上面的天花板上安装一些把手。

这不是我第一次跟换身人做爱,不过雷茜是最美貌的一个,而且她非常慷慨。我听说过,在生物人中,美女比相貌普通的女子更容易出轨,因为后者为了让她们的伴侣开心愿意做任何事,而美女不会。换身之前相貌平庸的雷茜仍然保留着那种要使尽浑身解数去讨好男人的思维,但她同时却拥有能让任何人拜倒在石榴裙下的身体。这真是令人难以抗拒的组合。

当我们完事儿后——波尔林出去好几个小时真是件好事——我冲了个超声波淋浴,而她则用一块软皮擦了擦塑料皮肤。

如果我向她询问关于波尔林到达火星时的事,就得告诉她我其实不为"全新的你"工作。我不确定那会不会惹她不高兴,但她有能力拧掉我的脑袋,我不想冒险。于是我让她在波尔林回来后给我打个电话。就在我刚要离开时,他给她来电话了。我退到一旁听着。他今天在莱因哈特沙丘地带过得很不错,说正要去厄尼·咖迦里安的化石商铺那儿卖掉他的收获。我有好几星期没见过厄尼·咖迦里安了,于是我决定赶去那里找波尔林。毕竟我刚跟他妻子亲热过,在这里询问他恐怕不大合适。

太阳正落向赛蒂斯大三角，天空在变暗。不过叶奥德化石商铺每天都营业到很晚。傍晚正是探矿人带着战利品返回穹顶的时候。很多人都想马上出手，而不是把化石整晚放在自己家里招贼。

散步过去很令人开心。不只是因为我仍然沉浸在与招人爱怜的雷茜的邂逅之中，还因为在火星上散步不费吹灰之力，只要你不穿压力服。

厄尼的店铺在城市中心靠近NKPD总部的地方，时时刻刻都宣示着谁才是这里真正的老大。"2X先生!"我进去的时候，他用一如既往准确无误的发音招呼道，"我真是荣幸之至呀!"

厄尼·咖迦里安六十五岁了，膀大腰圆，胸前那两团生机勃勃的肥肉如此坚挺，真要感谢火星的低重力。他稀疏的银发梳成齐整的大背头，圆圆的脸上没什么皱纹，肤色苍白。他两条褐色的眉毛几乎连在了一起，眼窝很深。

"嗨，厄尼。"我说，"斯图亚特·波尔林来过了吗?"

"今天? 不。我一整个星期都没见过他了。"

"好吧，他正赶过来。介意我在这儿等等吗?"

大块头伸开一双巨臂，朝着展示间一挥，"化石可是很娇气的，亚历克斯。我不想店里发生任何打斗。"

"不用担心，厄尼，不用担心。再说，波尔林已经换身了，我还没傻到跟能在火星表面行动自如的人动手的地步。"

"哦，没错。"咖迦里安说，"他现在有了一张大明星的脸，不是吗? 我可不怎么喜欢。"他在自己那张大圆脸前面画了个圈儿，"我要是换身，就还是用我这张老脸。要是改变了外貌，你就不是你本人了。"

厄尼喜欢叫我"2X先生"，因为我的名字，亚历克斯·罗麦克斯,姓和名末尾都是字母"X"。不过他要是换身的话,人造身体至少就得是3X超大号,我怀疑那种东西是不是有库存。但这话我没说出来,有些玩笑还是别说出口的好,这可是我的教训——断过两次鼻子之后得来的教训。

一名探矿者进来了,是个三十来岁的女人,生物人,拖着一辆安装着巨大弹性车轮的地表小推车。地球上的传统小推车都是红色的——我小时候就有过一辆——但它们在这里要是也漆成那种颜色的话,一出去很容易就找不到了。这辆是荧光绿,上边满满地堆着灰色和粉色的岩石。顶上那块我能认得出来,这要感谢匹克奥弗的辅导,那是印模化石。

我们这座城市的名字可以追溯到伟大的克朗代克淘金热时代。在那段好时光的尾巴根儿上,冒险者们在茫茫尘海中只能淘出些微不足道的矿石。化石的基质很巨大,剥离和制备标本是厄尼和他的伙计们工作的一部分。作为探矿者和地球收藏者之间的中介,每一笔交易他们收取百分之三十五的费用。因为,如果探矿者直接把这些大部分都没用的石头运去地球实在太昂贵。剩下的这些废渣会被丢出穹顶,东边就有一座废渣堆成的小山丘。

厄尼去招呼那个女探矿者了,我在店里随意转悠。展示区的化石价值百万,不过它们都被无处不在的摄像头监控着。另外,没有人敢试图从大块头咖迦里安这里偷东西,大家都知道这么做的后果是什么。厄尼是火星上最富有的人之一,他身上保留着大块大块的肌肉来帮他保护这些财宝。在地球上,大富豪可能拥有一栋豪宅、一艘游艇、一架私人飞机。在火星上拥有一架游艇毫无意义,但大房子厄尼是有的,我从外边欣赏过,老天,那座该死的房子居然有炮塔。他也有飞机,翼展宽得不可思议,据我所知，那是这颗红色行星上仅有的四架飞机之一。

厄尼房间的一面墙上有张示意图，并排展示着地球和火星的地质年代。这两颗行星的年龄都是四十五亿年——当然是地球年——但它们的故事却有着天壤之别。地球的史前时期大体上分为前寒武纪、古生代、中生代、新生代。我还知道有几个新加进来的纪元，比如跃生代，它从霍华德·斯普拉科夫完善意识上传技术时开始算起。不过，假如把整个纪元画在一张一米长的图标上，这个时期的厚度就算拿厄尼店铺里的显微镜也看不到。而火星的史前时期，分为挪亚纪、西方纪、亚马孙纪，这些名称图上都有注释，对应着火星上各时期化石被发现的地点（斯加帕雷利用上古传说中的大洪水给火星纪元起名，可火星的历史要比人类最古老的传说还要悠久得多得多得多，真是讽刺。）

这两颗星球一冷却到合适的程度，就都进化出了生命——大约是在四十亿地球年之前。不过地球生命在接下来的三十五亿年里进化缓慢，那时期的生命形式一直都是单细胞生物和微生物，直到五亿七千万年前的古生代。

而火星仅仅在一亿年间就产生了复杂的带有外骨骼的无脊椎微生物。这里搜集的所有化石都始于挪亚纪，那个时期的时间跨度长达十亿年。当多细胞生物在地球上出现的时候，火星上的生命已经灭绝数亿年了。这两颗星球真像在宇宙的夜空中前行的两艘飞船，命运大相径庭……

厄尼在和那个女人讨价还价。"这些肯定值更多钱！"她说。

"我真的十分抱歉，亲爱的女士。"他答道，"朗吉匹斯的贝德罗西雅尼是最常见的品种，它们到处都是。还有，看看这个，头鞍没了。再看这个，只有三条完好的肢体……哪儿还能叫五足虫呢！"

他们就这样来来回回争了好久，她最终同意了他出的价格。厄尼开了收据，她一路骂骂咧咧地走了。

既然波尔林还没现身，我趁机问了厄尼一个问题。"那么，"我尽量摆出一副漫不经心的样子，"你觉不觉得有什么人会重新发现阿尔法沉积带？"

厄尼的眼睛本就被脸上的横肉挤得几乎找不着，此时眯得更小了，"怎么这么问？"

"就是有点儿好奇。"

"你，2X先生，对女人有好奇心，对酒杯有好奇心，对体育运动有好奇心。但你对化石没有好奇心。"

"可我是个财迷。"

"那倒没错。至于你这个问题嘛，我怀疑很快就会有所发现了。在很多年以前，人们都没啥戒备心的时代，也许是多喝了几杯，丹尼斯·奥·雷利告诉我，阿尔法只不过是足球场大小的一片地方——地球上那种足球场，就是那样。"

"可为什么还没有人找到它呢？我是说，已经过去二十火年了。"

"我们知道的情况就是，它在伊希地平原的某个地方，而伊希地平原是个直径一千五百公里的平坦的陨石坑底部，跟地球上的哈德逊湾一样大，你可以在里面放超过三亿个足球场。即便算上所有到过这里的冒险者，仍然有大片大片的地方没被人类踏足过，我的孩子。更何况，连'比格猎犬2号'火星探测器都没人找到，那东西还没被埋在地下呢。"

"'比格猎犬2号'？"我问。

"英国的一个火星探测器。按计划在2003年降落到伊希地平原，但从没发送过信号回去。"

"那东西有什么价值吗?"

"当然有,假如它没撞成碎片的话,太空爱好者会很喜欢它的。如果有人能把它带来,我很乐意给那残骸找个买家。"

"也许我应该去找找这东西。我找化石从来都不灵,不过残骸嘛……这类东西我倒是懂。"

"哎哟喂,这个副业你倒是可以做做。说到这个,"厄尼说,"外边有更大的可回收废物。"

"哦?"

"成吨成吨的。丹尼斯和西蒙曾经用两级飞船着陆,就像古老的阿波罗月球登陆舱,不过要大得多。每一艘都有一个位于下层的降落级和一个位于上层的起飞级。当然了,起飞级会升空——它们都飞回了地球。其中两个都确定无疑地卖给了收藏者,毕竟它们是第一批载人的火星飞船。第三艘进入大气层时毁掉了,你肯定知道。"

"是呀。那降落级又怎样了呢?"

"三台中的两台已经有了下落。你可能见过第一个,它仍然在平原上,就是他们最初着陆的地方。现在只剩下骨架了,有用的东西被洗劫一空。关键在于它就在这里,在伊希地平原,所以我们才知道阿尔法肯定在这附近的某个地方。当然了,丹尼斯和西蒙从来没说过它具体在哪里。不过它可能——而且八成就是——在最初着陆区的几万平方公里之内。那次任务中他们带了火星越野车,运行范围以千公里计。"

"那第二次探险的降落级呢?"我问道。

"他们是在艾奥利斯台地区降落的。"

"离这儿可有好远的路程呢。"

"确实。你想,丹尼斯和西蒙使用的是现造式燃料,就地取材制造了火箭推进剂。他们不止加满了起飞级的燃料箱,还加注了降落级的燃料箱,至少加注了部分。在起飞级载着他们离开火星、返回家园的时候,他们让降落级的计算机点燃引擎,水平飞行直到燃料耗尽,目的就是掩饰着陆的原始地点。我觉得,第一艘飞船不可能正好落在阿尔法的所在位置。但第二艘肯定是降落在了阿尔法上,这样在他们挖掘的时候也可以把飞船当作基站。"

我点点头,"于是他们必须把它挪走。"

"一点儿不错。"

"那么第三次任务的降落级呢?"

"只有上帝知道他们是怎么处理它的了。如果它完好无损,那可真的值一大笔钱。"

就在这时,斯图亚特·波尔林进了店里。他有一张令人印象深刻的面孔,不过我猜我没有,至少对他来说没有。尽管他的妻子立刻认出了我,可他似乎对我没什么印象。哦,他像典型的探矿偏执狂那样狐疑地打量着我,刚才那个女人也是用同样的目光盯着我。没有哪个化石猎手想让同行知道他或她是从什么地方找到化石的。

"波尔林先生,"我说着,伸出一只不久前才抚摸过他妻子那完美新身体的手,"真是意外的惊喜。"

"我认识你吗?"

"亚历山大·罗麦克斯。我到您家里拜访过,还问过您对换身的满意度。"

厄尼在旁边自管看热闹,什么都没说。

"哦,"波尔林说,"没错。"

"我想就另一件事再问您一些问题,如果可以的话。"

"我告诉你了，我对'全新的你'的服务很满意。我们真的没什么可说的……而且我还有生意要跟咖迦里安先生谈。"

"我很乐意等着。"

他的眉毛拧在了一起，"你看起来总有些鬼鬼祟祟的，罗麦克斯。"

我换上一副全然不同的嘴脸。"完全没这回事儿，"我说，"我只是一名签合同办事的研究员。我曾为'全新的你'工作，现在我为新克朗代克历史学会做事。"我不知道是否真有这么个机构，但听上去挺像回事儿。

"关于什么的？"

"我了解到你早些年间来火星时，乘坐的是一艘名叫'B.特拉文号'的飞船，而且——"

他突然朝我猛冲过来。我一闪身，他便径直撞向了厄尼的一张工作台，撞得一块岩石滑到桌边，开始以火星式慢镜头的速度往下落。大块头咖迦里安以惊人的速度跑过去——这么大的身体居然能跑这么快——在它落地前接住了它。"住手！"他把化石放回桌上之后喝道。

这没起多大作用。我掏出手枪指着波尔林，他转过身用人造手臂指着我。"他挑的头！"波尔林叫起来。

"什么？"我说，"我做什么了？"

波尔林盯着我，那张明星脸尽其所能地露出凶相。"你怎么敢挑起这事儿？该死的，你怎么敢？"他拳头紧握，稳如磐石地垂在体侧，我猜换身人在暴躁时不会颤抖。

现在就连厄尼也站在他那边了，"你应该清楚，不该向'特拉文号'的幸存者提起这事儿，亚历克斯。我想你该走了。"

我看着他们：一个英俊潇洒的换身人和一个又老又胖的生

物人。他俩的表情就好像是抓住了一个在气闸里放屁的家伙。

我把手枪插回枪套,往外走去。

第十四章

在白天，有各种各样的人行走在新克朗代克的街道上，还有更多的人会乘坐悬浮电车。不过在夜里，正经人大都待在家里，特别是在穹顶下的边缘地带。当然，我不算正经人。妓女四处拉客，未成年的小混混四处游荡——这些小孩儿都是失败的冒险家的孩子，可以说一无所有，只能勉强生存下去——他们到处找乐子打发无聊的时间，要是能大醉一场或者砸一家商店就更带劲儿了。

夜里十一点我跟戴安娜有个约会，我不认为去第四大街的路上会碰上任何麻烦。毕竟城里相当一部分下层人认得我，而且知道要躲着我。就连那些不认识我的人，也不敢贸然把我当作一个软蛋。我这身发达的肌肉可是大多数火星人没有的。不过当我走过三环的时候，一个满脸煞气的朋克仔叫住了我。他是一个生物人，男性，可能有十八岁，穿着一件黑T恤，左脸颊文着一条会动的蛇，尾巴不停地甩着。

"把钱掏出来。"他说。

"要是我不呢？"我说着，手摸向了史密斯威森。

"我剁了你。"说着，他打开一把弹簧刀。

"试试看。"我抽出了手枪——一个小时之内这是第二次了，还没破纪录，不过也差不多了——"我会给你来一枪。"

"很好。"朋克仔说，"帮我个忙。"出乎我意料，他伸开双臂，丢掉了刀子。

"好吧。"我说，手里的枪仍然指着他，"说来听听，怎么帮你忙？"

"我什么都没有了，伙计。什么都没有了。"

"自从到火星之后？"

"六个星期了。倾家荡产来到了这里。"

"你从哪儿来？"

"芝加哥。"

在地球的时候我去过那地方，明白他为什么要离开那里。我留意着他的动静，弯腰捡起了刀子。这把刀很精致，紫红色的刀柄上有漂亮的雕刻。前些日子我跟戴安娜去第十大街逛商店的时候见过这么一把，当时我就有点儿眼馋。我收回刀锋，把它塞进口袋。

"伙计，那是我的。"朋克仔说。

"曾经是你的。"我纠正道。

"可我需要它。我需要搞到钱，我要弄到吃的。"

"试试动手淘化石吧。这里每天都有人发财。"

"试了。没那运气。"

我有点儿同情他的遭遇。我把手伸进另一个口袋，找出一枚二十太阳币的硬币弹到空中。任何一个在火星待过一阵子的人都能在它落下之际抓住它。而他确实是刚到这儿的新人：他的手从硬币下方划过，一把抓了个空。

"给自己弄点儿吃的。"说完，我继续上路。

"嗨,伙计,"他在我身后叫道,"你够哥们儿。"

我没转身,手指在额角一挥,继续往前。

如我所说,戴安娜和我都不介意对方跟别人约会。我足够精明,看得出她一个多月以来一直在跟某人相处,尽管还看不出是跟谁。不过这样挺好。

跟朋克仔的遭遇让我耽搁了一会儿,到弯凿酒吧的时候,她已经穿好上装了。"嗨。"说着,我迎上前去轻轻吻了她一下。

"嗨,亚历克斯。"

"准备好了?"

"那是。"

我们回到四个街区外她住的地方。刚才那个跟我搭话的小子已经没了踪迹,我也觉得没有必要提这事儿。一进戴安娜的小公寓——甚至比我的那间还小——我就一把将她拉进怀里。她说:"你的口袋里有支枪吗? 还是你一看到我就兴奋?"

我思忖着她是否知道自己正在演绎梅·惠斯特[1]的角色。"一点儿不错,"我笑道,"不过那是一把弹簧刀。"我把它掏了出来,跟她讲我是怎么得到的。

"哦,"她说,"真漂亮。"

"是呀。我猜今天是我的幸运日。"

她嫣然一笑,"那现在可是你的幸运之夜了。"

我们进了她的小卧室。早些时候,我跟雷茜的那番云雨竭尽所能、花样百出,而戴安娜跟我总是各种温存。她在火星上待了十几年,体质下降,有在这颗星球上长期居住后那种典型的肌

---

[1] 梅·惠斯特(1893—1980),以前卫、大胆著称的好莱坞女影星。上面那句话出自她参与编剧并主演的电影《六重奏》。

肉萎缩。我是由于法律原因不能返回地球,戴安娜被钉在这里却是因为她永远无法再承受一个 G 的重力了。不过我们还是尽量欢爱,我们总是这样做。我能见到她就很开心了。

根本没有什么新克朗代克历史学会,我想这样的机构也从不会在历史形成的过程中出现。一大早,我就动身前往船坞,决定从船坞办公室开始查。它就在两个船体残骸之间,比窝棚大不了多少。船坞主人是博萨,一个嗓音沙哑的老女人,淡金色的头发剃成了平头。

"嗨,美人儿。"我进窝棚时说。我总想不明白为什么人们认为"嗨,美人儿"是真心话,而"嗨,天才"却是在挖苦人。

"嗨,亚历克斯。什么事儿?"

"就是做点儿研究。"

"别搞暴力行为,好吗?"

"怎么人人见了我都这么说。"

"一个词儿概括:'壮汉吉姆'。"

"好吧,我确实在那上面干了架。不过这次我感兴趣的是一艘与众不同的船。"

她对着电脑屏幕一挥手,"哪艘?"

"应该是叫作'B.特拉文号'。"

"天哪。"她说。

"怎么了?"

"你不知道吗?"

"知道什么?"

"'特拉文号'。"

"它怎么了?"

"那是死亡之船。"

我有些好笑地看着她,"什么?"

"你是怎么到火星的?"

"我?廉价航班。我忘了那船叫什么了。'萨吉特''萨吉诺'……差不多是这名字吧。"

"'萨根号'?"

"对,就是它。"

"好船。至今为止往返航行十四次了。"

"你说好就好呗。"

"航程用了多长时间?"

"天,我咋会记得!"

"对。你确实不记得——因为'萨根号'跟来这儿的大多数飞船一样,航行中乘客要休眠。你离开地球的时候他们把你冻起来,到这儿以后解冻。那种飞船利用霍曼转移轨道,动力耗费很少,但时间花得很长。如果在最佳时刻发射,飞行时间是二百五十八个地球天,对你来说不过是眨眼的工夫。'特拉文号'也是这种安排。所有的乘客进入深度睡眠,只有一个桨手照看设备正常运转。"

"桨手?"

"他们就是这么称呼航行期间唯一保持清醒的人的。显然这称呼来自一部老电影里的角色①。"

"啊,没错。"我知道是哪部电影,"可是出事情了?"

"废话。那个桨手疯了。他把乘客解冻了,一次一个,威胁他们……对他们进行性虐待。有一个他唤醒的乘客想方设法传

---

① "桨手"的英文为"bowman",这里说的是1968年的经典科幻片《2001:太空漫游》里的男主角,他名叫David Bowman。

出了话——向月球站发送了无线电信息——但是大家都束手无策。拦截一艘已经进入行星际轨道好几个月的飞船非常困难。这件事在当时极其轰动。不过……你多大了?"

"四十一岁。"

"那时候你还是个孩子呢。"

"NKPD的道格尔·麦克雷对这艘船的名字似乎也没什么印象。"我这么说是为了掩盖我的无知,也许我应该知道这事儿。不过它可能是在某个星期五的课堂上被提到过。应该给各地学校董事会的所有委员添一条备忘录:永远不要在星期五安排重要的课程。

"是呀,好吧,麦克跟你岁数差不多。"博萨说。

"不管怎么说,这解释了为什么在我提起它的时候,有个家伙对我没好脸色。他曾经在那艘船上。"

"啊。"博萨说道,"可你为什么对这个感兴趣? 我是说,这对于你来说或许是新闻,但另一个问起这事儿的人可没觉得它是新闻。"

不用说,我的耳朵立刻竖了起来,"什么另一个人?"

"一两个星期前来的人。是一位特聘作家。"

我眼睛一眨,"我们有特聘作家?"

"嘿,新克朗代克的文化可不只是弯凿酒吧和钻石牙哥蒂①。"

"还有谷力健身房呢,"我说,"别忘了。"

博萨哼了两声,说:"你知道斯塔夫罗斯·肖帕兹基是谁吧?"

"最先在这里靠化石发财的人之一。在温嘉顿和奥·雷利之后。"

---

① 钻石牙哥蒂是加拿大的第一个赌场,位于道森市,是淘金时代的遗迹。

"不错。他从霍华德·斯普拉科夫手中买下了不少土地。不过他还是一位作家,写冒险小说的,我爸爸曾经是他的读者。斯塔夫罗斯把他在这儿建的一栋房子捐献了,作为作家隐居的场所。地球的作家可以申请获得一份往返火星的补贴费用,然后就能来这里写作了。他们通常待六个月左右,然后回去。"

"哦。"我说。

"现在的这位作家正在写一本关于'B.特拉文号'的书。"

"我知道它仍在运行,但是换了名字。"我说。

"真的吗?"博萨问道,"什么名字?"

"'凯瑟琳·丹宁号'。"

"哦,那就是'特拉文号'? 有意思。是呀,它仍处于运行状态。"博萨看了看显示器,"事实上,它正往这里走呢,将在星期五到达。"

"你能不能告诉我它什么时候着陆? 我要摸摸它的情况。"

"你还没告诉我,为什么对这个这么感兴趣呢。"

她说这话的真正用意是:想让她满足我的好奇心,我就得先满足她的。于是我说:"我在追踪一些那艘船运来的货物的下落,当它还叫'特拉文'的时候运的。"

"它最后一次用那个名字飞行,已经是三十年前了。你当然不会指望在它如今的甲板上找到线索吧。"

我一笑,"看一看也没什么损失。"

我的办公室位于一栋两层楼房的二楼。我从不坐那台快散架的电梯,总是步行上来。当我走出楼梯间的时候,认出了走廊尽头的那个男人。他可能是在那儿等人,等的可能是住这层楼的任何人,但是……

耶稣呀。

好吧，不是耶稣。这家伙长得比耶稣好看。不过那头长发、短短的胡须和消瘦的面孔，跟你在教堂的彩色玻璃上看到的一模一样。

那是斯图亚特·波尔林——如果不是那个真正的科里寇·阿杰曼因为什么缘故来了火星的话。我估计他来这儿的原因要么是我提起了"B.特拉文号"，所以打算把我揍个七荤八素；要么是我睡了他老婆，所以要把我揍个乌眼青。无所谓啦，甭管多么勇猛，也要谨记小心驶得万年船。于是我一转弯往楼梯间走去。不过——该死的——他看见我了。我听到一声"罗麦克斯！"从走廊那头传来。

我纵身一跳，一步跃下整段楼梯，重重落在地面，回声响彻楼梯间。我一转身，又迈步跃下第二段楼梯。但波尔林跑起来像一阵风，他那双换身人的腿强劲有力。我从一楼抬头望向敞开的楼梯间时，他已经出现在了二楼口。我拼命跑过昏暗的门厅，差点儿跟一个上岁数的妇人撞个满怀，她恼怒地冲我吼道："看着点儿，小子！"

当我以这么快的速度往前冲时，自动门可来不及反应，不等它滑开，我就到了跟前，右肩径直撞了上去，疼得我跟孙子一样，不过我还是挤出去到了街上。我选择向左，一路狂奔。

在火星上奔跑跟在地球上很不一样，如果你有一双好腿，一步就能迈出去好几米，大多数时间都是在空中飞行。街道不是特别拥挤，我尽我所能地甩开双腿在人群里穿梭。不过一旦你飘在空中就没法儿改变路线了，我最终还是跟别人撞在了一起。幸运的是，这是一个换身人。我撞在了他的金属屁股上，自然不会给他造成什么伤害——可他还是朝我骂了起来。我把他撇在身后,脚下一蹬,腾空而起。趁跳起来的间隙,我回头看了看,波尔林仍紧追不舍。

我选择往左走,是因为这边有悬浮电车站。等不到波尔林的准分子电池爆掉,我的肺就会爆了,除非我能在被追上之前跳上一辆顺路的电车,那就安全了,不过……

……不过当你心急火燎想上电车时,却一辆都没有。车站就在前头,站上没有人,就是说我刚好错过了该死的一辆。

我继续狂奔。右边有一家破旧的小酒馆,叫八星酒吧[①]——这名字让一些人觉得很妙——有个人从里面走了出来,正好是昨晚那个打算劫我的小子。我呼吸困难,经过他身边时没法儿打招呼,不过很明显他认出了我。他看向我身后,只见波尔林像一只飞出芝加哥的蝙蝠一样直追过来。于是……于是这小子肯定在波尔林经过身边时绊了他一下,因为我听到一声巨响,紧接着他骂出来的脏话连水手听了都得脸红——要是火星上有水手的话。

我脚下一顿,转过身来,看到波尔林正想爬起来。"该死的,罗麦克斯!"他叫道,并没有呼吸困难的迹象,"我只是想跟你谈谈罢了!"

尽管我在这条巷子里似乎有了个同伙,可我还是不喜欢跟一个高档换身人打架。当然,他也可能是花光了所有的钱来做这张英俊的脸——不知科里寇·阿杰曼是不是收了版税?不过在不知底细的情况下,假设换身人有超人的力量还是最为保险

---

① "八星酒吧"的英文为"the Bar Soom",*Barsoom*是科幻作家埃德加·莱斯·巴勒斯创作的火星系列小说。"Barsoom"是作者创造的一个火星语词汇,"soom"在火星语中的意思是"星球","bar"是火星语的"八",合在一起,意思是"火星是太阳系的第八颗星球",当然包括了太阳以及地球和火星的卫星。

的。"关……关于什么?"我上气不接下气地喊回去。

"就是……那艘船。"他回答,显然很忌讳提起那个被诅咒的名字。

我双手扶着膝盖,使劲儿喘着。他就不能预约一下吗?"好吧。"我一狠心,"没问题。"我朝他走回去,几个路人茫然地看着我们。我冲那个朋克仔点点头表示谢意。波尔林的衣服脏了,上面全是火星的红土,他被绊倒的时候摔在了便道上,不过除此之外,他看上去连一根头发都没乱。真了不起。我思忖着他是怎么做到的,"你想说什么?"

他晃了晃脑袋,像是在左右张望,注意着我们周围的人,然后又摇了摇头,这是在说"不"。"找个私下的地方。"他略显恼怒地说,"我本来希望在你的办公室谈的。"

回想在地球的时候,我的同行在自己办公室被枪击的概率可不低。"不。"我说,"去弯凿酒吧……你知道地方吧?"

波尔林说:"那个耗子洞?"看来他确实知道。他点了点头,"好吧。"

我估计我俩都需要一点儿时间来平静一下,反正我是实实在在地需要。"二十分钟后,"我说,"我在那儿跟你碰面。"

他点点头,转身走了。我看向那个小子。

"你叫什么?"

"德尔克。"他说。

"呵,"我说,"你的名字叫德尔克,你就带着一把刀找上了我。①"

"是的。所以呢?"

我摇摇头,"别管那个了。你还需要钱吗?"

---

① "德尔克"的英文为"Dirk",英语中是"匕首"的意思。

他点点头。

"我是一个私人侦探。我在弯凿酒吧跟波尔林碰面的时候，要是事情不顺,需要有后援。这活儿一小时二十太阳币,不能再多了。"

他脸上的蛇尾巴一阵抖动。"好的,"他说,"我干了。"

第十五章

德尔克和我走进酒吧时，布特里克满脸猜疑地抬眼看着。他张开嘴，就好像要发布关于我欠账的公告一样，不过他又闭上了，八成是意识到我现在的样子有点儿反常。

"一会儿会有一个帅气的换身人小伙子来这儿，"我说，"留着长发，短胡子。让他到后边的隔间来找我，好吗？"

"没问题。"布特里克一边用经典的酒保动作擦着玻璃杯，一边说，"不过别闹事。"

我一挥手，"要是闹事你就砸我的踝子骨……"

德尔克和我朝后面走去。我选择这个隔间是因为它靠近厨房门，那儿另有一个出口通往一条小巷。对于逃跑路线要时时留意，这大有益处。这个隔间的桌面上还刻有我挺喜欢的涂鸦，是一句话："十分钟后回来——戈多。①"

我们坐了片刻——并排坐着，能看到整个酒吧。德尔克在隔间的内侧，我在外侧。戴安娜出现了，我起身抱了抱她。她一探身在我脸上亲了亲。"嗨，宝贝儿。"我说。

我注意到德尔克在戴安娜和我说话时，一脸满意地看着戴

---

① 这个梗来自著名的《等待戈多》，剧中的戈多始终没有出现。

安娜的身条。"嗨,甜心。"她冲着我暖暖一笑,笑容很迷人。我把几缕褐色的秀发从她褐色的眼睛上撩开。"见到你真高兴。"

"见到你我也很高兴。"我说道,又在她嘴上亲了亲。戴安娜回头偷看布特里克是不是正盯着。他确实目不转睛。她回过头来,又露出了笑容,"跟平常一样?"

我点点头。她又冲着坐在那里的德尔克一点头,"那你要什么呢,好汉?"

德尔克有些犹豫。我也有过这种经历:你想要点儿东西,可是又付不起。

"算我的。"说着,我重新坐下来。

"啤酒。"他说。

"自产的还是进口的?"

"自产的。"我应了声。没必要那么大手大脚。

自产的只有三种,都是人工合成品。戴安娜一口气报出它们的名称,我发觉是按着品质优劣依次降低。德尔克又犹豫了,他显然在火星上待得不够久,还不了解这些品牌。"给他来一杯威尔海姆。"我说,对于啤酒来说这是一个可爱的名字,如果你了解火星历史的话。威尔海姆·毕尔①和他的合作者在1830年首次绘制了这颗红色行星的世界地图。

戴安娜转身出去,一路扭着屁股。我盯着,我猜德尔克也一样。扬声器里播放着布鲁斯,我想那是穆迪·沃特斯②的歌。"等波尔林到这儿之后,"我对这小子说,"你得像老鹰一样盯着他。我

---

① 威尔海姆·毕尔(1797—1850),德国天文学家,绘制过月球地图和火星地图。他的名字是Wilhelm Beer,"Beer"在英语中正好是"啤酒"的意思。

② 穆迪·沃特斯(1913—1983),美国著名蓝调歌手,被尊为芝加哥现代蓝调之父。

不知道他会耍什么把戏,不过他火气十足。"

"他来了。"德克尔答道。

二十分钟不到他就赶到了,这让我更加警觉。争执之后,波尔林可能早就来过这儿,好计划他自己的逃脱路线。布特里克指了指这里,波尔林点点头走了过来。他从戴安娜身边经过时没有瞥她一眼。好吧,他可是跟费雯·丽睡的。他走到我们跟前坐下。我们之间隔着一张大桌子,这很好。他至少没办法一把抓住我的脖子,或是隔着桌子捶我了。

"这是谁?"他问,歪了歪科里寇·阿杰曼的脑袋,指了指德尔克。

"我的助手。"不等波尔林反对,我紧接着说,"你想要跟我谈谈……那艘船。"

他点点头,"你在咖迦里安那里提起时,我大吃了一惊,就这样。"他的视线越过我,看着厨房的门,那扇门上有一个圆形的窗口,"你知道,当我去'全新的你'时,我问过他们有没有什么方法可以在换身时抹掉我的一部分记忆,但他们说不可能。要是能消除掉那些记忆、那些不停闪现的画面,我愿意用我所有的化石来交换。"

这时候,戴安娜来了,放下了我的杜松子酒和德尔克的啤酒。"你要什么?"她对波尔林说。

他面无表情地看着她。把酒精拿给换身人纯属浪费,他们大都很快就不会为喝酒花钱了。他们可以用其他方式发泄或缓解痛苦。布特里克毫无疑问会说:"我们这里不为他们提供服务。"不过说实在的,纯粹是因为他们几乎从不进门。

"什么都不要。"他说。戴安娜走开了。这次我没盯着她一路看,眼睛丝毫不敢离开波尔林。

"我提起那艘船的时候不知道它的历史。"我说,"很抱歉。"

波尔林紧皱眉头，"'特拉文'上发生的事情……"在这个昏暗的角落里，他提起了那个名字，"令人毛骨悚然。"

我呷了一口杜松子酒。

"你应该知道，"波尔林接着说，"我们当时都是孩子，大多是。"他瞥了一眼德尔克，"像你这样的孩子。有些人想发笔财，有些人想冒险，有人只是想离开地球。我们知道前路很艰难，但以为到了这里之后艰难的日子才会开始。"他摇摇头，"你知道为什么我还在这里吗？过了这么多年之后仍留在这里？因为我恐惧太空飞船——我没法儿再坐船了。自从经历'特拉文号'上的事件后，再也不行了。"

我试着平复一下他的情绪。"后来你过得还不错。"我说，"你一定找到了大家伙，足够给自己和妻子买下新的身体。"

"是呀，我最终交了好运。两块根状菌丝体新标本，前所未有的品种总是能卖到高价。"

"你真走运。我自己可从来没交过这种化石运。"

他把那双完美的手放在斑驳的桌面上，手掌朝下，"所以，你到底在调查什么？"

"'特拉文号'带到这里的一些货物被翻出来了。"

波尔林眯起眼睛。"货物？"但接着，他点了点头，"你是说地雷吧。"

我不由得吃了一惊，"关于这东西你知道多少？"

"我是在着陆后才第一次听说这事儿的。有人在货舱里发现了一些，或者说像那玩意儿的东西，对吧？"

"是的。"我说。

"上帝，如果我在航行途中知道有那玩意儿，早就把它们都炸了。那样一切就结束了。"

我思忖着，是不是波尔林本人把那些东西带上船的。毕竟他已经找到了高品质的化石——这意味着他可能找到了阿尔法。不过，根据匹克奥弗带到我办公室的那颗地雷的老化程度来看，我可以认定它们是很多年以前埋设的，而波尔林显然是最近才发的财。"你知不知道是谁把它们偷运上船的？"我问道。

"我不知道。我说了，我甚至都不知道它们在船上。不过我到火星之后，就认出它们了。它们是……"他声音一顿。

"怎么？"我眉毛一扬，追问道。

波尔林仰起头，"你怎么知道我妻子已经换身了？"

哦，扯淡。"我为'全新的你'做质量跟踪工作。"我说，"你知道的。这里的经营商上星期给我的名单上有她。"

"不，你不是。"波尔林说，"我几天前去了'全新的你'，做了几个小调整。我问了那里的新老板费尔南德斯，也问了你的事情。他说，没错，他认得你，不过没有雇用你。说之前你找我谈话的时候，是为了调查前任雇主约书亚·威尔金斯，那个人是跟我同一天换身的。不过在你调查那件事找我时，雷茜还没换身呢。"

"我是为地球总公司工作。"我说，"我到你家找你，可你不在。"

他的眼睛眯缝起来，"雷茜从没提过这事儿。"

"随它去吧。"我轻巧地说，"你说那个把爆炸物弄上'特拉文号'的人是……？"

不过太迟了。波尔林站起身来。他没有什么正当理由在这里打我，不过显然起了疑心。"我就知道不该信任你，罗麦克斯。"说完，他怒冲冲地走了出去。

我把剩下的杜松子酒一饮而尽。德尔克很聪明，始终一言不发。

第十六章

我给了德尔克许诺过的二十太阳币，出了弯凿酒吧就各自上路了。我没把从他那儿抢来的弹簧刀还给他，虽然它就在我手边。那东西随身带着似乎会很有用，跟我的电话、平板和左轮枪一样。

我很遗憾没打探到波尔林知道的东西，不过要是那个特聘作家在写关于"特拉文号"的书，我就可以了解到是谁把地雷带上船的。我上了悬浮电车，前往肖帕兹基之屋，即作家的隐居地，就在北气闸的车站旁不远。

我以为特聘作家是一个鬼头鬼脑的学院派，就像匹克奥弗那样。但当那扇绿色的房门滑开时，出现的是一位体态优美、风度优雅的女性生物人，年近三十，有着无瑕的栗色皮肤，长长的睫毛下是一对性感的褐色眼睛，光彩夺目的棕色长发如波浪般流淌在她肩头。她身上唯一能跟作家搭上边儿的就是那副地道的眼镜，自从离开地球，我好像就没见过有人戴这种东西了。

"嗨，"我露出大大的笑容，说，"我是亚历山大·罗麦克斯。我听说您正在写一本书。"

"我正打算写。"她冷冰冰地说，"我来这里是图清静。"她的

133

双臂交叉抱在了可爱的酥胸上，"不过总是有人打扰我。"

"抱歉。我想要提前打个电话来着……不过电话簿上没有肖帕兹基之屋的号码。"

"恐怕这不是问题所在。"

"您是正在写一本关于'B.特拉文①号'的书，对吗？"

她听到这话，语气缓和了一点儿，"是的。"

"我是个私人侦探。我正在调查的事情涉及'特拉文号'。"

"我很珍惜我的时间，罗麦克斯先生。不过作为一名作家，做研究时我常常求助他人——教授、医生、科学家，各种各样的人。所以，为了偿还，我总是会帮助那些向我寻求信息的人，如果他们已经做足了功课。"她从那副眼镜上方注视着我。我在老电影里看到这种姿态时总觉得很性感，现在也是。"浪费别人的时间、问别人一些你自己也可以查到的东西十分无礼。所以，让我看看你是否做足了功课。那艘船为什么叫'B.特拉文号'？"

在弯凿酒吧有一个鸡毛蒜皮联合会。我曾跟它的会员开过玩笑——当你的申话能告诉你任何问题的答案时，为什么还要费心去记资料？不过这个名字略有耳闻，而且……

而且那些说我花太多时间看老电影的人都可以自裁了。

"'B.特拉文'，"我说，"他写过一部小说《浴血金沙》，根据这部小说还拍摄过一部同名电影。"

她动人的嘴唇一翘，露出笑意，我俩不约而同地说："'警徽？我们可不需要臭烘烘的警徽！'"她大笑起来，而我补充道："当然了，这段引用不正宗。戈尔德·哈特实际上是说'警徽？我

---

① B.特拉文，生于1882年或1890年，死于1969年。《浴血金沙》是他1927年写的一部小说，1947年据此拍摄了同名电影，电影男主角由亨弗莱·鲍嘉出演。下面关于警徽的话就是电影中的台词。

们可没有警徽。我们不需要警徽！我没有必要向你亮出什么臭烘烘的警徽！'"

她点点头，"就好像其实没有人真的说'再弹一遍那首曲子，山姆。'"

我尽我所能来了个锦上添花——这年头，要打动别人真不容易。"'弹那首曲子，山姆。你为她弹了，你也能为我弹。如果她受得了，我也受得了。'①"

"罗麦克斯先生，"说着，她让到一边，做出邀请的手势，"您愿意进来说话吗？"

现在说"我认为这是一段美好友情的开始"②还有点儿为时过早，于是我没说，只在心里念了念。

肖帕兹基之屋看上去很舒适。火星上的大部分家具都是在这颗星球上压制的，而不是从地球运来。不过有一两件看上去是真的木头做的，包括……那个……我绞尽脑汁也没想起来那个词儿，我只在电影里见过那种东西：桌面能翻开的书桌。它上面摆着一个边长大约十厘米的红色立方体：一台家用电脑。这该死的东西其实没必要做这么大，不过要是做太小了，人们容易搞丢。

还有另一件我这辈子从没见过真容的家具：档案柜。如果我有这么一个，肯定会用来存一柜子好酒。我不知道还有谁保存着纸质的文件。

我意识到自己通过她的小测试纯属走运。那部电影我看过

---

① 这段关于山姆演奏曲子的话是1942年的经典影片《卡萨布兰卡》里的台词，男主角瑞克让山姆演奏 As Time Goes By。这部影片的男主角同样由亨弗莱·鲍嘉出演。

② "我认为这是一段美好友情的开始。"是电影《卡萨布兰卡》的最后一句台词。

上百次。在它上映的年代,演职人员表上只会出现很少的几个名字,不像现在,连全息影像技术员跟送盒饭的都会罗列出来。作者的名字之所以吸引我的眼球,是因为它里边有一个单独的大写字母:"B.特拉文"。那部电影讲的是在墨西哥探寻金矿的故事,与火星上猎寻化石有异曲同工之妙。

不过,这位楚楚动人的作家要是再问些基本问题,比如"我的名字叫什么?",我肯定就完蛋了。我的侦探技巧很快派上了用场,因为出现了第三件我从没见过的、按照其原始目的使用着的家具:书架。我之前见过的每个书架上面都只陈列着珍玩、艺术品,或是——在火星这里——有趣的岩石或化石。不过这个书架呢,是用红褐色的木料打造的,透出一股暖意,这颗行星上其他泛着红色的东西都没这感觉。书架上有一部分空间摆满了真正的印刷书籍——这个书架无疑是火星上这类东西最丰富的收藏地了。

书架头两层摆着斯塔夫罗斯·肖帕兹基的一些作品,书名都挺惊悚,比如《肆无忌惮的救世主》《死亡之滨》,以及《风中的海盗》。接下来的几层按作者分类排列着一些书,不过不是按着字母顺序。先是早川的,然后是查维斯、图科夫、科恩。

"这些作家都在这里住过?"我问。

"没错。"她点了点漂亮的脑袋,"我们每个人获准带五公斤自己的书,算作自身体重的一部分。如果书只有电子版,我们就印一些皮质精装本带上。"

我的眼睛盯住了从下往上数的第二层书架,那里还没摆满。有一个古怪的、小小的"L"形物件挡在最后一本书上,防止它们翻倒。最后三本书的书脊上印的名字是"拉克什米·查特吉"。我伸手抽出最后一本,名字是《月球港:勇气与独立》。

"你正在写关于'B.特拉文号'的东西?"

"不错。"

"我正在全力寻找把爆炸物偷运上'特拉文号'的人。"

"啊,是的,"她说,"地雷。"她走向起居室,示意我坐下。我希望她能坐在那张绿沙发上,那样我就能挨着她坐了,可她坐到了椅子上。

我一屁股坐进沙发角,翘起双腿,把小腿搁在脚榻上,双脚悬空搭着。"你要在火星待多久?"这个问题跟调查一点儿关系都没有。

"还要待七十一天。"

我一笑,"不是吧,这么精确。"

"下一位作家会在那个时候到达,我就乘坐载他来的飞船回去。"

"你很期待回家吧?"

"多少有些吧。我喜欢这里。"

"你的家乡在哪儿呢?"

她修长的双腿跷起了二郎腿。她穿着紧身裤,看上去是黑色皮革的,上身也是黑色的紧身衣。"德里。"她看了看墙上的钟,是个老式壁挂钟,这种钟总让我费半天劲儿换算也搞不清楚现在是几点。不过她这个举动的言外之意很明显。我应该说正题了,"你知不知道是谁把地雷带上'特拉文号'的?"

"当然了。是威廉·范·戴克,就是温嘉顿和奥·雷利第二次航行时带来的那个家伙。"

我摇摇头,"我看过乘客名单。他不在'特拉文号'上,至少没用那个名字。"

"他不是乘客,"拉克什米说,"他是船员。"

"你是说……你是说他就是那个魔鬼？把乘客解冻之后恐吓他们的那个家伙？"

"不，不。他是后备桨手，备用的。在整个航程里，如果没出意外，他会一直处于冷冻休眠状态。"

"啊。"我说，"那你知不知道他怎么样了？"

"当然。我的书里会涉及的。"

我满怀期待地看着她，"告诉我吧。"

她一仰头，捋了捋垂在眼前的那缕秀发，"我会给你寄一份新书发布会的请柬。"

我绽放出最动人的笑容，"请你帮帮忙，拉克什米。我真的想知道。"

她考虑一下，然后说："你对于人类航天飞行的历史知道多少？"

"略知一二。就是他们在学校里教的那些。"除了星期五的。

"好吧。你知不知道一些航天科学家曾经说过，人类不可能安全来到火星，或在火星上生存？"

"他们什么时候说的？"

"从1970年到，哦，我想想，大约2030年。"

"为什么？"

"辐射。"

"真的吗？"

"不错。地球的磁场和大气层让地表的人类免受太阳辐射和宇宙辐射。他们认为，若是没有这些屏蔽防护，你来火星的路上，或是在它表面停留，都会受到过量辐射。"

我笑了，"我们是不是应该把灯关了，看看我们是不是会发出荧光？"

"没错，这个说法挺可笑。提出这些说法的科学家要么是在谈论他们一无所知的领域，要么就是故意误导人们。"

我眉毛一挑，"为什么？"

"为了自己先去占地盘。当然，人在火星上会比在地球时多受些辐射。每在穹顶下面生活一年，就会让你之后三十年里患癌症的概率增加可怕的百分之一。而那些把癌症说得耸人听闻的科学家要么涉及无人探测器生意，要么就是想永远停留在近地轨道。"她顿了顿，"你知道有什么人吸烟吗？"

"我奶奶就吸。"

"是呀。哦，要是她搬到火星，但把她的香烟都留在地球上，她患上癌症的概率就会大大降低。"

"什么意思？"

"意思是，因为太空航行或是在火星生活患上癌症的概率微不足道。不过话说回来，能在这里找到化石发横财的概率也差不多。找到化石这种事就跟得癌症一样，都是非常非常罕见的。好吧，再说威廉·范·戴克，他并没有找到化石发大财。温嘉顿和奥·雷利发了财，但他们只是带着他去兜了一圈。不过他赢得了另一张大彩票，可怜的家伙。他就是那个万里挑一、在太空航行中患上癌症的家伙。"

"然后呢？"我问。

"我仍在查找。有资料显示三十年前他有一份确诊书，这条线我还没查出个所以然。当然了，他知道阿尔法沉积带在哪里，就算温嘉顿和奥·雷利端了他，他肯定也保存着几块不错的化石。我怀疑他已经死了很久了，但是，凭着售卖那几块化石得来的钱，他也许改头换面了。"

"他有可能换身吗？"

"他也许有那么多的钱,不过我怀疑他会不会那么做。别忘了,那是几十年前。范·戴克笃信宗教。他相信自己拥有一个不朽的灵魂,但不相信它能转移到一具人造身体里。那时候很多人都这样。就连现在,美国仍有一些人想推翻《德克森·V.霍克斯沃茨法案》呢。"

那个法案生效时我刚满十二岁。一个疯狂的持枪者射杀了凡妮莎·德克森总统。没有任何方法能拯救她的肉体了。不过霍华德·斯普拉科夫成功说服了总统的办公厅主任,把她的思维进行了转移,让换身人继续完成她的任期,而不是让副总统宣誓继任——副总统是公认的失败者。德克森在那时本来极有希望连任的,但这件事让她再次参选的可能性化为了泡影。

不过,很多评论家说这个换身人很有可能赢得大选,如果她有参选资格的话。这是霍华德·斯普拉科夫的一招妙棋。德克森被整个星球审视着——她的每一句话、每一个决定——看她在换身后是否有哪怕是最细微的变化。大多数人(除了一些反对党的拥护者)都认可她没有变化。

主流社会接受了这个换身人。

"好吧。"我说道,"谢谢了。十分感谢你的帮助。"

她放下修长的双腿站起身,"现在,还有别的事情吗?我真得开始忙我的了。"

"没了。"我说,"十分感谢。"我行了个虚拟的脱帽礼,带着深深的遗憾离开,走进穹顶下那个沉闷的世界。

这天剩下的时间里,我开始搜寻威廉·范·戴克的消息。尽管2034年的隐私权革命让人们隐藏行踪变得十分容易,可大多数人还是会在网上留下踪迹。不过威廉·范·戴克除外。或者说,至少不是这个威廉·范·戴克,这名字现在已经烂大街了。他在过去的三十年里确实了无踪迹,就像洛瑞·匹克奥弗和拉克什米·查特吉说的那样。我猜测他可能走进了荒野,死在了那里。但我没有发现任何这样的死亡记录。

一等到夜幕降临,我就去了洛瑞·匹克奥弗位于穹顶中心的公寓。他邀我进屋之后,我们坐在那间四壁呈淡黄色的起居室里。我直奔主题,"你答应过要带我去看阿尔法。"

匹克奥弗的眼睛一眨不眨地盯着我。我极尽所能地回瞪他。他那丙烯树脂的瞳孔即便暴露在极端干燥的火星大气中,也不会觉得费力,所以他赢了。不过我并不打算放弃。"说真的,"我说,"我需要看看。"

"没什么好看的。"他答道。

匹克奥弗本人也没什么好看的,尤其是这个时候,他脸上的皮肤依旧残缺不全。"我能理解。不过我寻觅范·戴克的过程中没碰上好运。也许在他去过的地方,会有些线索。"

"好吧。"匹克奥弗说,让我有些意外,我还以为要费不少口舌呢,"咱们走。"

"现在?"

"当然,就现在。"他站起身来,"外边已经黑了——这是我为了防止你认出地标的第一道防线。第二道防线是让你的压力服头盔在整个路途中极化,这意味着你在黑暗中几乎看不到什么东西。第三道防线是,我会带你走一条曲折迂回的路。第四道防线是这么晚了,你肯定很疲劳,所以你甚至在路上就可能睡着。说真的,你真会想睡觉的,因为要走好几个小时,我们在黎明前不太可能抵达目的地。"

我还希望今晚就能搞定,然后去弯凿酒吧看戴安娜呢。但至少他同意带我去了。"好的。"说着,我站起身来。

"太棒了。盥洗室在下面,老伙计,我们出去之前你最好解决一下……"

"什么?"

"哦,没什么。我已经好几个月没用过了……自从换身之后。我希望我记得冲水了。"

第十七章

自从约书亚·威尔金斯那篇儿翻过去之后，我就研究了杀死换身人的方法，完全是出于安全考虑。可惜，除了使用宽频干扰器之外，似乎没有任何万无一失的办法。那些身体设计出来就是为了长生不死。它们经久耐用，重要的零部件都安装在防护性良好的保护层里。我想找出一种方法，不过氪星石①似乎很难落到火星上。

即便是这样，匹克奥弗还是让我把手枪留在了西气闸站。我猜他是害怕一旦我知道了那笔财宝在什么地方，就会害他。他不知道的是我从德尔克那里得到了一把弹簧刀，而他又太淳朴了，在我们动身前根本没搜我的身，于是它还在我的兜里。

我的侦探大脑很难搞清他到底把我带到了什么地方。第一条线索：我们出了西气闸。对我来说，这条信息是绝无差错的，因为他上一次从阿尔法回来的时候，就是把自己的火星越野车停放在了这里。

感谢上帝，匹克奥弗很早以前就买了越野车来做运输，还是很贵的那种，自带生命维持系统。如果他是今天临时起意买的，

---

① 出自电影《超人》，氪星石能伤害超人。

那肯定会选更便宜的货了，它们只提供运输功能，但更坚固可靠。

匹克奥弗给我租了一件压力服。他直接付了账，不过我在长途旅行中没必要一直穿着它，尽管如此，他还是让我套上了那个鱼缸头盔。在地球上这会让人很不舒服，因为穿着压力服的时候，领口会承担头盔的重量。不过在火星，这东西的分量并不沉得让人难受。匹克奥弗立刻把头盔调节成不透明状态，尽管我们还没开始上路呢。

低原就是相对高度很低的平原，是蔓延开来无边无际、总也望不到头的一大片土地。我们一开始还闲聊，不过听着洛瑞的声音在鱼缸头盔里回荡着实让人心烦。过了一会儿，我俩就都不说话了。我承认我有好几个小时胡思乱想着戴安娜、雷茜以及拉克什米，一个接一个，以各种不同的顺序。

我可能在路上打了个盹儿。像我这样的硬汉不常想起自己的童年，不过每当我妈要我睡觉我却不睡的时候，她就会开车带我出去。匹克奥弗把我跟平板电脑和电话隔离了，我没有能计算位置的工具。不过我们抵达目的地的时候，太阳正从东方升起。我原本希望着它从锯齿状的山峰或是破碎的环形山上升起，这样我就能跟地形图做比较了。可惜被照亮的地平线一片平滑。还有，当太阳越爬越高时，我四下望去，发现周围一圈儿都是地平线。只有一个例外：在西边，有一座小环形山。

我在越野车的卫生间里方便了一下，套上租来的土褐色夹杂着橄榄绿的压力服，然后下了车。越野车的弹性车轮几乎有一米宽，载着一个方方正正的乘客舱。火星的大气十分稀薄，是不是流线型对于地面交通工具来说无关紧要。

匹克奥弗从越野车的行李箱里取出一台设备，看上去像不带集尘袋的立式真空吸尘器。

"那是什么?"我问道。

"金属探测器。我昨天才搞到的。"

"我一直以为这种东西在火星上没用。"我说,"因为土壤里到处都是氧化铁。"

"哦,金属探测器很容易调节到对铁不起反应。我费了好大劲儿,才找到一个出租这玩意儿的人。当然,这东西对寻找化石没什么用,但其他的用途——开采矿砂、寻找古文物之类都还行,只是不适用于火星。"

他把它递给了我。

我皱起眉,"你想让我扫雷?"

"我没法儿做这事儿,"洛瑞说,"我试过……但我身体里的金属干扰太厉害了。你,从另一方面来说……"

这家伙比我想象的聪明多了。他不是因为我想看阿尔法才带我来这里的。他带我来,是因为他需要一个生物人帮忙。

他回到行李箱那里,拿出另一台设备:一箱压缩气体,带有软管。洛瑞说:"这是用来吹开沙子的。"他显然知道我要问什么。

"好吧,"我说,"让我看看你是在哪儿发现第一个地雷的。"

"那边。踩着我的脚印走。我走过这条路很多次了,这儿要么没地雷,要么就是地雷都坏了,像我带去你办公室的那个。"

他在前面带路,尘土从脚下扬起。我仍然觉得看到一个穿着休闲衣服的人毫无保护措施地走在火星表面上很怪异。匹克奥弗穿的那身衣服,就是我想象中的古生物学家在地球上会穿的衣服:褐色的工作靴、厚重的卡其布裤子、法兰绒外套。他还戴着一顶棒球帽,上边是多伦多蓝鸟队的标志。我猜换身人也需要一些东西来遮挡刺眼的阳光。

我们往前走了大约五十米——我计着步数——来到一片地方，这儿已经用单丝拉了边长一米的网格做了标记。丝线跟红色的尘土几乎是一样的颜色，我对匹克奥弗说它们很难被看见。"在红外线状态下不是这样。"他答道，"我用准分子电池给它们通上了微弱的电流。对我来说，它们都是明亮的白线，但一般的探矿者根本不会注意到，除非他被绊倒。"

他迈过一根丝线，我则小心翼翼、一丝不差地跟着。迈过五根后，我们停了下来。"距离埋地雷的地方还有些远。"他蹲下来，"不过，让我给你看看这个吧。这就是我发现'2-13-80-8号'印模化石的地方。"

"化石就在表面吗?"

"偶尔会，"匹克奥弗说，"不过通常都埋在地下不怎么深的地方。你想，在地球上，沉积岩数十亿年间一直都在堆积。不过在火星上，沉积岩在三十五亿年前就停止形成，因为那时开放的水体完全干涸了。所以，远古的沉积物没有被埋得很深，它们就在表面上，或者接近表面。很久以前，阿尔法这一带距离地表很近的冰不是融化就是挥发了，留下了八到十厘米厚的松散表层，干燥的沙子覆盖在了古老的基质上。在阿尔法，基质是由艾瑞斯锂希亚——就是火星的石头——形成的。它其实就是沙子和淤泥，被水结成的冰凝固在一起。这里的地面按重量计算有百分之六十都是水结的冰。你知道这意味着什么吗，亚历克斯?"

我不知道。"意味着什么呢?"

"哦，在地球上，大多数化石都被完全矿化了。原始的器官物质所占据的空间都被矿物质渗透，新的物质替换了生物标本，生物原有的物质最终都消失了。但在这里，在阿尔法，化石都是原始物质，只是被裹挟在了基质里。你常常只需要把艾瑞斯锂希亚加热到室温，让冰融化，就可以把一块阿尔法化石从基质里弄出来。这也就是从阿尔法这里得到的化石如此精美的原因——它们都是真正的古生物外骨骼，毫无改变，藏在高密度砂浆里，而砂浆被冻结成了固体超过三十亿年。"

"那可不尽然。我敢打赌，你带来的那颗地雷就被锈蚀了。"

匹克奥弗点点头，"是的，没错。有什么东西……可能是微型陨石几十年前撞击过这里，加热了一块土壤，形成了一小洼流动的地表水，把地雷给锈蚀了。不过这整片地方的大部分土地……"他一挥手，"自从挪亚纪以来就完全冻结了。"

"可你拿到我办公室的那块印模化石是固体，当时是在室温下。"

"那是因为我注入了稳定剂，替换了有热塑性的水分。"

"啊。"

他挺直身子继续往前走。走了大约四十米后，我们来到了一块地皮被翻动过的地方。"那颗地雷就是在这儿爆炸的。"他说，"那边是我发现那颗锈蚀地雷的地方。"他指了指地面上的一个小坑。

我开始用扫雷器慢慢探测这片被匹克奥弗认定为阿尔法沉积带的地面——这地方大约有六千平方米。他走在我后面。

往前走的时候，我尽量记下可以识别的地标。这是我第一次来到阿尔法，但料想不会是最后一次。了解这片地域是赢得战役的第一步。

回想维京着陆器最初来这儿时，人们给形色各异的火星砾石起了各种异想天开的名字。我左边远处有一块大石头，形似我在20世纪50年代的电影里看到的小轿车，上边甚至还有一对鱼鳍状的突出物。我不由在心里给它起了个绰号："普利茅斯轿车"。我右边有一块脑袋形状的岩石，饱经风霜，老电影情结让我觉得"哈德森"这名字配它简直完美。

事实证明，阿尔法并没有被地雷重重包围——毕竟那样做需要太多的地雷了——不过是沿着一条线排列了十二颗，每颗间距八米，分布在阿尔法的东侧。爆炸的那颗，还有被锈蚀的那颗，都在那条线上。我猜这意味着新克朗代克是在这地方的东面，因为威廉·范·戴克假定任何寻找阿尔法的人都会从那个方向过来。

如果这是一个老战场，我们只需要把岩石抛到残留的地雷上，把它们逐一引爆就行了。但那样做会毁掉珍贵的化石，所以我们必须仔细地清除掉这些地雷。它们大都埋在几厘米深的干燥沙土之下。洛瑞用他的压缩气体斜斜地吹掉一颗地雷上的砂土，好让我们看到圆盘正中心的那个拆卸孔。这个小孔已被砂土堵塞住了，这情形我俩都没预先想到，其实早该料到才对。不过片刻之后，我心里冒出了一个想法。之前我把小刀装进了压力服的工具袋里。现在我把它掏了出来。

"这是什么？"

"弹簧刀。"我说。

他一皱眉，显然对我带了武器很不高兴。不过我把它递给他，向他指了指让刀锋弹出的那个按钮。他的平稳度比我强多了，也比我放松得多，而且已经证明了他能在地雷爆炸时幸存下来。于是他站到地雷上方，两腿分立两边，弯下腰，将弹簧刀对准地雷的拆卸孔。

刀锋一下弹出，漂亮地刺进沙土，刀尖准确无误地压下了按钮，地雷顶部靠近中心位置的小型指示器从红色变成了绿色

——跟我看过的资料上描述的一模一样。

洛瑞没法儿长舒一口气,不过我能。接着,他把地雷撬了出来,它似乎有点儿被永冻土粘住了,不过最终还是被挖了出来。我们在八米外的地方又干了一次,拆除并挖出了另一枚卡尔德拉-7。

我们大可以继续清除掉所有的地雷,但进食时间到了。于是我们各自拿起一枚已拆卸的地雷,向越野车走去。我在气闸旁的小商店里买了些三明治,不过得进入增压舱才能脱掉鱼缸头盔开吃。

进去前,匹克奥弗又一次打开越野车的行李箱,把失效的地雷放进去。在回家的路上,我们会找地方处理掉这玩意儿。行李箱里有些褐色的编织袋,我猜是古生物学家的专用装备。匹克奥弗用几个编织袋把地雷仔细地包起来,以防它们受到颠簸冲撞。

他干这事儿的时候,我看了看四周的地形。在我眼中,这里跟火星上其他地方似乎没有什么不一样:无边无际的橙色平原笼罩在黄褐色的天空下,还有……

哦,天哪。

"洛瑞,"我通过头盔里的无线电说,"你有远距离视力吗?"

他关上行李箱,挺直了身子,面对我,"差不多,我有二十倍的内置缩放视力。开采化石的时候有用处。怎么了?"

我指着地平线,"那是我担心的东西吗?"

他转过脸的时候,我观察着他,见他似乎没什么表情。我不禁好奇他是用什么样的思维命令来打开缩放功能的。

"会是谁呢?"他问。

该死。这么说,那准是另外一辆火星越野车,就停在低原的远方。我们在黑暗中被跟踪了,从新克朗代克出来的一路上都被人尾随着。一般情况下,我几乎立刻就能察觉有尾巴,不过这一路上,我的脑壳上扣了个愚蠢的不透明的鱼缸头盔。

匹克奥弗还拿走了我的枪。

第十八章

"我认为我们应该离开这里。"我对着话筒说。

"我们不能把阿尔法留给掠夺者。"匹克奥弗答道。

"洛瑞,我们手无寸铁。"

"化石才是手无寸铁。"

"该死!"我真想骂他个狗血淋头。但就在我说话之际,远处那辆火星越野车开始靠近了。它飞驰过来,一路扬起羽毛状的尘沙。匹克奥弗见此,开口了。

"没错,"他说,"他们直接朝着我们开过来了。"

我们正在使用的无线电被设定为加密状态,不过那个正朝我们驶来的家伙可能贿赂了出租压力服的人,搞到了解码信号。在火星越野车里的那人,或是那伙人,可能已经十分清楚地窃听到了我对匹克奥弗说的每一句话。所以,现在他们知道自己被发现了。

当两个生物人不想在行星表面使用无线电的时候,他们就会把头盔贴在一起,用声音直接传递。匹克奥弗没戴头盔。我不知道他是否在购买超级视觉的时候也购买了超级听觉——尽管我想不出这对搜寻化石有什么用处。我关掉了无线电,喊叫起来:"他们可能窃听了我们的通话。"

火星大气的厚度只有地球大气的约百分之一,能传递声音,不过效果微弱。匹克奥弗看着我,显然听不清我在说什么。我走到他跟前,示意他别动,然后把头盔抵在他的人造脑袋上。

"干吗?!"我这么做的时候,他大喊起来。

我用只比平时稍大的声音说道:"他们或许窃听了我们的无线电。把你的关掉。"我挪开脑袋,他点了点头,此外什么都没做。这又一次让我好奇:换身人都是怎么完成这些指令的?他用意识做了些什么,就能够关闭发送器?尽管我能发出声音——我的头盔是增了压的——但他的下巴在稀薄的火星大气中一开一合,我却听不到任何声音。我善于读唇语——对于侦探来说,这是很有用的技巧——但他面部那种受限的动作跟生物人的差别太大,我没法儿识别他在说什么。

我把头盔抵在他的脑门上——近些日子里,我唯一一次干这样的事儿还是在弯凿酒吧,给一个醉汉来了一记头槌。"我听不到你说话。"我大声说,"咱们分开走。他们用那辆车只能跟上一个人。你留在这里。我看看能不能把他们从阿尔法引开,明白了?"

他点点头,脑袋在我的头盔上蹭了蹭。幸好他的头发是人工合成的,否则我可不想让鱼缸头盔抹上油渍,影响我的视线。商量好下一步行动后,我大喝一声:"走!"然后就沿着与正在赶来的越野车路线相垂直的方向,开始奔跑。

在穹顶下,我跑起来就像一阵风,但是压力服和空气背囊在我九十公斤体重之外又增加了五十公斤,而平原上的尘土层也让步行变得艰难。不过我还是拼了老命跑起来,希望跟踪者会来追我。不管是对于人类还是别的什么,猎食者的自然反应就是追踪那些拼命逃跑的东西。我往右边看了看,那辆越野车似乎上钩了。虽然还隔着老远,但它正转向我这边。

当然,我想不出如果被那些身份不明的家伙拦截住,自己该怎么办。就算他们没枪,在这里随便拿个东西砸碎头盔也会要了我的命。

我的心在狂跳,压力服底下汗流浃背——这可不是什么好事:鱼缸开始起雾了。压力服有除湿控制器,但必须停下来摆弄一下才行,而我不想停下。由于雾气是在头盔内部,我也没法儿用手把它擦掉,并且……

并且,该死!火星表面遍布岩石,我的靴子被石头一绊,身子飞了起来。至少我能像慢镜头一样缓缓下落,有足够的时间准备迎接落地的冲击。我朝那辆越野车看去:现在能分辨出更多细节了。它是黄色的——这颜色的越野车可不寻常——还有一个增压舱。这意味着不管追我的是谁,准是生物人。

我一骨碌爬起来,又开始跑。那辆越野车毫无疑问是奔着我来了,没去匹克奥弗那边。我以为它会径直冲过来,可它在七十米外一滑,刹住了,车身几乎转了半圈。啊,它已经到了阿尔法的边缘,司机却狠狠踩下了刹车。他们要么知道有地雷,要么就是不想冒险开车驶过去毁掉暴露在外的化石。

越野车上那个四四方方的舱室向后翻开,我看到从里面腾起一股白色的雾气,那是可呼吸的空气被排放到了火星的大气之中。云雾里,两个穿着压力服的人影出现了。两个头盔已经极化,所以看不到里面的面孔,不过左边那人穿着红色的压力服,看身条是个女的;右边那位穿着蓝色压力服,看块头准是男的。女人拿在手里的玩意儿可能是一支气动霰弹枪,尽管我完全不知道火星上什么地方能搞到这东西,可她确实拿着。他们可不像是来这里伸张正义的。

他们朝我跑了过来,我便忽左忽右地跑了起来。我不确定该朝哪儿跑——没有可以躲避的地方,虽然我觉得在地平线上有山峰突起,说明我们可能是在赛蒂斯大三角地。

我看了看左边,想找到匹克奥弗,却分辨不出他的身影。我又看了看右边:穿红衣服的女人开火了。在这么稀薄的空气里,几乎没有爆炸声,只见火光一闪。我尚在她的射程之外呢——说明她没有开枪的经验。

只要见到有人穿着压力服一路狂奔却没有很疲惫,你就能知道他们是最近才来火星的。他们每跨一步,都会在空中停留好一会儿。我猜不出这女人是谁。那个男人么,倒像是在火星上待了挺久。他现在离得够近,我能看清他的压力服具体是啥模样。它配有一个旧式头盔,只在前方有玻璃。现在没人出租这样的压力服了,所以这家伙可能是自己有一套……而且至少已经穿了十火年。

霰弹枪又开了一枪。如果他们打中我的压力服,八成要不了我的命,因为布料里边的压力网作为防弹层还是很有效的。但是,尽管头盔能抗冲击,却并非不会碎。石英同分异构体能有效地阻挡紫外线,跌落在地也不会破裂——特别是在火星的重力下,产品保证书特别声明,它连微米级的损伤都不会有。我只能幻想,高速飞来的铅弹的冲击也跟落地差不多就好了。

我决定打开无线电。我用下巴顶了顶领子上的控制开关,它就在输氧管的左边。“匹克奥弗,”我说,“记住,他们可能在窃听。别告诉我你在哪里……不过我正朝西跑,他们已经朝我开火了。”

纯正的英国口音说:“收到。”

同一条线路上出现了另一个男人的口音，已经跑得上气不接下气，"匹克奥弗教授，是你吗？"

匹克奥弗有些意外，说："是啊。你是谁？"

"教授，我叫戴伦·张，为美国地质调查局工作。我们还以为你们是要掠夺化石矿床的不法分子。"

"这是陷阱，匹克奥弗！"我喊道。

但那位古生物学家并不像我担心的那么呆逼。他说："滑高方迎邻长英黄钢筋……"如果这是说给我听的加密暗语，那我可真是一点儿都不懂。他又问："这是什么意思？"

"教授，"那个男人的声音说，"我们这是在浪费时间。"

匹克奥弗的声音刺耳地叫喊起来："放倒他，亚历克斯。"

我很感激他这么信任我，可要让我在这种情况下放倒他，或是那个正在迅速逼近的女人，我可是一点儿辙都没有。霰弹枪又放了一枪——看得到，听不到，而这次我的肩膀被打中了。冲击力把我撞到一边，我跌倒的时候扬起一片沙尘。沙尘下面有松散的岩石。我抓起一块柚子大小的石头，爬起来继续跑。肩膀挺疼，不过压力服似乎完好无损，而且……

……不，该死，我的头盔碎了一片。没有完全穿透，可头盔的结构无疑受损了。要是再来这么一下，我就只能呼吸稀薄的二氧化碳了。

那个男人稍稍赶到了女人前边，这对我有利。有他在前边，她似乎不太敢再开枪了。也许是担心霰弹的范围太大，不单会打到我，也会伤到他。

我可不会感到内疚。那男人现在离得够近，足以让我扔出石头砸到他了。在谷力健身房花钱练卧推可不是玩儿的，而且我在火星重力下扔东西也经验丰富，这一点，弯凿酒吧的布特里

155

克可以作证。我用力一掷,正好砸中那个男人的面罩,它立刻裂成了蛛网状,八成会影响他的视线,但我觉得不会影响呼吸。真是不幸。

尽管如此,他还是慢了下来。那女人现在又超到了前头,她端起霰弹枪抵在红色压力服的肩头。就在她要扣扳机的时候,匹克奥弗的声音在头盔里响了起来,估计她也听到了。"看这边!亚历克斯!"

我朝右一转头:我们那辆火星越野车向着这边冲了过来,后面扬起一团巨大的尘雾。我跃到了一边。我真感动,匹克奥弗为了救我,居然全力行驶在他极为珍视的化石矿床上。他猛地一踩刹车,要是在正常的大气中,准会听到刺耳的声响。车身一顿,明净的舱室顶盖打开了。我一跃而入,他用力把油门踩到了底。我以为他会带着我们来一个原地一百八十度大回转,可他却径直瞄准了那个红衣女人。我拼命把舱室盖子拉下来时,他大吼着朝她冲去,显然是要把她碾碎才罢休。不过她也正瞄准着呢……正对着我们。

现在很明显了:这女人是刚到火星的。在地球上让一辆车停下的最好办法,就是朝着充气轮胎射击,不过我们这里更喜欢用有弹性的金属丝制作轮胎。车轮辐条之间的角度是由电脑不断调控的,每一根辐条牵引的不是整圈的轮缘,而是各自独立的板块状轮面。车前上方有摄像头来观察障碍物,辐条自行设定伸缩状态,以便于绕开大部分石块。朝这种轮子射击毫无用处,可她还是冲着我们的左前轮开枪了——根本没能让我们减速半分。

蓝衣男人开始往他们那辆黄色的火星越野车奔跑。他不像刚才跑得那么快了;我猜他跑这么慢不是因为疲劳,而是因为碎裂的面罩让他视物困难,不然的话,有一辆机动车追在身后,绝对会让人肾上腺素飙升。

匹克奥弗不得不做出选择:是追在那个拿枪的女人后边,还是跟在那个手无寸铁、却有机会返回越野车的男人后边。这两种选择我都觉得合理,所以没有反对洛瑞的做法:他决定追那个跑起来像一阵风的女人。

在平坦的大地上,她没办法跑过我们。但即使在低原上也有一些环形山,就像上帝用他的霰弹枪扫射了一把。她径直朝着我先前注意到的那座环形山跑去,它可能有三十米宽。环形山壁在我们眼前升起。她扔掉霰弹枪攀爬上去,那把枪在火星重力下慢悠悠地坠落下山。她往上爬着,手套拼命乱抓。该死,要是我有枪就好了!那样的话,很容易就能在她背朝我们时将其拿下。我们的弹性车轮尽了最大努力,可当坡度达到四十五度时,轮子就无法获得足够的抓力了。我们开始往下滑。

我拉开舱室盖子,纵身而出。我的重量一离开,越野车就奋力止住了滑动,又往上爬了一些。不过很快坡度就太陡了,匹克奥弗也放弃了越野车。车子就这么趴在了环形山壁上。我打开行李箱,翻出地雷。激活地雷的旋钮在地雷底面,就在正中心一个小小的弹簧保险盖下面。我重启了这两颗地雷,只见表面的指示器变成了红色。然后我拿起一颗,用手托着它的下缘。

那男人已经成功撤退,我看到他爬进了越野车。我以为他打算逃走,他却朝着我们来了。我打开无线电,“只警告一次:从越野车里出来!”

也许他头盔受损不单影响了视线,也破坏了耳麦;也许他就是不想任凭我摆布。总之,他直冲我来了,让我无处可逃。我稍等了一会儿,看着车子逐渐逼近,然后像掷铁饼一样把地雷甩了出去。它在空中划过，然后……

砰！

……它打在越野车舱室的前面板上，立即爆炸了。舱盖顿时化为无数水晶碎片四下乱飞。我看到蓝衣男人舞动着双臂，尽力捂住自己的脸……

他的脸暴露了出来：头盔上的玻璃面板不见了。他喘不上气。我能想象，在火星赤道附近白昼下的酷寒里，他正感觉自己的肺无法正常呼吸。

他的车子仍在移动，尽管舱室被毁了，可底盘完好。巨大的车轮还在滚动，沿着环形山壁高速前进。而且，该死的！它正冲着我和我们的火星越野车来。

我拼命奔跑起来，可那辆车撞上了我们的车，那颗被我激活打算扔出去的地雷，这时也突然炸开了。我眼睁睁看着我们的车卡在那辆黄色越野车上，腾起一团大火，随即又熄灭在了满是二氧化碳的大气中。

这下，我们都被困在这个鸟不拉屎的地方了。

第十九章

　　我连忙冲到那个身穿蓝色压力服的男人跟前。他跌跌撞撞地从残骸里爬出来，绝望地捂着脸。我环顾四周，想找样东西帮他盖住：防水布、塑料布，哪怕有张纸都行。可惜什么都没有。

　　我不知道他能否听到我说话，因为头盔里的氧气都漏光了，但我还是说："坚持住！"我用戴手套的手尽力压在他手上，好捂住头盔前面的洞。过了一会儿，我以为起作用了。可他的手逐渐松弛下来，尽管气罐里的氧气不断地从管道里涌出，他的手臂还是垂了下去。那个巨大的豁口光凭我根本堵不住。

　　最终我看到了他的脸。他鼻子上有血——因为低气压或是碰撞——现在已经凝结在脸上。他长着亚洲人的窄脸，大概六十岁，一头浓密的灰发。我不认识他。他的嘴动了几下——想要吸气，或是骂我。我说不准。然后那张嘴就半张着一动不动了。看着这个人断气，我一点儿都不开心，即使他想杀了我。但我也没为他浪费眼泪。

　　就在这段时间里，匹克奥弗不见了踪迹。我的脑袋在鱼缸头盔里转来转去，到处都看不到他。这意味着他肯定进入环形山了，紧跟着那个红衣女人。我四下张望，找到了那把被扔掉的霰弹枪。这破东西枪筒朝下扎在沙土里，沙子很可能灌进了枪膛。但我还是抄起它，爬上三米来高的环形山边沿，朝里望去。

我希望匹克奥弗已经抓住了她。毕竟，那女人手无寸铁，还套着笨重的压力服，而匹克奥弗是个比她灵活太多的换身人。不过匹克奥弗是个……呃，好吧，倒不能说比起战斗他更适合做情人……但他确实不是个战士。尽管她没了枪，可还有一条绳索。根据颜色来看，那是一卷由碳纳米管制成的纤维，也就是说这东西几乎无法扯断，哪怕是以换身人的力量。并且她想出办法把它绕在了匹克奥弗的脚踝上收紧。就在我看的这工夫，她猛地一扯，匹克奥弗的双腿便被拉起。他向后翻倒，向地上重重摔去，而且不是坠落的那种慢动作，砸在地上激起了一团尘雾。

这一切发生时，匹克奥弗面对着我的方向，而她则背对我。我完全可以趁其不备来个偷袭，但她的压力服也许能挡枪子儿。再说我还有问题要问。我翻过环形山的边沿，攀下疏松的斜坡。他俩正好在环形山内侧突起的另一边。

匹克奥弗试图站起来。那个女人又一扯绳索，他再次仰面跌倒。我觉得她想把他五花大绑捆起来，绳子却不够长。估计她原本没打算用绳子干这事儿，那也许本来是攀爬用的。她肯定以为阿尔法位于某个很深的裂缝里，而且……

是的，就是这样。她没有别的枪，真正的枪……只有一支岩钉枪，挂在压力服的腰带上。她弯腰把枪抵在匹克奥弗人造胸膛的中心，想把金属钉射进他的内脏，破坏一些内部零件，让他无法动弹。她扣下了扳机。

匹克奥弗尖叫一声，躯干一阵抽搐。看着就像在给一个生物人做心脏电击起搏，实则恰恰相反。我已经下到了环形山平坦的底部。这边的山壁上结着一层白霜，因为刚刚升起的太阳尚未照到这里。

那个女人骑跨在匹克奥弗身上,把岩钉枪往下挪了挪,又射了一发。洛瑞又是一阵抽搐。我把霰弹枪抵在肩上,匹克奥弗好像蜷起了双腿,可能打算护住自己的命根子。

我开火了,后坐力把我往后一推。与此同时,匹克奥弗的膝盖从那女人叉开的双腿间穿上来,被绑的双脚踹在她胸口上。她被踢飞了两米多高。而我射出的子弹从她和匹克奥弗间的空隙飞了过去,她才缓缓落下。

洛瑞就地一滚,免得被她砸到。不等我赶到近前,她已经摔在了地上,奋力撑起身子想站起来。我冲到她面前,抓住她的肩膀把她仰面摔倒,然后像座大山似的立在她眼前,霰弹枪指着她的头盔。

"你能听到我说话吗?"我对着压力服里边的无线电说。

我给了她时间去权衡要不要回答我。片刻之后,她应声了,尽管通话有些受静电干扰,"能听到。"

"我想看到你的脸。两条路:一条是我轰开你的头盔,另一条是你消掉头盔的极化。你选吧。"

她只是躺在那里,也许盼着蓝衣男人从后边跳出来救她。我要看她的脸,不是因为我很变态,想看她痛苦的样子,而是她接下来的表情对我了解他们的关系会是很有用的线索。

"五秒钟,女士。"我说道,"一、二、三。"

她伸出右手,摸到左前臂上的按钮。那个倒映着我扭曲的影子的鱼缸头盔一闪,变透明了。

那张脸我认得。那张光彩照人、完美无瑕的面孔,泛着巧克力色的光泽。褐色的皮肤、头发和眼睛。拉克什米·查特吉,新克朗代克的特聘作家。

"甜心,"我说道,"我想我们的交情可不一般。"

"我们仍然可以继续下去。"她指了指匹克奥弗,他正侧身躺在旁边。"别算上他,你、我,还有戴伦,咱们三个分。"

"只有两个,宝贝儿。戴伦死了。"

她的眼睛一下睁圆了,但她似乎并未因此受到打击。过了一会儿,她说:"那更好。"

我看了看匹克奥弗,是的,我确实考虑了一下这个提议。反正总得有两个人来分。但跟洛瑞分享这笔财富,可比跟拉克什米分可靠得多,至少他从来没打算杀我,而她会很乐意把岩钉射进我的胸膛,只要有机会。问题是老匹克奥弗博士并不打算卖掉这些化石,所以我是没法儿跟他分享的。

可话说回来,我挺喜欢他。

"没门儿。"我伸手夺下岩钉枪,远远抛了出去——把它扔到环形山壁那边简直易如反掌。"把身子翻过去,"我说,"脸朝下。"

拉克什米犹豫了一下,于是我用枪筒戳了戳她的鱼缸头盔。她点点头,翻身趴在了地上。"别动。"我说。

我朝着匹克奥弗走去。要是他被刺伤了,标准的处理方法是把异物留在身体里,以免随意移动造成二次伤害,流血过多死亡。但现在这种情况,我认为金属钉子可能引起短路,于是抓住钉子——压力服手套可以绝缘——拔了出来。前一颗倒挺干净,后一颗则沾满了黑色机油。我把它们扔到一边。

"你还好吗?"我问道。

他看上去没受什么影响——尽管他的面部机械仍然暴露在外。"我没事。"

我看了看他被捆住的双脚。"你还拿着我的弹簧刀吗?"他在拆卸了两颗地雷后就一直拿着。

"在背囊里。"他说。

我打开工具囊取出刀子。我试着割断绳子，但之前的猜测是正确的：这是碳纳米管材料，刀子甚至没法儿在上边划出印儿来。当然，这并不是说我们不走运。我不太客气地踢了踢拉克什米的大腿，说："起来。"

她站起身。

"是你做的套索，"我说着指了指，"解开它。"

她犹豫了一下，然后弯腰开始解绳子。隔着压力服欣赏这么窈窕的身段自然是不够解馋，但站在她身后流口水的同时，我也能很清楚地看到她有什么装备。

"快点儿！"我说，"赶紧！"

"我没办法快。"她又试了试，说着，举起了双手，"手套太厚了。"

"那就把它脱掉。"

"这里零下五十度！"

我想了想，"好吧。洛瑞，你能解决吗？"

他站起来。一股机油从胸口的小洞喷出，可他就跟没看到一样，手指自如地动起来。我猜他给自己的手指选购了超大角度，因为他需要制备极其精细的化石。我的枪口一直对着拉克什米，匹克奥弗则奋力挣脱着套索——终于，他成功了。

我很吃惊他居然会伸出一只手，让我拉他起来。这也许是人造身体里那个中年人的惯性思维吧，但愿他没受什么致命损伤。我抓住他的手，把他扯了起来，他点点头表示感谢，抬脚走出了套索圈子。我弯腰捡起套索，把它套在拉克什米的头上，往下拉过她的胸部，然后收紧，把她的手肘紧紧捆在身侧——这又一次彰显了她苗条的身材。

我握着绳子另一头，就像牵着缰绳。我推了她一把，让她在我们前面走起来。匹克奥弗跟在我后面。为了让她爬上环形山内壁，我不得不松开绳子，跟在她后边翻了出去。以环形山为中心，我们现在所在的方位距离刚才跑来的方向偏离了大约三十度，而且……

"哦，对了，"我说，"我应该早点儿提起这事儿。"

匹克奥弗的人造下巴张开来，拉克什米也停住了脚。"我们怎么回去？"她看着那两辆毁掉的越野车，叫喊起来。

"这是个非常好的问题。"我说。火星的穹顶外面没有电话网络，没有全球定位系统，也没有铺天盖地的通信卫星。这里是边疆地带。而这颗行星上稀薄又飘忽不定的电离层根本无法反射信号，所以无线电只能在视线范围内工作。这意味着，我们没法儿向新克朗代克求救。"到这里花了那么久，"我继续道，"即便除开洛瑞绕的远路，我猜走回去也得花好几天时间。"在这种重力下，就算穿着压力服我也能轻松搞定。可我担心拉克什米没有这个本事。还有，我看了看左袖上内置的空气指示表，"我只剩下五个小时了。"

拉克什米仍被套索绑着。我一把拧过她的胳膊，看了看她的表。"她还有三个小时。"下边的话我没说出口：如果我拿走她的气罐，就能有八个小时。我看着匹克奥弗说："我们该出发了。"

"你们不能把我丢在这儿！"拉克什米嚷道。

我转向她，"为什么不？你打算杀了我，还想杀掉匹克奥弗博士。"

"不是杀死他，只是想让他失灵。那种损坏很容易修理。"

"好吧，我告诉你该怎么办，甜心。你可以步行，你多多少少知道点儿路。"

"我刚到火星,你知道的。戴伦是向导。要走哪条路我一点儿头绪都没有。"

"如果你客客气气地问洛瑞,他或许会给你指个正确的方向。"

他正低头看着自己的胸口,用手指戳进那个洞检查,并且……

不,事实上,他是在戳工作服上的那几个洞。我一直没太在意那件衣服,那是件有些破旧的法兰绒衬衫,带着明暗相间的灰格子,胸前有两个口袋。左胸上有一个标志。我很高兴自己能认出那是三叶虫,下面有一段话,字太小看不清。

"这是我的幸运衬衫。"他说,"是我在伯吉斯岩层搞野外作业时得到的,我把它一路从地球带过来。"他看着她说,"而你毁了它。"

上面的洞不过是个撕裂的豁口,但下面那个洞被油染得一塌糊涂。

拉克什米用绝望的语气说:"求求你,告诉我该往哪边走。"

"往哪边走都没差别,"我说,"你在空气耗尽前走不到穹顶附近的任何地方。如果你待在这里,至少我们能知道你的尸体在哪儿,可以回来给你举办一场体面的葬礼。"

"你这混蛋。"拉克什米说。

"我只是实话实说。"

洛瑞看了看四周,确认了一下方向。"那条路。"他说,指了指比我猜测的更偏北的一个方向,差得不多,这倒让我有些怀疑他的话。"走那条路。"

她冲着洛瑞说:"谢谢。"然后又对我说:"你也会死的,罗麦克斯。是的，你的氧气比我多些，但也不够走到你要去的地方。"

我笑了，"如果我打算走的话，确实如你所说。不过我不走。"

"你要等救援?"她看上去松了口气，"那我跟你一起等。"

"哦，不。我也要上路的。不过洛瑞会背着我。"

"我?"匹克奥弗说。

"当然是你。弯腰。"

他照做了，双手撑在膝上。我爬上他的后背，骑到他肩上。低重力加上换身人的力量，这点儿分量对他来说不在话下。"你得跑起来。"我真想双腿一夹，然后高呼一声"得儿——驾!"，可我觉得这位古生物学家肯定会不高兴。所以我只是说了声："咱们走吧。"

拉克什米看上去怒火中烧，而匹克奥弗确实跑了起来，把她撇在了身后。匹克奥弗跑了一百多米，才调整到驮着我跑最省力的步法。他一路奔跑，地平线升起又落下，强有力的双腿迈开之后如同踏着风一般。在他身上稳住身子并不困难。一英里①又一英里的路被我们甩在了身后，还真够快的。没过多久，我们就出了无线电的通信范围，拉克什米的咒骂声听不到了。

---

① 英美制长度单位，合1.6093公里。

第二十章

午后时分，匹克奥弗博士和我到达了新克朗代克的附近。洛瑞居功至伟。他没有绕路，而是沿着一条笔直的路跑了回来。极化的鱼缸头盔在夜里让我几乎什么都看不到，但在明亮的白昼，它会过滤掉强光，让视线更加舒服。所以现在我对于阿尔法沉积带的位置有了清晰的概念。

匹克奥弗通过无线电说："差不多到了。"一个脚不沾尘、飞奔了好几个小时的人说起话来一点儿不喘，真是令人惊讶。我看了看我的空气计量表，还有二十多分钟。我以前从未觉得穹顶有多么招人喜欢，但当它进入视线时，我真的觉得它可爱极了，在阳光下简直熠熠生辉。

"太好了。"我对匹克奥弗说，"没必要太引人瞩目。剩下的路咱们走回去好了。"

这位科学家停住脚，屈膝放低了身子。我从他背上跳下来，不用再上下颠簸的感觉真不错。

当我落在他身边时，匹克奥弗说："我们必须回去找她。多带些空气罐，再弄一辆越野车。去救她。"

我用戴着手套的手拉住他的小臂，说："洛瑞，她已经死了。

167

只可能是这结局。"

"可是如果……"

"如果什么？她的氧气比我少多了，现在我的都快用光了。就算她想方设法节约氧气，等我们回到那里时，她也没救了。"

"是的，不过……"

"不过什么？她可是想方设法要杀咱俩。"

"我知道。我就是不想让良心过不去。"

"良心？我早把那玩意儿扔了。"我说，"这会让事情简单得多。"

我们一言不发地走着。穹顶在我们前面，宏伟得令人印象深刻。四十年前，建造它看似不可能。后来纳米建造机一个分子一个分子地把它建了起来：从火星土壤里提取二氧化硅为原料，改造成不透紫外线的石英同分异构体，然后按霍华德·斯普拉科夫手下的工程师设计的模式排列起来。它的边缘被锚定在了永冻土里，巨大的重量由弧形的支架和中心支撑柱承担，这些支撑结构都是用碳纳米管制成的。

我们穿过气闸，我归还了压力服。那个租给我压力服的人没当班——算他好运。我觉得以后有必要密切关注这家伙，因为他把我们的无线电加密代码泄露给了拉克什米。雪上加霜的是，匹克奥弗赔上了预付的保证金，因为我的头盔破了一小块。

我从气闸站取回了平板电脑、电话、肩挎式枪套和手枪。我把平板放进右屁股兜，电话戴在左腕上，手枪插进枪套，再挎在肩上。我的衣服很干净，但匹克奥弗满身是土，暴露在外的面部机械也沾了不少。我趁他进清洁室时上了趟厕所。清洁室里的喷射空气吹掉了他身上的尘土，真空软管再吸走了剩下的那些。

匹克奥弗完事儿后，我们去了第九大街。"现在干吗？"他问。

我若有所思地看了看他，"你的脸损坏很长时间了，胸口还有两个洞。我想你应该去一趟'全新的你'。"

他一哆嗦，"我一想到他们对我做了些什么就气不打一处来。居然违规复制了一个我。"

"我知道。不过干那事儿的人已经死了，违规的那个你也一样……而你呢，确实需要修理一下，他们又是城里唯一干这行的。"

"好吧。"他说，"你跟我一起去吗？"

"你是我的客户，我可是按小时收费的。你真想花钱雇个人，只为了握着你的手？"

"求你了，亚历克斯。"

我真想回家洗个澡，换件衣服，再去看看戴安娜。不过我说："好吧。"

"谢谢你。"

我让匹克奥弗在一家商店等了等，买了个三明治；之前带的都落在越野车里了。肉是合成的，省得打理又臭又麻烦的动物。那家店生产了一份还过得去的烤牛肉，放在藻面包上。我一边走一边吃。我们必须穿过城中心，因为"全新的你"在穹顶另一侧的第三大街。进去之前，我想匹克奥弗恐怕得深呼吸一下以便稳稳神——只是个比喻，他没法儿呼吸。

霍雷肖·费尔南德斯伸着粗壮的手臂，把我们迎进门。"天哪，"他看着匹克奥弗说，"你这是怎么了？"

我赶在匹克奥弗开口前抢先答道："攀爬装备出了点儿问题。"

"那你的脸呢？"费尔南德斯问。

"刮脸的时候不小心蹭到的。"匹克奥弗答道。

"上帝呀,"霍雷肖说,"咱们赶紧到工作间去。"

匹克奥弗看着我。

"我在这儿等你,别担心。"我说。

"玲子!"费尔南德斯喊道,一个女人便走过来照看店面。匹克奥弗跟着费尔南德斯往后边走去。

我在办理威尔金案时见过高桥玲子,于是上前打了个招呼。她身形娇小,大约二十八岁,是个非常可爱的生物人。

"您好,罗麦克斯先生。"她一笑,露出漂亮的牙齿。

我很开心她记得我的名字。"叫我亚历克斯好了。"我说。

"亚历克斯,好的。嗨。"

"嗨。"

她四下看了看,我猜是确保周围没有其他人。"你是在办另一个案子吗?"

"我的朋友需要维修一下,我来给他做个伴儿。"

"啊。"

玲子那一头乌黑亮丽的长发垂到了后腰,中间夹杂着三缕橙色,耳后各有一缕,脑后正中一缕。她的眼睛是褐色的,眼影的颜色跟那三缕秀发很配。她穿着深灰色套装,外面套了一件宽松的橙色短上衣。"是什么把你带到火星来的?"我们闲聊起来。

她顽皮地一笑,"是艘太空飞船。"

"哈哈。说真的,是什么?"

她看了我一会儿,好像在判断要不要吐露一些实情。她随后说:"就是要做些事情。"

我施展起了罗麦克斯特有的魅力。"哦,很高兴你能来这里。"我朝着前窗指了指,"这颗行星太枯燥了,我们得让能找到的每一个美女都派上用场。"

她微微垂下头,面露喜色。然后她抬眼看着我,脖子却没动。"我很高兴你能来。"她说。

"谢谢。"我找到了突破口,"我也很高兴我能来。"

她的声音带了点儿试探的语气,"我想去找你来着,真的。"

"哦?"

"嗯哼。"

"为什么没有呢?"

"我……请原谅,可我没法儿确定你就是那个合适的人。"

我伸出一根手指挑起她的下巴,把那张可爱的脸抬起来,"我当然是。咱们为什么不找个地方好好聊聊呢?"

她四下看了看,"不,这儿就很好。我们是独处的。"

"我们确实很孤独。"我说。

"你看,有件事情我需要你帮忙调查。"

哦。"是什么呢?"

她盯着我看了几秒,细细打量。"好吧。"她说,"可你必须保证不告诉任何人。"

"告诉任何人什么?"

有件事挺让人惊讶的:当有人要求你对某件事保密的时候,即使你没做保证,这人还是会告诉你。我挺欣慰自己有这样的洞察力,但等她说完第一句,我便不由自主地后退了一步。

"是这样,"她说,"丹尼斯·奥·雷利是我的外公。"

第二十一章

我敢肯定我这张扑克脸崩了，这真是惊天秘闻。

"真的吗？"我问。

她点点头，"我母亲是他的女儿，是他唯一的孩子。我是他唯一的孙辈。"

我见过丹尼斯·奥·雷利的照片，是白人，可高桥小姐完全是个亚洲人。她显然对我这目瞪口呆的表情早习以为常了。"我外婆是京都人，"她说，"我妈妈也嫁给了一个京都男人。先不管这些，我希望我的基因里还保留着一点点爱尔兰人的幸运。我以为我能踏着外公的脚印找到阿尔法。"

"可你没找到。"

"没有。"

"你在这里工作？"我眉毛一扬，"恕我冒昧，但你要是丹尼斯·奥·雷利的外孙女的话，你不应该是，你明白的，大富豪才对吗？"

"我外婆是他的情妇，不是妻子。"

"他就没给你外婆留下任何东西吗？"

"他没给任何人留下过任何东西。他都没来得及留遗嘱。在他生活的司法管辖区内，这意味着一切都归他的妻子所有。

她没有孩子——就这点来说,西蒙·温嘉顿也一样。我是他俩唯一的后裔——只是法庭不会给我这个名分。"

"啊。所以当你寻宝失败后,就不得不找了份工作。"

"没错。"她冲着一个陈列品模特挥了挥手,"您考虑过换身吗,罗麦克斯先生?干您这行的人迟早都用得上。"

"你有提成吧,玲子?"

她一笑,"抱歉。"

"好吧,你到底想让我怎么帮你呢?"

"是这样,我不确定自己需不需要请个侦探,或是别的什么。昨天有人闯进了我的公寓。"

"他们拿走了什么?"

"什么都没拿,但我家被翻了个底朝天。我叫了警察,他们在电话上接受了我的报告,但仅此而已。"

"你知道小偷在找什么吗?"

"不知道。"她说。但我敢说她在撒谎。

店里依旧空无一人。是时候决定要不要向她吐露一些秘密了。"你问我是不是有案子。我确实在调查一件老案子:威廉·范·戴克的下落。"

她的眼睛立刻瞪圆了。

"我看你知道这名字。"我说。

"哦,是的。第二次探险的时候,他跟我外公和西蒙一起来了火星。可怕的家伙,想在他们眼皮底下把所有化石都卖掉。"

"这是你外公说的?"

"是的。你为什么调查范·戴克的事情?"

"我有一个客户不喜欢没有下落的结局。"

"是他吗?你的客户?就是到后边去的那位?"

我点点头。

"他的样子看上去可不怎么好。"

"他会好的。"

"他叫什么?"

"洛瑞·匹克奥弗。"

"那就是匹克奥弗先生?哦。"

"是呀。他的脸需要打理打理。"

"我看也是。他为什么对这事这么有兴趣?"

"你知道,他是一位科学家,对吧?他想要找到那些已经流入私囊的阿尔法沉积带化石,他觉得范·戴克可能是关键。"

"啊,"玲子说,"好吧,或许我能帮上忙。日记上提过一些名字。"

"谁的日记?"

"我外公的。"

"他留有第二次探险的日记?"

"是的,我相信有。也有第一次的。我从没看到过,不过……"

"不过什么?你指的到底是什么日记?"

"第三次任务的。"

"真的吗?"我说,"可是当他们的飞船重返大气层时,不都毁掉了吗?"

"不。我外公把它发送给了我外婆,就在他和西蒙离开火星前。当然,他们本打算在休眠状态下度过几个月的返程,等到达地球大气层需要人工操控时再解冻。不过他在离开火星前,就把日记发送回来了——按照他本人的意识时间来算,也就是在他死前不到一天发送的。"

"而你有那本日记的副本?"

"嗯,一份副本,没错。一本打印出来的副本。"

我感觉自己的眉毛几乎飞了起来,"打印在纸上?"

"嗯哼。我外婆从不想让它流出去。日记里的一些内容十分隐私,你知道,要是放到网上会给他们带来很大麻烦。但她想让我知道自己的身世,知道谁是我外公。所以大约一年前,她在去世前把它打印了出来,装订成册,又删掉了电脑文件。我保存着唯一的副本。"

"它就在火星上?"

她没回答。

"在吗?"我说。

她又犹豫了一下,头微微一点。

"那就是小偷要找的东西。"我说。没必要使用疑问句了,这是显而易见的事。

她又轻轻点了点头。

"日记里有没有透露阿尔法的位置?"

"没有。如果它说了,我也就不会在这儿工作了。不过,正如我所说,他提到了一些跟他做过生意的收藏者。"

"还有谁知道……"

就在这时,前门滑开了,一位上了年纪的男人拖着步子走进来。"抱歉。"玲子过去招呼他。从他们的谈话内容判断,他是一个探矿者,收获颇丰,可这笔钱到底是用来换身还是上路回家,他有些犹豫不决。

我掏出平板查看了丹尼斯·奥·雷利的百科词条,特别是关于他个人生活的部分。上边没有提到情妇,只说他在死前确实结婚了,而那个女人也已经死了十几年。她继承了他的遗产,有足够的钱可以换身,却死于飞机坠毁事故。

那位上了年纪的顾客正看着展示窗里的一个样品。他是个黑人,那个样品是白人,可身材就像为他量身定做的一样。

既然她还忙着,洛瑞也还得花不少时间,我便走到街上,用腕式电话打给了道格尔·麦克雷。

"你好,罗麦克斯。"他在小小的屏幕上说。

"嗨,麦克。你们这帮家伙有没有调查高桥玲子家最近发生的事情?"

他看了看摄像头外面。"稍等两秒钟。"然后他那张长满雀斑的脸又转了回来,"没错,一件入室盗窃案。寇尔负责。奇怪,什么都没丢。"

"关于这位高桥小姐,你能告诉我点儿什么?"

他又看了看摄像头外面,"身世清白,没有案底。生命保障税足额缴付。两个月前来这里的。在'全新的你'工作——你见过她,记得吗?"

我点点头,"谢谢,麦克。回头再聊。"

"我接你电话的时候正好有件事,亚历克斯。"

"说。"

"我们有两起人员失踪报告。"

"哦?"

"是的。一个名叫拉克什米·查特吉的女人和一个叫戴伦·张的男人,登记出了穹顶,显然再没回来。他们租用了火星越野车,她还租用了压力服,租赁商想要要回来。"

"我能想象。"

"同样的记录表明,你和匹克奥弗博士就在他们之前不久出去了。"

"我带回了我的压力服。"

"头盔破损。"

"质量太次了。"我说。

麦克狐疑地看着我。

"不管怎么说,"我说,"我要是见到他们,立马向你报告。"

"就这样,亚历克斯。"

我点了点头,一晃电话挂了机,回头又进了店里。我还没到跟前,门就滑开了,那位老先生正往外走。

"你是怎么决定的?"我委婉地问道。

他眯起眼,就像在怀疑我要拉什么生意。不过他还是答道:"我打算回家。"

他看上去可没有一副好身板,能经受住故乡的重力。

"真的吗?"我问。

"对。回月球港。那里没有该死的化石,我已经受够这些死了好几亿年的东西了。"

我点点头,他在那里会过得很好。"一路顺风。"我说。在这儿我曾经试着用望远镜看月球,它就跟从地球上看到的水星差不多大,而且一点儿都不明亮。我从怪老头身边闪过,进了店里。

"真遗憾,你没卖出去货。"我对玲子说着,冲前门晃了晃拇指。

"我也很遗憾。"她说,"那么,你对我这事儿不感兴趣?"

我看着她那张可爱的脸,心想其实她让我很感兴趣。不过我嘴上却说:"关于你外公的日记……"

"怎么?"

"小偷没找到。我相信你已经把它放在安全的地方了。"

"哦,是的。"

"在'全新的你'这里?"

"不在。"

"那在哪儿?"

她双唇用力一抿,没了血色。

"玲子,如果你想让我调查这事儿,就得信任我。"

她想了想,道:"这里有一位作家,正在写一部关于我外公的传记。她拿走了。"

我敢担保,我们这里不可能有第二位作家,不过我还是得问:"谁?"

"她叫拉克什米·查特吉,住在肖帕兹基之屋。"

"我想她是在写关于'B.特拉文号'的书。"我说。

"那又是什么?"玲子问。

我心念一动,作家身份——或者只要自称是作家——是很妙的掩护。只要你告诉人们你正在写一本关于什么东西的书,他们就会对你十分信任。话说回来,如果拉克什米已经得到了日记,那她显然不是那个翻查玲子房间的人。

"除了拉克什米,还有谁知道日记?"

"没人了。至少火星这儿没了。拉克什米承诺过保密的。"

这时候,匹克奥弗从后边的屋子出来了。他的脸已经修复,但他最喜欢的衬衫上还是留了两个洞,可我敢肯定衬衫下面受损的地方已经修好了。他后面跟着霍雷肖·费尔南德斯,俩人去了收银台结账。

"好,"我对玲子说,"我会试试看能不能找出闯进你家的人。如果找到了,我会多少教训他们一下,确保他们不会再骚扰你。"

"谢谢你,罗麦克斯先生。"

"亚历克斯。叫我亚历克斯。"

她笑了,又一次露出漂亮的牙齿,"谢谢你,亚历克斯。"

匹克奥弗完事儿了。我向玲子道了别,我们一行二人走了出去。门一在我们身后关上,我就转向他问道:"你还好吗?"

"跟新的一样棒。"他说。

"你觉得他有没有给你安装追踪芯片?"

"我像老鹰一样盯着他——虽然弄脸的时候,很容易装点儿别的啥。但我想他没那么干。我会像之前一样全面检查一番。"

"好的,太好了。可别忘了。"我顿了顿又说,"有一个让你震惊的消息。高桥小姐是丹尼斯·奥·雷利的外孙女。"

"哦,真的?"

"不,"我有点儿憋不住笑了,"哦,真的。"①我等着他大笑,无果,我猜他是在心里大笑了。"不管怎样,"我说,"是真的,她就是。她的外婆是丹尼斯的情妇。你的机械心脏准备好收听另一个惊人的消息了吗?温嘉顿和奥·雷利在最后一次航行时留了本日记。丹尼斯在离开火星前把它传给了高桥小姐的外婆。"

洛瑞的塑料脸几乎……亮了起来,"哦,我的天哪!如果他记录了任何古生物方面的细节……我必须看看!没有任何已知的记录说他们在第三次探险中发现了什么。谁知道阿尔法有什么样的宝贝,那些东西都在他们的飞船爆炸时灰飞烟灭了。"

"别激动,"我说,"我会为你搞到手。它就在肖帕兹基之屋,而且,正如我俩所知,特聘作家待的地方现在可是空的。我要去把它找出来。"

---

① "哦,真的吗?"的英文是"Oh, really?","奥·雷利"的英文是"O'Reilly"。发音基本相同。罗麦克斯拿它开玩笑,可惜不怎么成功。

"那我呢?"匹克奥弗问道。

我露出最能安抚人的笑容,"回家去,清理一些化石。我要顺路回一趟办公室,然后去找日记。这花不了多少时间。"

第二十二章

肖帕兹基之屋外面有一个标志,我昨晚没看到,因为当时我是从另一个方向过来的。那是一个白色的长方形牌子,上边写着深绿色的字,介绍特拉夫罗斯·肖帕兹基的生平,还说明了尽管有些人把这地方看作是旅游景点——说得就像火星有多少游客似的——但这里实际上是一处私人宅邸,有勤奋的作家住在里面,人们应该保持安静并尊重作家的隐私。

就像新克朗代克的很多标志一样,这个标记也被破坏了。有人在上边刻了"书呆子"几个字。看来人人都能当评论家。

大部分房屋都会把前门保护得很严实,其他入口却比较容易闯入。我绕到后边,地面上覆盖着蕨类草皮,在昏暗的阳光下长得很茂盛。

人们喜欢在石头下留一把备用钥匙——火星上石头有的是。不过,只要你不是换身人,在如今的社会里通常都会使用生物特征锁。我草草搜寻了一番,什么都没有发现。但屋子后边有一扇大窗户。我听说作家喜欢往外眺望辽阔的空间,认为那会对写作有所帮助。窗户恐怕是石英同分异构体或是防碎玻璃做的,不过我想窗户四周的扣板可能不那么结实,事实证明确实如此。

很幸运,肖帕兹基的房子靠在穹顶外缘,有一个后院,没人能看到这里,除非他们正巧在穹顶外往里看。我用从德尔克那儿得来的弹簧刀切进窗户四周的扣板,在底部按了按,让沉重的窗玻璃顶部斜了个角度,并设法让它往我这边倒了下来。然后我把它往下挪了半米,放在地上。

不穿压力服的话,根本无法避免留下DNA和其他能够鉴别身份的痕迹,但我没打算隐藏行迹。毕竟我早些时候在拉克什米的同意下进过这间屋子,如果麦克的人来调查这次闯入,那次拜访会让我撇清干系。

我在小屋里四下看了看,很快找到了写作台。拉克什米显然是用键盘写作的,紧靠躺椅的小桌子上就有一个,正对着显示墙。

这些对语言文字和标点符号极其讲究的人更喜欢用键盘,而不是语音识别输入。我能够理解这一点。

我翻找了屋里每一处可能藏着纸质日记的地方,但它显然不在那些地方。我去了起居室,那里有一张桌面可以掀起的书桌,我找遍了它的文件架和抽屉。空空如也。

我走到倚着书架的墙边,逐一查看每一本书脊。跟我之前看到的一样,它们不是按着字母顺序排的,而是按年代,拉克什米的书排在最后。共有八十本,而且……对,对,就在那里:一本小小的精装书,书脊上没有印刷文字,插在从顶往下数第二层的最右边。

厚厚的封面上没有一个字,扉页上写着"丹尼斯·奥·雷利的旅行"。里边的纸页上写满了优美的字。真是一本漂亮的小册子。

我听到声响,是车轮滚动的声音。前门滑开了。我没法儿从来路溜出去,那样会被进来的人看到。于是我在这间屋子里躲了起来,往敞开的门口瞥了一眼,看到了进来的人。

我的心跳加快,仿佛看到了幽灵。

一个美丽动人,长着褐色头发、褐色眼睛和褐色皮肤的幽灵。

拉克什米·查特吉,她死而复生了。

我又往屋子深处挪了挪。进门处没有铺地毯,我听到硬底鞋落地的声音。有那么一会儿,没有任何动静,也许说明她站着没动,但更可能是她在赤脚走路。我不知道她是怎么获救的,不过她肯定浑身是汗、疲惫不堪。如果她跟当时的我一样,就会去冲个澡。我不确定这间屋子的浴室在哪儿。如果在其他屋子,那就没问题了,我能趁她进去的时候顺利脱身。可如果在这间屋里——我刚刚进来的那扇门的对墙上,一定还有另一扇关着的门——哦,那我麻烦大了。

她向右转去,我把憋了半天的气缓缓吐出来——她先去的是厨房,而不是浴室,该死。如果她把脑袋伸进冰箱,我可能有机会从她身边溜走。我听到了一些无法辨别的声音,然后是某种机器启动了。我缩回身等着。过了好一会儿,她才从厨房出来。她赤裸着身子,但已经重新变得光彩照人了。洗衣机肯定在厨房里,或者在厨房附近。现在我认出那个声音了,是静电场旋转清洗的声音。

她转向左边,优美的身段对着我。她有些合不拢嘴,显然很吃惊。

"你好,拉克什米。"我说着,朝她走去,手里握着枪。

"你在这里干什么?"她问。

"我也可以问你同样的问题。你是怎么回家的?"

"这不关你的事。"她注意到我拿着日记,"把它放回去。"

"没门儿。"

"只要你拿着它离开这里,我就立刻叫警察。"

"咱们现在就叫好了。告诉他们你想对匹克奥弗博士和我做什么。"

"就这么办。"她双手叉在可爱的后腰上,"告诉整个太阳系阿尔法沉积带在什么地方。"

我考虑了一下手头的选项:我可以朝她开枪,但尸体最终会被发现,麦克不费吹灰之力就能追踪到子弹是我的;我可以一跑了之,她还不知道我拆掉了后窗户,所以当我朝后跑而不是往前跑时,她会很意外;或者我就待在这里,看看会发生什么。说到底,在一个全裸的美女面前跑掉可不是我的作风。

我决定了,虽然多少有些勉强:逃跑。我用枪指着她,缓缓走过去,然后走进小办公室,往后退去。我走过了通向那扇窗洞的大半路程,把枪插回枪套,好腾出一只手往外爬,一转身,然后……

砰!

她抓起一件沉重的东西——不知道是什么——朝我扔了过来。在地球上的话,她得有棒球投手的臂力才能把东西扔这么远,在这儿却很轻松。她可能霰弹枪用得很差劲儿,但这次正好砸在我双肩之间。冲击力让我跌出窗台,脑袋着地落在了后院里。真惨,我的头没撞在柔软的蕨类草皮上,而是碰上了先前拆下来的那块石英同分异构体。我缓了缓才恢复知觉。我刚试图爬起来,却听到拉克什米喊道:"不许动!"

我没起身。相反,我一骨碌坐在地上,抬头看着她。她正倚在窗户上,漂亮的胸部垂了下来。

"否则怎样？"我说。她身上又没有什么暗藏的武器。

"否则你就死。"

"怎么死？"

"你拿的那本书里有自毁装置。"

"哦，你逗我啊！"

她耸耸肩，"看看封底好了。"

我看了看：哎哟喂，那里插着一片塑料，大约有老式名片那么大，几毫米厚。有聪明人根据无烟火药这个名字给这种爆炸物起了个绰号："无烟卡片"。它内置有无线接收芯片，确实能通过遥控引爆。我想把封底扯掉，可这精装书的硬皮做得太结实了。

"你没有遥控器。"我回头看着拉克什米说。

"想赌吗？"

"这东西是高桥玲子的。"

"这无烟卡片可不是她的。它连着我的计算机。"

"你吹牛。"

"试试好了。它会把这本书炸成碎片——还有你的胳膊，至少是你的胳膊，假如它没要了你的命的话。"

"咱们把高桥小姐叫来就知道了。"说着，我抬起左手，把腕式电话举到耳边。

"你似乎认为这里你说了算，罗麦克斯先生。可惜不是。"她回头叫道，"珀西斯？"

虽然从这里很难看清，但她的计算机——就是我之前看到的放在书桌上的那个红色立方体——用女性的声音答道："什么事，拉克什米？"

"从我发令开始计时三十秒，引爆书里的爆炸物。现在开始倒计时。"

"火星秒还是地球秒？"珀西斯问。由于火星的日长是地球的一点零三倍，火星秒也是地球秒的一点零三倍。

"哦，看在老天的分儿上！"拉克什米叫道，"火星秒！"

有片刻的工夫什么都没发生，然后拉克什米才意识到她必须发令。"开始。"她下令，我听到珀西斯在倒数。

"三十、二十九、二十八……"

"把书扔到一边，罗麦克斯。"

我抽出手枪，"取消倒计时，拉克什米。"

我以为她不会想到有地方可以躲，可她蹲到了窗台下面，躲出了我的火力范围。

"二十二、二十一、二十……"

不过既然她蹲下了，那就没法儿看到我了。我向前爬去，一挺身跃上窗户，一把抓住拉克什米的手腕，把她从窗里拎了出来，一个过肩摔把她从背后撂在了蕨类草丛上。

"十七、十六、十五……"

我把书扔到一边，无烟卡片不像无烟火药，这东西干不了只炸书不伤人那么精细的活儿。

"我想咱俩都不想毁了那书。"我说着，转头看了看它，同时把枪抽出来对着拉克什米。她现在可怜兮兮地张开双臂，翘着可爱的小屁股趴在那里。

"珀西斯！"她叫道，"取消！"

有个问题。珀西斯现在显然听不到拉克什米的声音。"十一、十……"

"哦，妈的。"我说。

"八、七……"

拉克什米翻身跃起了一米多高，"取消!"

"五。"

"取消!"在重力把她缓缓拉下来时，她大喊着。

"四。"

"取消!"她又叫了一次。

"三。"

"取消!"她扑向窗口。我站起身退到一边。

"二。"

"取消!"

"已经取消。"珀西斯镇定地说。

没等拉克什米从窗户翻进去，我跳过去抓住了她的手腕。我们扭打了一会儿。尽管她挺壮——跟火星的标准比，刚从地球来的人都挺壮——但我还是更壮一些。扭打结束之后，我推着她朝穹顶方向走去。"继续走。"我说，确保要让她走到离刚才那地方三倍远的地方，远远超出珀西斯的听力范围。"站在那儿。"我说，"什么都别做。就站在那里。"

她照做了。尽管她已经失去优势，但走起路还是那么优雅端庄。她横起一条手臂遮住胸部，另一条垂下去挡住下面已经被我一览无余的地方。

我把书捡回来，然后掏出弹簧刀，把厚厚的封底从书脊上割下来。拆掉这些后，我用尽力气把它扔了出去，估计它会就这么飘到视线之外。

"现在嘛，"我的枪仍然指着她，"我要走了，带走这本书。"

"它对你毫无意义。"她说，"那是一本日记，是丹尼斯的个人随笔。你觉得他们为什么要让一位历史学家来写授权的传记?"

"哦，如果事实证明我需要你的帮助，我知道去哪儿找你。

别再打算去找阿尔法。我不只是说说而已。我已经杀了你的搭档戴伦·张,如果有必要,为了保护它,我也会杀了你。你可能会指望在穹顶下受到警察的保护,但只有傻瓜才会把性命压在他们身上。如果你再去低原,你的命就是我的了。明白吗?"

她盯着地面,最终点了点头。我用手枪的枪筒抬起她的下巴,直视着她幽暗的眼睛说:"就看你的了,宝贝儿。"①说完,我转身离去。

---

① "就看你的了,宝贝儿。"是电影《卡萨布兰卡》中亨弗莱·鲍嘉对英格丽·褒曼说的一句经典台词,在片中至少出现了三次。

第二十三章

我决定谨慎行事，去一个麦克没那么容易找到的地方待着，以防拉克什米报警说有人入室盗窃。他不会搜寻太久，不过肯定会查我的办公室和公寓，于是我去了谷力健身房，在那里冲了个超声波淋浴，换上我存在储物柜里的蓝色运动裤和黑色紧身运动衫。我照了照镜子，确保浑身干净利落、面容整洁，然后出发前往匹克奥弗家。

我到达那里时，他正按我说的细心工作着：清理化石。

"老天！"他看着我说，"你这是怎么了？"

"什么？"

他指了指我的额头，"肿得跟鹅蛋一样。"

我摸了摸，"哦，是呀。我摔了一跤。"

他可能当不了侦探，但他是个科学家，"在这种重力下，摔跤肿不了那么厉害。"

"那倒没错。我是高高跃起又狠狠摔在了一块石英同分异构体上。"

"我的天。"

"不管怎样，"我说，"对你的良心来说有个好消息：拉克什米·查特吉还活着。"

"而且显然是活蹦乱跳的。"他答道,不过看上去确实宽慰了不少,"她是怎么回来的?"

"我不知道。不过我从她那里把日记拿来了。"

他伸出手,我递给了他。"抱歉,没封底了。"我补充道。

匹克奥弗从第一页开始翻看。过了一会儿,他抬起头,"这是奥·雷利的腔调,呃……应该说他的语气。"

"不过你得把它给我,我拿它有用。"我说。

"可我也想看。"匹克奥弗说。我们考虑了一下。我想不起来上一次有人想跟我看同一本书时,我是怎么解决问题的了。我觉得新克朗代克总该有个纸张扫描仪,但不知道在哪儿。

"好吧,"我说,"它对你更有意义。好吧,你先来。看在上帝的分儿上,锁好你的门,无论如何都别让拉克什米·查特吉靠近。"

"她把钉子钉进了我的心脏,就像我是吸血鬼。"匹克奥弗说,"她是最后一个能进到我心里的人。"

"好的。开始看吧。你觉得要花多长时间?"

他翻了翻,估计了一下,"两三个小时吧,我想。"

"你检查追踪芯片了吗?"

"查了。我没事。我确信费尔南德斯想装一片来着,不过我没给他机会。"

"太好了。我去去就回。"

"你去哪儿?"

"吃顿饭。你不用吃饭,洛瑞,可我得吃。"

而且我要好好吃一顿,于是我动身去了弯凿酒吧。布特里克一如既往没有好脸色。我走到后面,等戴安娜过来招呼。说真的,我想要的不在这菜单上,但她还要好几个小时才下班,我只能等着。我点了饮料,外加牛排和青豆。牛排是在大缸里培植的,青豆是人工合成的。

戴安娜拿来了我的苏格兰威士忌加冰块,我一饮而尽。每天这个时候都没几个顾客,所以她挪到我身边,把丰满的屁股挤在我屁股旁。"这次又是谁的老公把你的脑门儿打成这样了?"

"不是那么回事儿。"我说。

"是——吗?!"她掐着我的大腿问。

"正经点儿,"我说,"喂,你可是有教养的淑女。你知不知道关于那位特聘作家的事?"

"拉克什米·查特吉?当然知道。"

"她这人怎么样?"我想这还是我这辈子头一回打听关于女人的问题,却跟"床"没有关系。

"她很了不起。我听说她要来这儿时,还读了她那本《月球港》。她就像那个写内战的谢尔白·富特[1]。"

"啊。"我从没听说过这人,不过我想有那样一个名字,他小时候肯定挨了不少踹,"她好像签了一份超棒的合约,免费到火星旅行。"

"是啊,她可得为此拼命工作。"戴安娜说。

"哦,对。她正在写一本关于'B.特拉文'的书。"或者,她可能在写一本有授权的丹尼斯·奥·雷利传记,或者别的什么。

"不止那些。"戴安娜说,"她还必须跟圈内初学写作的作家

---

①谢尔白·富特(1916—2005),美国历史学家、小说家,写过关于美国内战的三卷本史书《内战:一段叙述》。下文开名字的玩笑是因为它发音类似于"shall by foot",意为"应该端"。

会面,并且评判他们的稿件。"

"真的吗?"

"是呀。这事是这么安排的:大多数时间都属于作家自己支配,不过有一部分时间必须跟新手一起交流。"

"要怎么交流?"

"你得定下预约,提前发送一份稿件,然后她跟你会见一小时,进行讨论。"

"在肖帕兹基之屋?"

"我猜是。"

"你是写诗的。"我说。

她眉毛一皱,"我写烂诗。"

有些事儿连我都没法儿拉下脸去反驳,于是我翻过这篇儿,只是说:"你可以预约去见她。"

"哦,天哪,不。我可没法儿把我的诗拿给她看。她那么优秀。"

"她在这里要做的就是这个,帮助新手。"

"我不能,亚历克斯。"

"求你了,宝贝儿。我需要你进入那间房子。"

"为什么你不自己去?"

"我去过了。"我指了指脑门儿,"我就是在那儿搞到这个鹅蛋的。"

戴安娜突然气鼓鼓的,起身要走。

"不是那回事儿,宝贝儿。"我压低了声音。不是因为有人在背后偷听,而是因为这样一来,为了听清我在说什么,袒胸露乳春光无限的戴安娜就不得不更靠近我。"我……唉……自己进了那里。她么……嗯……有一份文件我要搞到的。"

"你自己进去?"戴安娜冷冷地说,"所以她的锁也设置成让你通行了?"

"不,甜心……真的。我拆了后窗溜进去的。我们打了一架,我带着资料跑掉了。但在那之前,她在行星表面攻击了我和匹克奥弗……想要杀了我俩。"

戴安娜眉头一皱,"匹克奥弗是换身人啊。"

"那也没能阻止她把钉子射进他胸口……还有朝我射击霰弹。"

"天哪!"她顿了顿,"可这都是为什么?"

"她认为我们知道阿尔法沉积带在哪里。"

"那你们知道吗?"

这一次,我的扑克脸没让我失望,"当然不知道。"

"可她想杀了你们。"

"嗯哼。"

"而你想派我去单独跟她在一起?"

"哦,嗯,她又没什么跟你过不去的。"

"为什么你要让我去她的房子?"

"那样你就可以在那里放一个窃听器,我就能窃听她的对话了。她至少还有一个帮凶,就是今天救她的人。我不知道是谁,但我要找出来。"

"为什么? 这么做有什么意义?"

意义在于至少还有一个人肯定知道阿尔法沉积带的位置——那人去救了拉克什米。再说了,在拉克什米家放一个窃听器也可以让我知道她是否无视我的警告,计划要再去阿尔法。不过我只是说:"求你了,宝贝儿。我需要你帮我。"

戴安娜坐回长凳上,挨着我,不过不像刚才贴那么紧了。

"怎么样?"我等她沉默了好一会儿才问。

"好吧。"她答道,"不过你要请我出去乐乐。"

"我会很乐意……"

"去布里尼。"

我皱了皱眉。布里尼是一家高档俱乐部,发了财的探矿者都喜欢去那里庆祝。"成交。"我说,探身在她脸上亲了口。

我会把这笔昂贵的敲诈费从匹克奥弗身上赚回来的。

离开弯凿酒吧后,我朝着肖帕兹基之屋反方向的路走去,因为温德米尔诊所在这边。老伙计温德米尔医生是生物人,长得像头海象,留着八字胡。他会为你挖子弹或治刀伤,同时觉得没必要让NKPD那些烦人的家伙插上一手。相对来说,我脑门上的瘀伤无足挂齿,不过我觉得可以照顾照顾他的生意。格洛丽亚,他的接待员兼护士,是一位精力充沛、身形娇小的粉头发姑娘,见到我总是很高兴。而且,老实说,我也挺喜欢看见她的。我觉得就跟布特里克在他的酒里掺水一样,医生也给麻醉剂里掺水,但只消瞥一眼格洛丽亚,通常就足以让人忘记疼痛了,至少能挺好一会儿。

我想今晚的斗殴事件肯定不少,不过我是不用排队等号的。温德米尔医生在我额头上用两束治疗射线折腾了一会儿,当我对着那面破碎的镜子时,肿块消退了,青紫也没了。

我谢过医生,给格洛丽亚付了现金,然后朝着匹克奥弗家走去。我估计这会儿他已经看完《丹尼斯的旅行》了。

"怎么样?"进了公寓后,我问,"日记里有什么惊心动魄的东西吗?"

"确实有。"他说道,坐了下来,我也跟着坐下,"温嘉顿和奥·

194

雷利联系了地球上的几个人，想提前安排好化石的买卖。日记里对一些化石也做了描述……还有同意买下十足类动物的收藏家的名字！"

"买下什么？"

"十足类！只有一个已知的标本……就记载在这里面。"他洋洋得意地举起日记，"我猜它们与五足虫类系出同源，五足虫类后来占了优势……而现在，我知道它是谁的藏品了！我告诉你，亚历克斯，我们甚至都不必追踪威廉·范·戴克了！"

这话听起来像是要让我的佣金泡汤，我连忙抗议："他身上仍然有一些线索，我最好跟进。"

洛瑞现在情绪高涨，"哦，当然了，我的孩子，当然！你的领域和我的，我俩的意思是一样的：要打破砂锅问到底！"

"好的。"我说，"现在怎么办？"

"现在，我们应该再去阿尔法。我们不能把那些毁掉的越野车撇在那儿不管，迟早会被人发现的。而且我们需要完成清除地雷的工作。做好再次郊游的准备了吗，老伙计？"

驾车前往阿尔法要花好几个小时，这意味着要给我支付好些个太阳币。"为什么不呢？"我说，"不过我们得再找一辆越野车。"

"租一辆还是借一辆？"

"借。"我说，"我不知道拉克什米和那个叫戴伦·张的家伙上一次是怎么在黑暗中跟上我们的，不过很可能是我们的租赁商在车里装了追踪装置。"

"那么做是非法的。"洛瑞说。我没回应。最终他点了点头，说："好吧。你知道从哪儿能借到干净的越野车？"

人拥有越野车无非两个原因：你要花大量时间到远离穹顶

的地方去勘察，或者你喜欢赛车。毕竟伊希地是个大平原，用来赛车很棒。我的哥们儿胡安·桑托斯喜欢各种类型的机械，不只是计算机。我给他打了个电话。"胡安，"我对着左腕小屏幕上的那张脸说，"我能借你的越野车用用吗？"

"哇哦，亚历克斯，"他说，"我们的通信线路不大好。听上去好像你是在说'我能借你的越野车用用吗？'"

"我知道我上次把它蹭花了，不过……"

"蹭花了？你管那个叫蹭花了？"

"我都修好了。"

"我们应该把你好好修修……确保你那些有缺陷的基因能通过检验。"

"算是我做担保借用好吧？我不亲自驾驶。"

"谁要驾驶呢？"

"匹克奥弗博士。"

"那个小耗子？"

"本人在此。"洛瑞说。

"哦！"胡安说，"嗯，抱歉。我是说……嗯……好的，没错，我想你俩可以借用我的越野车。但看在上帝的分儿上，这次小心点儿，好吗？"

胡安的越野车是白色的，上边有翠绿的花纹。就跟我承诺的一样，由洛瑞·匹克奥弗驾驶，我们再一次在黑暗中前往阿尔法沉积带。这次他没让我把头盔极化，而且让我带上了手枪、平板，还有电话。在你信任一个人之前，得让这人先救你几次命，我猜洛瑞最终信任了我。这是好事，至少我们中有一个人十分坚信我的意愿是好的。

我透过舱盖望去：金星先落下了，然后是地球。天空繁星璀璨。在地球，即便是最高的山峰上，大气层也比火星稠密。火星的两个月亮都是被它俘获的小行星，反射的光线总是昏昏暗暗的。在今晚这样清澈的夜空里，你能看到横跨天际的银河，光彩夺目。

"还有一件事，"洛瑞说，"在日记里有所透露。"

我看着他，他只剩下一个黑色的轮廓。只有繁星和蓝色的仪表盘在他身上映下些许光芒。"哦？"

"是的。奥·雷利说他留下了一大张阿尔法的纸质地图，就在着陆器的降落级里面。上边标有他们找到化石进行挖掘的精确位置。那信息有极重要的科学价值。"

"那他们为什么要把地图留在那里？"我问。

"他们计划返回那里。日记上说他们打算从离开的地方继续挖掘。"他看了我一眼，"我要找到那份地图，亚历克斯。"

"我明白。"我说，"可是厄尼·咖迦里安告诉我说，没人知道第三架着陆器的情况。"

洛瑞的声音很柔和，"我知道。"

"真的？"

"是的。我不想在新克朗代克告诉你。你永远不知道谁在偷听，或是哪里有个麦克风。不过，没错，我很确定它在哪里。"

我们突然撞上了什么东西，颠了一下，让我从座位上飞起来。我拉紧保险带，"你是怎么找到它的？"

"通过卫星照片。"

我一皱眉，"肯定有很多人都用过这法子。"

"是的，我确定他们都用过。不过他们不知道要找什么，或是从哪儿开始。我知道它肯定就在阿尔法沉积带附近——而我对那个位置有理论方面的优势。"

"厄尼认为他们把它挪走了。"我说。

"就像第二架着陆器那样？不。如果他们让它坠毁在别的地方，总会有人找到残骸的。"

"所以呢？"

"他们把它埋起来了，就在他们着陆的地方。"

"火星的永冻土跟岩石一样硬。"我说，"要挖一个能容下太空飞船的洞，不知道得花多少时间。"

匹克奥弗操起了谆谆教导的语气，我猜他通常都是把这语气留在跟学生谈话时用的。"那我们为什么要管它叫永冻土呢，亚历克斯？"

"因为它永远都是冻结的。"

"什么永远冻结？"

"土壤。"

"你可没法儿冻结那些本来就是固体的东西。"

"哦，没错，是的。好吧，是土壤中的水。"

"没错。伊希地平原是一片十分巨大的、浅浅的冲击盆地。数十亿年前，里面充满了水。水并没有消失，现在大都锁在了土壤里。正如我告诉你的，岩芯标本表明，阿尔法周围的土地大约百分之六十都是水。"

"就是说，他们把它融化了？"

"我想是的。温嘉顿和奥·雷利必定有周密计划把降落级给隐藏起来。我猜，他们让船载计算机把巨大的着陆发动机点火，直到冻结的水融化，让冻土变成了泥淖。向下喷射的火焰会把泥浆吹到一边，形成一个坑。降落级会沉进里面，而且，发动机熄火之后，泥浆会流回去，把它埋住。"

"干净利落。不过从高空轨道看,那东西是什么样儿?"

"哦,表面所有的岩石都会陷入泥淖。所以,你要找的就是一片环形地带,里面没有任何岩石,可能有四五十米的范围吧。对于未加训练的眼睛来说,那儿看上去就像个环形山,即便近距离观测,也很难把它找出来。你必须从多个不同的光照角度看,注意它是不是一个环形,有没有任何的凹凸。"

"而你找到了这地方?"

"是的。"

"因为你有阿尔法作为原点。"我说,接着又摇了摇头,"不,不……其实正相反,对吧? 你是先找到了那个环形的地儿……然后它让你找到了阿尔法。"

"你是个好侦探,亚历克斯。一点儿没错。我知道没法儿撞大运找到阿尔法,在伊希地平原这片广袤的大地上这根本行不通。而我知道这里的探矿者大都缺乏地质方面的训练,来读懂轨道勘测图片。我怀疑过他们会把降落级埋起来——他们第三次乘坐的飞船的降落级,已经化作了阿尔法沉积带的一部分。于是我开始看卫星照片。在过去的四十年里,并没有拍摄太多照片。大多数火星勘测照片都是之前拍摄的,而且没有人费心去更新。因为,说到底,火星是一个死寂的世界。不过,有一颗克罗地亚卫星大约在十五年前进行了勘测,我获得了那些照片,花了好几个月时间扑在上面,最终找到了它。"

"干得漂亮。"我说。

"要寻找阿尔法,这可比无休止的跋涉有效得多。"

"你见过道格尔·麦克雷吗?"我问。违规的那个匹克奥弗当然见过,不过我想不起来这位是否曾有此殊荣。

"没有。"

"你会喜欢他的。NKPD的首席侦探。他也不喜欢从他的桌子后边站起来去做调查。"

"我在地球和火星上干过超过五千小时的野外作业。"匹克奥弗说,听起来有点儿不乐意。

"抱歉。"我转头透过舱盖望着那片黑暗。在开车长途旅行的时候,我总是觉得有责任帮助司机保持清醒。匹克奥弗没有打盹儿的危险,但我猜要是没人跟他聊天,他也会觉得无聊。"你介意我打个盹儿吗?"

"没问题,"他答道,"我正在听音乐呢。"

当我醒来时,太阳已经升起。我们正行驶在之前到过的那个地方:拉克什米毁坏的越野车和我们租来的那辆车就在右边三十多米的位置。我穿上租来的压力服——这次是件褐色的。匹克奥弗掀开笨重的车舱盖。我们走了出去。

"当务之急,"洛瑞说,"是要看看我们能否找到地图。"他停了一下,"真滑稽!要在没有地图的情况下找一张地图!"

"我们从哪儿开始?"我问。

匹克奥弗指了指他跟拉克什米扭打的那个环形山的另一边。"往那边走大约五百米。我不想再开车进去了——车辙要很长时间才能消失。"

我们开始步行。能活动活动腿脚感觉不错。"哦,说真的,"我说,"我一直想问你一些事情来着。你对那个家伙,就是戴伦·张,说过什么滑高到什么地方……什么黄钢筋?"

洛瑞随口接道:"'滑膏方莹磷,长英黄刚金。'"

"对。这是什么意思?"

"这是帮助记忆莫氏硬度的代表性矿物的老顺口溜。从软到硬是滑石、石膏、方解石、萤石、磷灰石、正长石、石英、黄玉、刚玉、金刚石。如果他真是在美国地质调查局工作，肯定懂。"

我们继续走。没多久，匹克奥弗冲着我们面前的那片地方做了个手势，"就这儿了。"

我没看出他在指什么，"就这儿？"

他听起来对我充满了失望，"就是那里……看到了吗？一个圆圈，直径足有四十米。"

我努力辨识着……

啊。它几乎跟周围地面那种红色没什么区别，而且上面覆盖了一层尘土——不过再没别的了。上边没有常见的凌乱的小石头，也没有小环形山破坏它的表面。

"我们怎么进入降落级呢？"我问。

"这个嘛，它不可能下沉得非常深。永冻土下面还有岩床，深度不会比降落级的高度大多少，而它的发动机也吹不动岩层。它的顶部可能就在表层之下。"

"好吧。"我说。

"降落级上边有两个舱门。"洛瑞说，"一个在外层船壳，用来通往行星表面；另一个在顶部，用于连接起飞级。上边的舱门应该正好就在环形的中心。"他卸下他的地质装备，包括一个大鹤嘴锄。"降落级的横截面是圆形的，大约有十米粗细。"利用圆圈外几块特定的岩石进行定位之后，他信心十足地往正中走去。

我跟在他身后。按照匹克奥弗说的，如果我理解得没错，这个完整的圆形地带在二十火年前曾短暂地变成一潭泥水。可脚下的感觉似乎跟平原上其他地方没什么不同。

他挥起鹤嘴锄。一锄下去，大概也就凿进了十厘米，便碰到了金属。匹克奥弗屈下机器膝盖，开始赤手挖掘永冻土。我可没有那力气,所以只是看着,戴着手套的双手叉在压力服的腰上。

他花了好几分钟,让一个圆形的金属舱门露出来,直径大约有八十厘米。它微微凸起,正中有一个手轮。匹克奥弗冲它一指,"别客气,亚历克斯。"我双手抓住手轮,用力旋转,可它纹丝不动。它要么是从另一边锁上了,要么就是被火星尘土牢牢粘住了。

匹克奥弗亲自出马,用赤裸的手指抓住手轮。一个人明明拼尽全力,却偏偏看不出费力的样子,感觉很古怪。他没发出闷哼的声音,脸也没有扭得变形,只是不动声色地干着我力所不能及的事:转动手轮。他把它转了一百八十度,然后一拉,打开了舱门。

里面漆黑一片,有一道梯子伸进飞船里面。他爬了下去,钻进黑暗。一盏灯对着我亮起来时,我有些惊讶。我从没见他带过手电,而且……

不。那不是便携灯,那是飞船的内部系统。哦,准分子电池可有好久没充电了……

我四下看了看,想找个东西能让舱门别关上,手边却没有合适的。但话说回来,火星上的小风也不可能吹得动它。于是我也下了梯子。

降落级的内部大概有五米高,分成两层。梯子一路通到底,匹克奥弗在最下面,于是我在上层开始四下摸索起来。这层是一个圆盘,分成了六个扇形区域。

第一区有壁橱和储物柜,装满了采矿设备和医疗用品。我寻找地图——不在里边。

第二区——往右数——是一个小小的厨房,不过餐柜都是空的。好吧,没东西可吃了也是他们的探险活动必须结束的原因之一。

三区是睡眠室,地板上有宽大的泡沫海绵垫。我四下看了看,依然没有地图。

四区是卫生间,我对这种类型的卫生间怎么使用一无所知。

五区是小工作间,有清理化石的工具,跟我在厄尼的店铺或是洛瑞的公寓看到的很像。

我本以为六区是客舱,不过我猜那应该在下面。这里是仓库。有一件白色的太空服,被火星尘土染了一道一道的灰,摊在一把椅子上。我试着把它拿起来,好去翻后边的小柜子,然后……

哦,我的天哪!"洛瑞!"我喊起来,"上这里来!"

我感到舱室甲板在他爬梯子时不住地震动。他很快就站在了我身后,探头看来。

"那不是空的。"我说,指了指太空服,"有尸体在里面。"

那件太空服是老式的,头盔带有金色镜面镀层的面罩,面罩被拉了下来。衣服上没有名牌,也没有国旗或是任何标志。"这一定是威廉·范·戴克,"我说,"可能他能知道他们把第三个着陆器埋了起来。当他来这里埋地雷的时候,准是进了这里藏身……遇到了尘暴,或是别的什么?"

洛瑞上前寻找面罩的开关……里边是什么?腐烂的尸体?一具骷髅?我不知道过了这么些年还能盼到什么。他找到了开关,而且……

他倒抽一口气,噔噔噔退了好几步。

我盯着那张脸——几乎完好无损。眼睛闭着,栗色的头发蓬乱不堪,但仍然全长在头上。皮肤惨白,不过我见过有些活人比这面色还差。

"我……我的天。"洛瑞说。他抓住了墙壁上的一个小支架。"我的天。"

"怎么了?"我说。

洛瑞的机械眼睛大瞪着,"这不是威廉·范·戴克。"

"那是谁?"

洛瑞轻轻摇摇头,就好像无法相信自己的话,"这是丹尼斯·奥·雷利。"

我回头看了看尸体,"可是……可是他在重返地球大气层时死掉了啊……"

洛瑞的声音尖厉起来,"这就是奥·雷利,我告诉你。"

"你是说……他被扔在这里了?"

"显然是。"

"被西蒙·温嘉顿?"

"看起来是这样。"洛瑞指着太空服前面的红色接口,里面引出一根粗电缆,连到墙上的接口里。"他还连着飞船的生命保障系统。"

"显然他们在火星上没怎么用瓶装氧气。"我说,"难道他不能循环利用空气吗?不能人工制造一些氧气?"

"肯定能,"匹克奥弗说,"能持续一段时间。设备运转了好几个月,不过最终停机了。"他摇了摇头,"可怜的老家伙。"

这么可怕的事我前所未闻,不过它确实发生了。对于奥·雷利来说这过程一定很恐怖:独自一人被遗弃在这儿,在火星上待了好几个星期,甚至好几个月,最终窒息而亡。

突然间,一声巨响传来,即使在火星这么稀薄的空气里……

上帝!

……头顶的舱门关上了。

我抬头看去，舱门这一侧的手轮在转。我们被封闭在了丹尼斯·奥·雷利多年以前被囚禁的同一口金属棺材里。

第二十四章

我拼命往梯子上爬去——在穿着压力服的情况下拼尽全力。匹克奥弗博士没有这些累赘,他抢先了一步。这也好,他毕竟比我强壮啊。

匹克奥弗竭尽全力让手轮不再继续转动。可是,该死,不管上边那家伙是谁,他转动起手轮来可真是力大无穷,甚至把洛瑞从梯子上甩开了。他双手抓着手轮悬在空中,脚下有两层楼高。手轮的转动把梯子转到了他身后。他似乎无能为力了。手轮又转了一下……

真该死!

……匹克奥弗被甩掉了,或是他松手了,反正他以火星式的慢动作坠了下去。

我想伸手拉他,但这似乎没什么必要。那样只会让我一个跟头摔到他身上去。他落在地板上,双膝一屈想要稳住,可还是摔倒了。

"洛瑞!"我大叫一声,滑下梯子。到底层之后——我是第一次下到这层——我帮他站了起来。

初到火星的人常常会伤到自己,因为他们感觉自己成了超人,但其实仍然是血肉之躯。匹克奥弗确确实实是超人,但他是从很高的地方摔下去的。匹克奥弗卷起裤腿,露出右脚踝,塑料脸因为疼痛皱缩起来。生物性损伤很容易鉴别:出血、擦伤、肿胀。可匹克奥弗用手指试探脚踝时看不到任何迹象。"它扭了。"他最后说,"我几乎没法儿活动脚踝。"

我想到了上边胡安的那辆越野车。就算我们能出去,要是那个把我们封在这里的人偷走或是毁坏了车,匹克奥弗这次可没法儿背我跑回新克朗代克了。我看了看手腕上的空气计量表,洛瑞能在这里无限期地待下去,我不能。我们被某个比匹克奥弗更强壮的家伙关在了这里,这意味着他要么是换身人,要么就是有特殊工具转动手轮的生物人。就算我们能打开封锁,外面的人只要有把枪,就能在我爬出舱口时轻松干掉我。

"又是拉克什米吗?"匹克奥弗把裤腿放下,问,"还是你能猜到,这次是别的什么人跟着我们?"

这次离开穹顶时我是很警觉的,一路上也没让面罩极化。"没有人跟踪,"我说,"我很确定。"

他抬头看了看舱门,"他们是跟踪了胡安的越野车吗?"

"我看不出是怎么跟的。他说在我们取车前就已经清除了窃听器。在这里,跟踪车辆可比人们想象的难多了,没有GPS设备,而且……"

"怎么?"

我吐了一口气——这可是我享受不了多久的奢侈行为。"而且我是个白痴。"说着,我把手伸进工具袋,掏出那把从德尔克那里抢来的弹簧刀。我按下按钮,刀锋弹了出来。洛瑞警觉地看着我把刀转过来,刀锋正对自己的胸口。

"别激动啊,老伙计!"匹克奥弗说道,"我们还没有到走投无路的地步。"

我要了个刀花，把刀子递给他。"你的力气超大。"我说，"能把刀柄弄开吗？"

他从我手中接过刀子，看了会儿，然后确定他能徒手折断深红色的刀柄，让我再考虑考虑。我点头示意让他动手。

刀柄断为两截，洛瑞掰开碎片。里面有一条刀锋的滑轨、弹簧机关，还有一个追踪装置。我把那个小东西小心地捏起来，让它缓缓落到地板上，然后用靴子后跟使劲儿踩，把它踩得粉碎。德尔克，或者雇他的某人，知道不可能在我身上安放追踪器——但在一把我注定要拿在手中的小刀里安装就是另一码事了。

"拉克什米·查特吉肯定雇用了那个朋克仔，我又从他手里抢了刀子。"我说，"所以她能在黑暗里跟着我们到这儿，不过……"

"什么？"匹克奥弗说。

"好吧，我……嗯。她又怎么知道我要来阿尔法？你有没有告诉任何人说你雇用了我，洛瑞？"

"没有，当然没有。"

"那么准是你在去我办公室的时候被人看到了。你回来的时候半张脸都没了，那可是相当引人瞩目。"

"我……我没想过这点。"洛瑞说，"我没干过秘密的事情。"

"好吧，过去的事情就让它过去吧。"我说。

匹克奥弗努力做出镇定自若的样子，但他那张脸虽然不动声色，音调却已不由自主地拔高了，眼睛也紧张地转来转去。"那现在怎么办？"他问，"我们似乎成了囚犯。"

我看了看下层舱室。它的直径比上层略小，表明我们周围有一圈面包圈型的设备或是箱体。"炸开舱门怎么样？"我说，"太空飞船的舱门不都设计有爆炸螺栓吗?"

"我看看。"匹克奥弗说。他朝梯子上面爬去,用手臂的力量把自己往上拉,扭了的脚踝悬在空中。他在竖井的顶上四下查看着。"我没看到那样的玩意儿。"他冲着下边喊道,又试了试手轮,还是纹丝不动。

我离开飞船的中心竖井,进入下层的隔间,坐在凹背座椅上。我低头看着甲板,心里十分懊恼:居然这么容易就被一把弹簧刀冲昏了头。匹克奥弗正在竖井顶上瞎鼓捣,尝试用各种方法转动手轮。

过了一会儿,我抬起头。这把椅子正对着弧形舱壁,安装在转轴上,于是我缓缓转动椅子朝向中心竖井。我的本能不允许我背对别人,哪怕这里没有别人,只有那个早就死透的丹尼斯和不锈钢洛瑞。我的目光随意地落在了中心竖井的底部,但很快注意力就转移到了对面的舱壁上。那里有一扇红色的门,中心有一个锁紧轮。当然:这是另一个出口,通往着陆器降落的星球表面。可是,该死,它不在地表。它被埋在了火星的永冻土里。

能下来就能上去。

"洛瑞!"我在鱼缸头盔里大喊起来。

"怎么了?"

"下来。"

他没费多大工夫就爬了下来。"什么事?"他站在我和那道红门之间问。

"这是降落级,对吧?"

"是的。"

"所以在我们脚下,"我用靴子跺了跺地板,"这里有燃料箱。"

"它们其实在这一层舱室周围的环形舱里。"

"啊。好的。可是我们的脚下有降落发动机，对吧？一个巨大的发动机喷射锥，一个巨大的着陆火箭？"

"对的。"

"所以，假设还有燃料剩余，要是我们让发动机点火，会怎样？"

匹克奥弗看着我，就像我疯了。我明白他的担忧。"发动机喷射锥可能已经完全被泥土堵塞了。"他说。

"那我们会爆炸吗？"

他以换身人那种颇受限制的方式皱了皱眉，"我……我不知道。"

"好吧，咱们试试。这儿应该有个控制中心。"

"在这里。"说着，匹克奥弗指了指右边。我走到隔壁的房间，这里有一个弧形控制台，跟舱壁的形状一致。它前面是把凹背座椅，跟我刚才坐的那把完全一样。我看了看匹克奥弗。

"我不知道怎么让太空飞船升空。"他说。

"我也不知道。我打赌，温嘉顿和奥·雷利也并不真正了解。不过这艘飞船知道。"我冲着天花板的灯光挥了挥手臂，"看，电力系统在工作，可能飞船的计算机也在工作。"我在椅子上坐下，匹克奥弗站在我身后。我浏览着眼前的设备，但匹克奥弗先找到了我要找的东西，从我肩膀上方伸手过去，按下了一个开关。

控制台上有一块方形的红色灯光，一闪动起来就像随机变幻的花纹。但我知道那不是随机的。老科幻电影里的机器人在说话时灯光就会这样闪动，灯光变换一次就代表一个音节。在机器人身上，这样的灯光其实没有任何意义，但在飞船里，这种灯光可以显示舱内是否增压。着陆器里没多少空气，根本不适合呼吸，不过这点儿空气足以传递轻微的声音。我调大了压力服外部的麦克风音量。"重复。"我说。

"我是说，我能帮什么忙吗？"一个男性的声音说道。在这么稀薄的空气里，我说不准那声音给人什么感觉，可它听上去似乎有些洋洋得意。

"是的，请帮忙。"我说，"你能打开舱门吗？"

"不行。"计算机答道，"两个出入口都是人工操作的。"

"你能炸开顶部舱门吗？"

"这个功能无法实现。"

"好吧。"说着，我不由把双臂抱在了胸前，"我们要起飞。"

"十、九、八……"

"等等！"我说。

匹克奥弗叫道："停下！"

"停下了。"那个声音说。

"就这样？"我说，"我们就这样起飞？你知道我们被埋在火星的永冻土里吗？"

"当然。就是我设计的掩埋。"

"嗯，起飞安全吗？"匹克奥弗问。

"趋向于安全。"计算机说。

"这算哪门子答案？"我问。

"近似的答案。"那声音一本正经地答道。

"我得问，"我突然想起另一个问题，"你知道你被关闭了多久吗？"

"三十六年。"

"正确。"我说，"你知不知道为什么西蒙·温嘉顿要把丹尼斯·奥·雷利流放到这里?"

"知道。"

"讲。"

"需要语音识别授权许可。"

"谁的?"

"温嘉顿先生或奥·雷利先生的。"

"他们都死了。"我说。

"我没有这方面的信息。"

"我可以向你展示奥·雷利的尸体。他就在楼上。"

"那又怎样?"计算机说。

我一皱眉,"还有什么信息被锁了?"

"所有的导航和绘图记录。"

我点点头。如果着陆器被动了手脚,那除了西蒙或是丹尼斯,没人能从计算机那儿得到如何回到阿尔法去的路径。"很好。"我说,"我们需要从这里出去。那门——"我指了指舱壁上的那扇门,"那是气闸吗?"我看不到计算机的摄像头在哪儿,不过我敢肯定它有,所以它知道我指的是什么。

"是。"

"外层门封住了吗?"

"是。"

"它是往里开还是往外开的?"

"往外开。"

我朝着匹克奥弗一示意。他走过去,转动手轮开内层门,这道门朝他打开了。内层门与外舱壁间有一间墙壁呈弧形的小室,足够放下一个人。"有没有安全互锁机构用来防止我们同时打开内门和外门?"我问道。

"有的。"计算机说。

"能让它失效吗?"我猜肯定有方法关掉它,因为在地球上对气闸进行测试时,反反复复穿来穿去让人很恼火。

"可以。"

"执行。"

"已完成。"

"好的。我建议你让发动机点火,让飞船升起飞出地面,让气闸正好位于地表上边。能做到吗?"

"能做到。"计算机说。

"好的。"我说,"洛瑞,你准备好了吗?"

"好得不能再好了。"

我从椅子上起来,走到他身后站定。"不是我跟你有仇,"我说,"可要是有人在外面开火,你比我更有机会活命。"

古生物学家点了点头。

"计算机。"我说。

"我的名字是玛奇。"那台机器答道。

我听到匹克奥弗哼了一声,这名字肯定对他有什么特殊含义。"好的,玛奇,"我说,"我们准备好了。"

"十……"玛奇说,然后以我意料之中的顺序数了下去。

外门也是红色的,上面安装着一个手轮。匹克奥弗走过去,双手抓住它,准备一升出地面就开始转动。我抓住了气闸舱壁上的把手,以防颠簸。

"二,"玛奇说,"一、零。"

整艘飞船开始震动,我听到脚下的发动机在怒吼,感到震动透过甲板、透过我的靴底传上来。我们没有爆炸,谢天谢地。不过我们似乎也没挪地方。

"玛奇?"我叫道。

计算机猜到我要问什么,"我们下面的永冻土正借助热传导融化,旁边的也一样。再等几分钟。"

我只能等着,很快,就感到我们朝上猛地一蹿。我尽力想象着外面看到的画面,也许就像软木塞慢慢从红酒瓶口抽出的样子。

匹克奥弗面前有一个长方形标记,就在手轮上边,我傻乎乎地把它当成了装饰,可它其实是气闸外门上的窗口。现在光线透过它照了进来,飞船从泥泞的坟墓中升起后,光束一点点变粗。窗上沾满了红褐色的泥巴,透过窗户,我分辨不出外面的任何细节。

如果把我们锁在船里的人正守在一旁,我希望——我还真是个老蠢蛋——他或她能明白发生了什么。因为在我的想象中,圆柱形的船身完全升到地面之后,超热的火箭喷射流会喷向各个方向。

很快,窗户完全亮了。尽管我们上升的速度依旧缓慢。匹克奥弗探头往外看,大概是想看到门的底边什么时候能到地面……

……就是现在。他用力一转锁紧轮,往后一撤身,用那条受了伤的腿一脚把门往外踢开。

突然间,我们升上了高高的空中,摆脱了融化的永冻土的束缚。匹克奥弗纵身跃出气闸,高喊一声:"起跳!"

我爬过去打算照做,却发现自己到了悬崖边。我们已经距离地面十几米高了,就算是在火星的重力下,这一跳肯定也会摔断腿,可能还有脖子。

"取消!"我回头大喊一声,"玛奇,降低高度!"

　　船体的震动立刻发生了变化，大概是计算机关闭了发动机。我们在空中悬了一会儿，就像卡通片里的人物从悬崖上一跃，停顿片刻，然后开始下落。

　　匹克奥弗四肢伸开，在泥土上印了个大大的人形，然后他站起身来，全力奔跑，只是脚踝让他有点儿力不从心。圆柱形的降落级降低了一半高度。匹克奥弗被泥泞困住了，我可不想烧焦他。我冲着玛奇大喊一声："熄灭发动机！"船体突然停止震动，我们开始像岩石一样下坠。我害怕飞船会正好落回之前的洞里。由于火箭的喷射流，那个洞已经变得更大了。当我估摸着已经下落了至少一半、足以活命时，便纵身一跃，跳出了气闸——尽我所能地往远处跳。

　　落地时，我的腿像桩子一样扎进了泥里。几乎同时，沉重的着陆器落到了我身后，在融解的冻土上激起一道波浪。飞船跌落的时机很精确，让我正好安全地从气闸蹿了出来，而不是毫无价值地被碾死。我扭头看去：着陆器跌落在了半开半合的洞口上，朝我这边歪着，看上去随时会倾覆。我拼命挣扎，想拔出身子逃离困境，可这需要很大的力气。可惜我们没带拉克什米用来绑匹克奥弗的那根绳索，不然他就能用它把我拉出泥潭了。

　　但那也要他自己站在坚实的地面上才行。我身后，摇摇欲坠的飞船发出一声巨响。那声音穿过稀薄的大气传了过来，被我的头盔外部麦克风接收到了。

　　我想尽快爬出泥泞，但压力服真不是设计来做这种运动的。至于匹克奥弗那边，他正跌跌撞撞逃向远离我的方向，就像卡洛夫①要远远逃离村民，但泥水仍然阻碍着他的每一步。

---

　　① 指英国演员波利斯·卡洛夫（1887—1969），早期著名的恐怖电影演员，出演过《弗兰肯斯坦》等电影，此处是指这部电影里的情节。

　　突然——总是有突然,对吗?——传来一声枪响,能听到它是因为我的外部麦克仍然开着。子弹呼啸着擦过我打进泥里。我在鱼缸头盔里一扭头,想要看清攻击者。就在那边——十点钟方向、约三十米远处——有一条人影,应该是个男人,穿着天空蓝的压力服,端着一把来复枪瞄着我。

第二十五章

匹克奥弗终于摆脱了泥潭，他立刻扑倒在地，不想变成活靶子。那块地应该挺坚实的，因为他面朝红土趴下时，激起了一团尘土。我努力往泥潭外挪了挪，从肩挎式枪套里抽出史密斯威森，朝天蓝色先生开了一枪。我没法儿朝他喊一声"不许动！"，只能直接扣下扳机。含有氧化剂的火药炸裂开来，我满意地看着他仰面跌倒。

说到不许动，我感觉泥浆逐渐冻结起来了。我可不想变成匹克奥弗研究的化石。于是，我用赫尔克里①一般的意志——我说的是希腊神话中的英雄，不是阿加莎·克里斯蒂笔下的侦探——拼尽全力，把自己从越来越浓稠的泥浆里拔了出来。

真是太及时了！随着一声恐龙般的吼叫，飞船倾倒下来。我翻身滚开，它正好砸在身旁，溅了我一身泥。我伸手抹掉鱼缸头盔前面的泥污，虽说擦不太干净，但已能看清翻倒的着陆器了。它封闭的圆形舱门像一只独眼般瞪着我。

---

① 希腊神话中的大力神为赫拉克勒斯（Heracles，有时又写作Herculean）。而英国侦探小说家阿加莎·克里斯蒂笔下的大侦探波洛的全名是赫尔克里·波洛（Hercule Poirot），与"Heracles"谐音。此处作者借此抓哏。

再没人能通过气闸进去了，因为气闸门现在口朝下埋进了地里。我没亲眼看到那一瞬间，但我推测当船身倒在泥地上时，那个往外开的门已经被压得合上了。如果我们打算回里面去，就得设法打开顶部的舱门。这都是后话，我先朝着匹克奥弗走去。"起来吧，没事了。"说着，我朝他伸出了手。他受伤的脚踝站立起来很困难，于是我拉了他一把。我们一边走，一边四下看着，怕还有其他人。但那位天蓝色先生似乎是孤身一人。我们朝他走去。

"你还好吗?"我问匹克奥弗。

"还好，不过那一跳可让我的脚踝受大罪了，比先前更要命。"

太阳当空，头顶有几缕薄云。火星上时不时会看到这种自然景象，但我怀疑这次是火箭喷射流或融解冻土产生的水蒸气造成的。在白天看到火卫一已经不容易，要是连火卫二都能看到，说明你的视力很好，无须矫正。我使劲儿瞪眼也只能看到火卫一，不过谁知道不见踪影的火卫二是不是升起来了呢。

我依然端着枪。天蓝色先生被掀翻在地，好像失去了知觉，但也可能是装死，想等我们靠近好来个出其不意。我们越来越近，他似乎没有醒转的迹象。当我在他身边跪下时，发现了他一动不动的原因。

"哎哟。"我说。

匹克奥弗的声音听上去有些惊骇，"你刚刚杀死了一个人，而你就只说了个'哎哟'?"

"他先打算杀我们的。"我说。我的子弹比预期的高了一点儿，打碎了他的头盔，让他暴露在了零度以下的寒冷稀薄的大气中。这景象挺诡异的：这张年轻的面孔毫无生气，双眼大睁着直视前方，一缕鲜血从嘴角流下，已经冻结。可他左颊上的蛇文身仍然动着,蛇尾不住摇摆。这是德尔克。

"我认识他。"我说。

"哦?"

"是的。该死的朋克仔,刚从地球来的。"我耸了耸肩。

"啊。"洛瑞发出一个单音节,我想他是想说点儿什么。但顿了一会儿,他才继续道,"你瞧,这是什么?"

附近的地面上放着一把准分子电力手钻,就像约书亚·威尔金斯在"全新的你"地下室用来伪造自杀的那种。

"他肯定是用它给锁紧轮加力,才顶住你的,洛瑞。"

"啊,好吧。可我们要把这个可怜的混蛋怎么办? 不能就这么把他留在这里。"

"不,"我轻声说,"我们不能。"

这是头一次,洛瑞比我更加唯利是图。"他穿着这种颜色的压力服,"他说,"随便哪个人往这边走都会发现他。不管怎样,我们都不想让人在阿尔法附近停留。"

我指了指身后的方向,"可就算我们埋了他,这个翻倒在地的庞然大物也会引起人们的注意。"

"那我们就把它挪走。"

"怎么挪? 胡安的越野车可拖不动它。"

"飞船又不是一定不能飞了。"匹克奥弗说,"咱们把玛奇开回新克朗代克。"

要在平常,我会让匹克奥弗扛尸体,因为对他来说这点儿分量根本不算事儿,可现在他瘸了。我用消防员救人的手法,双手从背后穿过德尔克腋下,扣在他的胸前把他拖了起来,往着陆器左边的凹坑挪去。我们可以用手钻在冻土上掘一个坟,不过凹坑周围有好几米的地面仍然是泥泞,足以把他摁下去,尽管不太容易。这事儿办完后,我在这地方站了几分钟,想说些合乎时宜的话。但有史以来头一次,我想不出词儿了。

我想应该是德尔克救的拉克什米。从当时的情况看来,她不像在等救兵。我猜测,当她和戴伦·张通过弹簧刀里的追踪芯片跟踪我们时,德尔克尾随在后,希望自己也能在阿尔法捞一笔。值得称赞的是,当他抵达时,尽管戴伦已经死了,拉克什米也奄奄一息,但他并没有把她撇在这里等死,而是救了她。这就是盗亦有道吧。

不能把德尔克的越野车留在这儿。我在喜欢的老电影里了解过这些名词:"手动挡"和"自动挡"——说的是机动车的类型。越野车仪表盘上虽然也有标着这两个词的开关,但它是用来选择车子自动行驶或人工驾驶的。我让洛瑞帮我掉转车头,让它对着北方,大约是埃律西昂平原的方向,然后以自动行驶的方式上路。越野车的准分子电池还有四分之三的电量,这鬼东西在失去动力前应该能让车子跑好几千公里。

接下来,我们的注意力回到了着陆器上,随即发现了另一个困难:有什么方法能从外面跟玛奇对话?我们对此一无所知。我怀疑外边没安装麦克风,因为这类玩意儿进入大气层时会被烧掉,哪怕是像火星这么稀薄的大气层。

匹克奥弗的音量或许可以让玛奇听到。我让他大喊了好几声,没有回应。就算计算机听到了,看样子也没有扩音器能对着飞船外边喊话。

圆柱形船体半埋在了泥里,泥浆正快速凝结。发动机的锥形喷射口和下层船体的一部分悬在原先那个坑洞的上方,但气闸没露出来。顶部的舱门对着外边,离地有两米来高。大半个船体仍在地面上。我们靠近了些,我用肩膀撑起匹克奥弗,让他够到锁紧轮。他站在我肩上时有些紧张,因为他的右踝没法儿活动自如。

"用撬棍卡住了。"他的声音通过压力服里的无线电传来。匹克奥弗伸手抽撬棍时,我感到他在我肩头晃来晃去,但最终他还是抽了出来。他把棍子扔到一边,然后一用力,打开了舱门。"玛奇!"他叫道。

我压力服上的麦克风攫取到了微弱的声音:"我能帮什么忙吗?"

"你能让这艘船以现在的姿态升空吗?"

"差不多能行。"玛奇答道。

"你还有多少燃料?"

"传感器在这种状态下无法运行。"玛奇说,"不过我估计燃料箱大约还有五分之一。我恐怕无法进入轨道,达不到逃逸速度。"

"你能飞到新克朗代克吗?"

"新克朗代克在哪儿?"

没错。这该死的计算机过去四十年里都在睡大觉。

"从这里往东大约三百公里。"匹克奥弗说。

"我需要导航员。"玛奇说,"不过,飞船能飞行这段距离。"

"你坐它飞回去,洛瑞。"我抻着脖子往上喊道,"我要开胡安的越野车,要用它把那两辆车的残骸拖走。"

"听起来是个好计划。"匹克奥弗说。他往上一纵,钻进了舱门,我很高兴终于卸掉了他的重量。"好了,"他说,"我在里边了……天哪!"

"怎么了?"

"把我吓得半死!"

"怎么了?"我又问。

"老丹尼斯的尸体在着陆器翻倒时飞出来了。我正好踩在他的连接管上。"

"真恶心。"我顺口说,他就是想让我对此说点儿啥。我朝胡安的越野车走去,踩着匹克奥弗和我先前留下的脚印。越野车完好无损,谢天谢地。我曾经直面行凶的换身人而毫无惧色,可我不想再次面对发火的胡安·桑托斯。我没有给舱室增压,径直对着耳麦说:"洛瑞?"

"在呢,亚历克斯。"

"越野车很好。你可以随时起飞。不过我想看发射。给我几分钟做准备。"

"收到。"匹克奥弗以标准的宇航员方式答道。我绕着环形山开了一圈,朝着暗沉沉的赛蒂斯大三角驶去。我们在赤道北边不远处,太阳正当头。我驾车来了个"S"形机动,在距离那片融化的地面不远处停下来。我不知道弹性车轮在那种泥地上会怎样,但它们可不是设计来走那种路的。现在我能看到降落级的四分之三,还有顶部。

"好了。"我对着无线电说。

"明白。"匹克奥弗应声。显然,他很享受驾驶太空飞船的感觉。不过接下来,他就不得不真的开始掌舵飞行了。"玛奇,我们全都就位了。"

我听不到玛奇的回答,但片刻之后,匹克奥弗说:"哦,好的。出发。"

我看到飞船侧面打开了一个小舱门,露出一个四方形的助推器,其实是一组四个的姿态控制助推器,而另一组则在和这组呈九十度夹角的地方打开。我猜想还有两组在另外两个关键位置上。

靠我这边的助推器指着下方发动了，上边的那个也同时启动。圆柱形的船身震动了一下，由慢到快旋转起来。我不愿意去想象匹克奥弗——更不用说那具尸体——站在转盘上打旋儿是什么样子。

降落级的上层仍有部分悬在坑洞上，但借助姿态控制推进器的作用，再加上旋转的后推力，玛奇最终让飞船脱身，升到了泥潭上空。现在它完全从坑里出来了。做了几次调整后，姿态控制器停止了工作。我听到匹克奥弗对玛奇说："是的，我坐稳了。你随时可以走。"

匹克奥弗一说完，玛奇尾部的锥形口就点火喷射出一道火焰。巨大的圆柱体往前飞去，贴着地面飞出了两倍于船身的长度，烈焰在地上灼烧出一道沟。随后，它斜斜地朝着奶油糖色的天空飞了上去。我看着它越爬越高，划出一道朝向东方的尾迹。

一等它从视线中消失，我就掉转车头，朝小环形山上的另外两辆越野车残骸驶去。当然，我没忘拿上德尔克的准分子手钻。我不懂什么样的化石最值钱，不过我转了一圈儿，用手钻挖出了四块看上去品相不错的标本，把它们放进了胡安的车里。如果我对匹克奥弗的话理解正确，那最好是让标本保持冻结状态。独自一人往回走的路上，我把它们藏在了一个隐蔽的地方。

在藏起每块标本前，我都把它们放在地上用平板拍了照片，广角可以准确体现出它们的位置和方向。我把手机也拍进了画面里，这样就能对比尺寸了。

我实在没办法完全掩藏我们或是越野车的痕迹。好在不断流动的火星沙尘会很快帮我搞定这事儿。但我还是要费些力气把我挖出的洞掩埋掉。

胡安的越野车和大多数同类一样,都有拖车挂钩。我挂了条绳子去拉那两辆残骸,一辆接一辆。我不会把它们拖回新克朗代克,因为别人会问它们是怎么被毁掉的。再说,拖着这么重的负担,恐怕我永远都回不去了。我把它们拖了三十公里——不是我们前来的东面,而是往南。它们肯定会被人无意间发现,不过不会在阿尔法旁边。

然后,我终于有机会操练一下胡安的越野车了。伊希地平原不像博纳维尔盐滩①那么平坦,但够让我玩儿几个漂亮的漂移了。我让越野车打了几个三百六十度回转,纯粹是为了好玩。之后我才终于往家的方向驶去。我没有地图来导航,但我知道穹顶就在东方,只要往那个方向开就行了。我自信满满,确信很快就能收到新克朗代克的归航信标。确实,九十分钟之后我就收到了。

当我接近新克朗代克时,太阳已经沉到了身后的西方地平线上。一回到有电话信号的地方,我就跟匹克奥弗通了话。他在公寓里,很安全,声音听起来比以往任何时候都开心。他已经在降落级的船舱里找到了地图。它被卷起来放在储藏柜里了。这张地图摊开后跟厨房桌面一样大。他之所以这么肯定,是因为他现在就把它铺在了自家厨房桌上,人正兴奋地趴在上面呢。

我距离穹顶更近了,看到玛奇把降落级竖直停放在了一片圆形的合成砖土着陆台上。它由伸缩式腿架支撑着,之前架子一定是收在船体内部的。着陆台边缘都用巨大的黄色数字做了标记,这个是七号。

把降落级弄进船坞前,有一些手续要办。我驶上南气闸附

---

① 美国犹他州一片古老的盐湖,现在已经基本干涸,地面极为平坦,是适合创造飞车速度纪录的好地方。

近的车库大楼,把胡安的越野车停进去,看到它虽然风尘仆仆,可毫发无伤,我很高兴。

然后我进了穹顶,归还了租来的压力服——这次拿回了押金。随后,我朝自己那间没有窗户的公寓走去。在路上,我听了听外出期间语音信箱的留言,其中有一条来自戴安娜的消息,说拉克什米·查特吉已经在办理退房了,而她可以在明天下午两点跟她会面。我觉得现在窃听肖帕兹基之屋已经没多大必要了,几乎可以确定德尔克就是她的帮凶。但那么做还是有点儿价值,也许能发现拉克什米有没有把阿尔法的位置透露给其他人,或者她是否打算再去那儿。

虽然今天经历了这么多事儿,可我浑身上下都干干净净的——所有的尘土和泥巴都留在了压力服上。不过我确实需要洗个澡。一到家,我就脱了衣服钻进小隔间,给自己选了水浴。(讽刺的是,水浴有噪声,但超声波淋浴很安静,所以大部分人都不会在洗超声波淋浴时放开喉咙唱歌。)

当其他声响都淹没在了 H_2O 的喷洒声里时,肯定有人撬开了我的公寓门,抑或他之前就撬开门躲进来了。不论是哪种情形,当我关掉喷头时,听到的不是早该修理的水龙头不停滴水的声响,而是一个十分低沉阴郁的声音:"不许动!"

第二十六章

淋浴间的门是石英同分异构体——不是防弹玻璃,不过这东西正如他们曾在手表广告里说的:防水又防弹。

我在隔间里缓缓转过身,让自己面对入侵者,这样会让他以为自己有点儿威胁力。空气里弥漫着水汽,我们之间隔了一道透明的门,上面凝着水珠。但我敢赌一大笔钱说:面前的凶犯是换身人。不幸的是,我的钱都在钱包里,并且它放在另一间屋子,跟我的裤子在一起。

这家伙是个大块头,这种彪形大汉在有驼鹿的星球上会被人称作"驼鹿"。他正用枪瞄着我,而且,简直是莫大的侮辱,我一下就认出了那是我的枪。

"我能为你做点儿什么?"我尽可能用和蔼的口气说。他没让我举起手来,所以我没动。

"你有件东西是我想要的。"他的声音又缓又粗。

我低头看了看,"所有的男人都会这么说。"

"住嘴,"那个男人说,"我说的是那本日记。我们有两条道可以走。你告诉我它在哪儿,我去拿,然后我离开这里,你就可以擦干身子,在屁股上扑点儿婴儿爽身粉;或者你让我把这个地方拆个底朝天找找看,然后把火药扑在你的六块腹肌上,让你好好爽一爽。"

"前一个选项十分诱人。"我说。

他显然花了好一会儿工夫去揣摩这句话的意思,然后点点头,"好。"

"它在我起居室的保险柜里。要打开保险柜,得扫描我的指纹,同时还需要我的语音密码——组合式连锁密码,如果你允许的话。"

他一甩史密斯威森,示意我出来。要是他站得更近些,我就会把石英同分异构体的门猛地一推撞上他——我的浴室比小壁橱大不了多少——但这招行不通。我打开门时,他抬步挪到了起居室里。我一边身上滴水,一边朝他走去。

"保险柜在哪儿?"他问。

"墙里,就在沙发后面。"

沙发是一件老家具,可我让它发挥的作用可不止一件老家具这么简单。它挺沉的——拉开是一张床,是为偶尔来我家过夜的客人准备的——但还没沉到在火星的重力下让我搬不动的地步。我示意"驼鹿"搬沙发一头,希望他这么做的时候会稳不住身子,让我有机可乘、夺回枪。可他是换身人。他弯腰伸出左手扶住沙发底,一把就把沙发从墙边搬开了,枪口一刻都没有离开我。

保险箱当然不可能装得跟墙面一样平,不然它就会从邻居家的墙上鼓出来。我跟邻居疯子古斯塔夫达成过协议:别搞出这种破事儿。因此,我的保险箱突出墙面不少,紧贴着地板。它长、宽大约四十厘米,深二十厘米,背部显然跟墙壁融在了一起。"驼鹿"看上去有点儿失望。他可能希望看到独立的保险柜,能搬起来就走的那种。

"打开它。"他用和先前一样牛鸣般的声音说。

我蹲在保险箱旁,看似随意地隔在了保险箱和他之间。我把拇指按在小小的扫描口上,它当然不只会读取指纹,还要查验体温和脉搏。然后我念出了最喜欢的一段话:"'经验告诉我永远不要信任警察。就在你认为其中一个家伙还不错的时候,他摇身一变就成了守法者。'①"

"咔嗒"一声锁开了,我从里边抓出一把枪。大家都必须根据自己的职业特性给所有物留个备份嘛。我往旁边一滚,一挥枪,瞄准了"驼鹿"。

大块头换身人盯着我。"你要干什么?"他说,"朝我开枪? 子弹只会蹦开。"他把枪举高了一点儿,像是在校准靶心,"而我要杀你,简直易如反掌……"

"如果你杀了我,就得不到你想要的东西了。"我冲着保险箱歪了歪头。他能看到里面的东西——我存放了一些来自地球的纪念品——日记显然不在里头。我仰卧在地上,而他杵在沙发的另一边,就像一座铁塔。我把准星从他的胸口挪向了天花板上的照明设备,开了一枪。房间一下子变得漆黑。希望他没有红外视线,而我对公寓的布局自然是了如指掌。我一跃而起,沿着和疯子古斯塔夫的公寓共享的那面墙,走向了这间屋子与我卧室之间的墙壁。

我的邻居也许会在听到枪响后报警,警察可能会过来。不过我十分清楚,他们就算来,至少也得过好几分钟。我打赌"驼鹿"没怎么用过左轮枪。我注意到了,当他用枪瞄着我时,保险仍然关着。话说回来,如果他抓住我,就能轻而易举地扭断我的

---

① 这段台词出自1950年的经典犯罪电影《夜阑人未静》。

脖子。

我裸着身子在地毯上悄无声息地走着。而"驼鹿"的大头鞋走起来可是惊天动地。如果我能走进浴室,就能锁上门,守在石英同分异构体的淋浴间里等待救援——真是忍辱偷生,活见鬼。

可还没等我进去,该死的公寓大门就呼地敞开了,走廊里的灯光照了进来。当然,"驼鹿"进门时早就把锁撬坏了。门口的身影是洛瑞·匹克奥弗博士。"驼鹿"转身开了火。看来,他其实知道怎么使枪。匹克奥弗被子弹的冲击力打得往后一退,摔在了走廊对面的墙根上。他低头看了看自己的身子,痛苦地缩成了一团,然后抬起皱巴巴的塑料脸,声音里爆发出熊熊怒火。"总有人把小金属块射进我的胸口,"他咬牙切齿地说,"我真的受够了。"他身子一蹲,紧接着一跃,用换身人的全部力量对抗火星微弱的重力。这一跃十分惊人——你坠落时是以火星的慢动作落下,跳起来时却比在地球上迅猛多了——他一头撞在了"驼鹿"怀里,把他撞进了沙发。

我之前从没见过两个换身人打架。而且说实话,匹克奥弗打起架来跟个姑娘似的:一个超壮的准分子动力姑娘。他抽着"驼鹿"的脸,发出的声响就像金属桶在相撞。"驼鹿"坐在沙发上,我便从后边用胳膊勒住了他的脖子。我没法儿让他窒息,但可以把他摁到沙发背后,而我正是这么做的。与此同时,匹克奥弗扒住了沙发的底部,一把将沙发翻了个转,再往前一推,就像推扫雪铲一样,把沙发顶在了墙上。"驼鹿"被困在了那个三角形的小空间里。

我及时蹦了出来,站在一边,举枪瞄着靠近"驼鹿"脑袋那边的出口,以防他爬出来。匹克奥弗坐在沙发上,我也爬了上去——对我来说这样太不舒服了,因为我的屁股必须搁在沙发靠背与装了软垫的沙发底面形成的直角棱边上。

我俩的重量让"驼鹿"无法脱身,而他在那么狭小的空间里有劲儿也使不上。我们坐在那里——我裸着,匹克奥弗胸口的小洞冒着烟(我暗想:又一件心爱的衬衫毁了),家具翻了个底儿朝天。疯子古斯塔夫碰巧出现在了走廊里,正要回他的公寓。他那沙土色的头发一如既往跟个鸟窝似的。他转过一脸胡茬的面孔看着我。"嗨,罗麦克斯。"他说,"还真是物以类聚啊。"

我仪态端庄优雅地跷着二郎腿,"谢谢夸奖。"我本想让他报警,但疯子古斯塔夫对警察没什么好感,而我们也已经差不多控制住了局面。所以我只是冲他做了个虚拟脱帽礼,古斯塔夫摇摇头,回了自己的公寓。

第二十七章

　　我想穿上衣服,可要把"驼鹿"压制住就少不了我的重量。"好了,大块头,"我叫道,"咱们从最基本的问起。你是谁?"

　　"谁都不是。"他低沉的嗓音从下面传来,闷声闷气的。

　　"尼摩船长①才谁都不是,"我说,"除他之外,每个人都有身份。"

　　"反正我没有。"

　　"你叫什么名字?"

　　"没名字。"

　　"得了,别人总得称呼你吧。"

　　"'锤子'。"

　　很酷的假名字,我想。"我清楚你是雇佣打手,'锤子'。不过,是谁雇的你?"如果他说"就是那谁雇的",我就隔着沙发给他来一枪。

　　"是'真实'。"

　　"那又是谁?"

　　"我一直就这么叫他的。'真实'。"

　　────────────

　　① 儒勒·凡尔纳的小说《海底两万里》中的人物。拉丁语中,"Nemo"的意思相当于英语中的"nobody",指无名氏,谁也不是。

"他是个好老板吗?"

"你在开玩笑?"

"不。要是他让人不爽,或许你会想换个雇主。他是个好老板吗?"

"他是万里挑一的。"

我知道很多老式俗语——老电影益处颇多——可已经有些日子没听过这种叫法了。他咋不说"凤毛麟角"呢?

"那么这位……这位万里挑一的绅士在哪里?地球吗?"

"不。"

"火星?"

"不。"

"那在哪儿?"

"自己琢磨。"

我吸了口气,"行,那就这样吧……可别说我没给你机会。教授和我不可能整天都坐在这儿。所以,先把枪从下边扔出来。"

"锤子"什么都没做。

"怎么了?"我说。

"我正在考虑。"

换身人的大脑是以光速运行的,不是生物人那种迟钝的生化信号速率。但在蠢蛋身上可就不好说了,他权衡的时候我只能干等着。

最后,他似乎想通了。史密斯威森从下面飞了出来,落在了我那张装着相框的《卡萨布兰卡》海报下面。虽然我暂时没法儿去捡枪,但至少有了进展。

可接着,我听到了令人不安的一声"叮"。是我房外的电梯门打开的声音。然后是有人在走廊里走动的声音。道格尔·麦克雷侦探和赫胥黎黎警官来到敞开的门口,看着我们。麦克穿着便衣,端着枪,赫胥黎黎则穿着深蓝色制服,带着那个垃圾箱盖一样的东西——我知道那是宽频干扰器。麦克说:"我们接到报告说有人开了两枪,我认出了那个地址。"他说话的时候舌头打着卷儿。

看来所有的枪击都报上去了。好吧,要想瞒住,除非用消音器。

麦克继续说:"一次的话也就算了。不过是两次,对吧?"

"感谢大驾光临。"我说,"沙发下面有个换身人。一个恶棍。撬门进来的。"

"正当你们两个男人在一起乐呵的时候。"赫胥黎黎说。

"正当我在洗澡的时候,你这没脑子的白痴。"

麦克提高了嗓门,"我们是新克朗代克警察。双手高举走出来。并且我要警告你,我们有宽频干扰器。别逼我们用它。"

"锤子"有两个选择——两个都不是特别有尊严。他可以从我右边钻出来,头先出;或者从我的左边先把脚伸出来。根据我们屁股底下沙发的动弹方式来看,他选择了前者。

从沙发下面完全爬出来后,他站起身、举高双手。这个呆子的块头真够大的,指尖都能摸到我的天花板了。

"各位绅士,请允许我先去更衣。"说着,我朝卧室走去,顺便捡起了我的史密斯威森。我迅速套上几件衣服——穿顶下干燥的空气早已把水吸干了,我身上不再湿漉漉的。我穿上黑牛仔裤,以及在黑裤子衬托下才能看出是深蓝色的T恤。

我想花几分钟梳梳头。干我这行的,样子略有些狂野其实没什么不好,但现在我完全跟古斯塔夫一个德行。可我还没拿起梳子,就听到一阵熟悉的电流爆破声。我跑出房间,只见强烈的光芒从走廊涌了进来。在强光中,我看到"锤子"双臂伸开站在那里,四肢不停抖动,表情十分痛苦。

"天哪!"我叫道,"洛瑞! 走开! 赶快走开!"

古生物学家有点儿搞不清状况,但他知道要郑重对待我的警告,立刻从走廊跑了出去。赫胥黎黎双手举着干扰器,碟子正对着"锤子"——或者说,基本是对着他。

麦克本可以干预的,但他没有。他只是端枪对着换身人。大约十秒后,赫胥黎黎一拉开关,关掉了干扰器,而"锤子"就像被定向爆破的摩天楼般瘫倒下来。

"你为什么这么做?"我问。

赫胥黎黎的语气充满戒备。"他朝我们冲过来。"他说,"直直地冲过来。"

"没错,"麦克说,"他确实这么干了。我警告过他我们有干扰器,亚历克斯……你听见我说过的了。可是……"他冷静地抬了抬手。

一般来说,我们中应该有个人过去看看地上的人是否还活着,但我怀疑谁也不能做出准确的判断。赫胥黎黎放下干扰器,把它靠在了挂着《盖世枭雄》[①]海报的墙边。我喊道:"洛瑞! 回来吧! 安全了!"

片刻之后,匹克奥弗博士出现在了门口。"他是不是……"可他也拿不准"死了"这词儿合不合适。

我伸脚踢了踢"锤子"——我还没时间穿上鞋袜。他没动。"我想是的。"

"行。"麦克抬起左臂,指了指他的腕式电话,让我知道从现

---

①1948年的电影。男主角由亨弗莱·鲍嘉出演。

在起我的一言一行都会被录下来，"我们收到报警说，听到了两声枪响。谁先打的？"

"我。"

"那你必须……"

我打断了麦克，抬手一指，"我先开的枪……但只打灭了灯，看到了没？我知道按一下开关更文雅，可又没规定说不许向死物射击。我觉得，在黑暗中，形势会更利于我。"

赫胥黎黎看上去若有所思——但他是盯着一个烤华夫饼的铁板在思考，好像在想用什么诀窍能把铁板碰出坑来。结束这个话题的是麦克，他点点头，"好吧。"又看了看倒在地上的换身人，缓缓说："他在这里干什么？"

"他撬门进来的。我猜是想找钱。我碰巧在洗澡，出来时吓着他了。"

"好吧。"麦克说，"那第二枪呢？"

"匹克奥弗博士来找我，这个暴徒朝他开了枪。"

麦克想了想，又看着地板上那个大块头，"我们不可能搞清楚一个死掉的换身人的想法，但是，如果我们一直照这个速度炸熟换身人，验尸官就要另找一份工作了。"

"把他带到'全新的你'，"我建议道，"看看能不能识别他的身份。"

麦克点点头，开始四下查看我的公寓。"抱歉，"说着，我挡在了他要检查的壁柜前，"没有搜查令可不能看。"

"这是犯罪现场，亚历克斯。"

"那是因为赫胥黎黎朝那家伙开火了。你不能在别人家里制造一场犯罪，然后借机搜查。"

"他开枪了。"

"是的。可我没投诉,匹克奥弗博士也没有。"

麦克抓了抓左耳。"行吧,"他说,"你至少得让我在搬走尸体前拍几张照。"

我冲尸体做了个手势。"请随意。"他拍照的时候,我打了个电话,询问能不能找个电工来修顶灯。挂掉电话后,麦克已经准备走了。他抓着"锤子"的胳膊,赫胥黎黎抱着腿,俩人把干扰器放在"锤子"的肚子上,抬着他挤进了走廊。

"介意我跟着吗?"我问。

"就跟你介意我搜你的房间一样介意。"麦克说。

真感人,我心中暗想。

但匹克奥弗开口了:"反正我们也要去'全新的你',警探。我脚踝有伤,更不必说这个了。"他指了指弹孔,"而且罗麦克斯先生是我雇用的保镖。"

"我看得出他干得很不错。"赫胥黎黎指着匹克奥弗的胸口说。

不过麦克知道什么时候该妥协。"好吧,"他说,"咱们都去吧。"

第二十八章

麦克和赫胥黎黎是开着警车来我公寓的,但这辆警车比地球上的警车小多了。而且,要是我们四个都挤进去的话,"锤子"就没法儿塞进后座了。我居住的片区民风挺彪悍,但要去"全新的你",得穿过城里的繁华地带,把他捆在车顶不太合适。麦克最终放弃了,干脆叫来一辆押解车。我对这种特殊用途的车没什么感情——有两次在这种车里被人吐了一身,所以在赫胥黎和麦克等车时,匹克奥弗和我先上路了。一般我都是步行,可匹克奥弗的脚踝行动不便,于是我们上了悬浮电车。

有人说,评判一座城市要看它的公共交通系统。新克朗代克的电车上满是涂鸦,塞满了垃圾。这种边疆城镇的边缘地带到处都是肮脏的东西。但说真的,我还挺喜欢。算上停靠每个站点的时间,我们花了十来分钟抵达离"全新的你"最近的车站。

我们在电车里不能谈论任何实质性的问题——有太多人听着了。等到了大街上之后,我问:"能不能猜到大块头是给谁干活的?那个'真实'又是谁?"

匹克奥弗皱了皱眉,说:"根据那个大块头提到他的口气,应该是个男的,所以不会是拉克什米。"我们现在距离穹顶中心非常近了。头顶上所有的支架都汇聚在了中心柱周围，形成星光四射的图案。

"是呀，我也认为不是拉克什米……倒不是因为你说的原因。拉克什米知道阿尔法在哪儿，而'锤子'在找日记。他想知道阿尔法在哪儿，以为日记里有答案。"

"还有谁知道日记?"匹克奥弗问。

我们继续走着。"我只告诉了你，但上帝才知道高桥小姐到底告诉了多少人。"我踢了前面的小石子一脚，它远远地滚过大半个街区。

我们赶在麦克和他的手下之前抵达了"全新的你"。进去时，高桥玲子正当班。我一般会用最诚挚的爱慕眼神看着她;而她呢，也许我提过那么一两次，非常可爱。不过，我不由得眼睛骨碌一转:她早就知道她外公死了，不用我告诉她。但他的尸体还在这里，就在火星上，这会引起轰动。匹克奥弗跛着脚去了柜台前，玲子就站在柜台后边，他们交谈了几分钟。她说费尔南德斯先生正在工作间里，他一定能把你修理得完好如初，就像久旱逢雨的枯木回春一样。说到雨，我不禁皱了皱眉，试图回想火星上什么时候下过雨。玲子指了指通往后边的门。匹克奥弗望了我一眼，我竖起大拇指，他便走了进去。

玲子走了过来。今天她的长发束成了马尾辫，隐约可以看到那几缕橙色的头发。"你好，亚历克斯。"她笑着说，从她的言谈举止看来，她没从拉克什米那里听到任何关于我拿走日记的消息。

"嗨，玲子。我喜欢你这个发型。"

她端庄地点了点头，"谢谢。"又朝着走进门里的匹克奥弗指了指，"是不是跟你在一起的人都会变成那样?"

"事实上,是他自己运气不好。NKPD过会儿就会来……啊,他们到了。"

前门滑开了,麦克和赫胥黎走了进来。他们在半路的什么地方弄了一副担架,"锤子"那庞大的身躯躺在上边,从头到脚盖着一块灰色的薄布。

高桥小姐伸手捂住嘴,她做过美甲的手指十分漂亮。"哦,天哪!"说着,她走到麦克身边,"出什么事了?"

"这位先生攻击我们,我们不得不,嗯,让他停机了。"麦克说。

玲子的眉毛拧在了一起,"我去叫费尔南德斯先生来。"她急忙跑向后边,高跟鞋一路噔噔作响。片刻之后,她领着老板出来了。

"麦克雷警探,"费尔南德斯说,"出什么事了?"

麦克重复了一遍刚才的话,然后拉开布单一角,露出了"锤子"的脸。换身人的皮肤在死后不会变色,眼睛也不会合上。"锤子"的绿眼睛大睁着,不论干扰器对他的线路做了什么,都会让一个瞳孔缩到针尖大小,而另一个却扩大得跟要做眼科检查似的。当然,他一动不动,但看上去总让人觉得他随时会一跃而起。而生物人呢,至少身体僵硬时,你一眼就能知道他们彻底玩儿完了。

"这是怎么回事?"费尔南德斯问。他面色铁青,脸色比那个死人还糟,可能是担心如果出现换身故障,会面临法律诉讼的问题。

"我们对他使用了宽频干扰器。"麦克说。

费尔南德斯点点头,"好,好的。我听说过你们这些家伙有一台原型机。"

"别管那些了。你能认出他吗?"

"当然,"费尔南德斯说,"这是戴茨林·唐·哈奇森。"

我以前听过这名字,又看了那具尸体一眼,"是他?"

"好吧,不是真正的他。"费尔南德斯说,"不过那是他的脸。经过授权的。我们每使用一次,财产所有人都会收取版税。不用费心打听了,尽管……反正也没人记得他了。"

"这个该死的戴茨林·唐·哈奇森是谁?"麦克问道。

我张嘴要答,可是赫胥黎抢先了一步……这种能长脸的事儿他这辈子也很难遇到,我决定让他一次。"他是一个足球运动员,"他说,"在孟菲斯蓝调队踢球。"

"他死了?"

"二十年了,至少。"赫胥黎说。

"可这不是他本人的代身?"麦克对费尔南德斯说,"是其他人买了他的脸?"

"我想是这么回事儿。"

"你能认出这是……这应该是谁吗?"

"使用别人面孔的人通常都想隐姓埋名。"

"当然了,"麦克说,"不过你肯定有途径知道他是谁,这样才能搞清楚他们有没有得到授权。一定有序列号或是别的什么东西。"

费尔南德斯进了里屋,回来时拿着一个小小的扫描设备。他把它对准那具尸体。"没有应答器,这表示他选购的是匿名套装。我必须把他打开查一查了。"

"动手吧,请。"麦克说。

"我已经把匹克奥弗先生打开了。让我先把他修好,再来搞这事儿。"

"找出他的身份要多久?"麦克问道。

"我还得在匹克奥弗身上忙一个小时。"

"行。"麦克说着转向我,"去喝一杯,亚历克斯?"

"下次吧。"

麦克看了看高桥小姐,对我挤了挤眼,一副了然的样子。"那好吧。咱们走,赫胥黎黎警官。"他俩离开了这里,费尔南德斯进了里屋,顺手带上了门。都没人愿意顺手把"锤子"盖上,我走了过去……展室里就剩下我和玲子——我们两个生物人被各种型号、颜色的换身人展示模特围绕着。

"真让人不安,"她说,"看到这样一个死去的换身人。"

"是呀,是呀。"我呼出一口气,然后说,"玲子,有些事我想跟你说……"

石英同分异构体的前门滑开了,一个浑身脏兮兮、上了岁数的探矿者走了进来,"你们有盥洗室吗?"

大多数销售人员都有一套标准应对语:"抱歉,只为顾客提供。"显然,"全新的你"也有一套固定说辞。"先生,"玲子脸上绽放出灿烂的笑容,"我们可以为您安排换身,这样您就再也不必费心使用盥洗室了! 让我带您看看,最先进的科技能为您提供最佳的服务!"

老化石猎手看上去就要对玲子爆粗口了,但他这时看到了我,便又想了想,然后转身出去了。

"你要说什么,亚历克斯?"

"你可能得先坐下。"

她的表情说"没有这个必要"——而且,可能真没那个必要:即便你在火星上晕倒,也不会摔着哪儿。但她还是去了收银台后边,坐在高脚凳上,满脸期待地看着我,"什么事?"

"首先，你的外公死了，这一点确凿无疑。我不想说任何让人会错意的话，所以，咱们先得把话说清楚。"

她点点头。

"不过呢，"我接着说，"他不是在多年前重返地球大气层的时候死的。他是在这里死的，在火星。我很确定，因为匹克奥弗博士和我发现了他的尸体。"

"我……我的天。"她双眼大睁，"你确定吗？我是说，我不怀疑你们发现了某个人的尸体，可是……"

"我确定。或者更确切点儿说，匹克奥弗博士很确定，是他确认的尸体。"

"我的天。那他……他的尸体现在在哪儿？"

"在降落级里。"

"什么？"

"我们找到了他们第三次探险时留在火星的降落级火箭。"

"带我去。我要租一件压力服。"

"没必要……或者说，你很快就能看到它。我们已经把降落级运到这里了，新克朗代克。它现在就在穹顶外面，我打算把它拖进船坞。等手续办好，你就能亲眼看看了。"

她似乎懵了，还有点儿震惊。也许她现在很庆幸之前听了我的建议，找了个座位坐下。

"我不明白，"她那双纤柔的小手叠在膝上，"为什么他还在火星上？"

"看上去他是被扔在这里了。"

"谁干的？是……是西蒙·温嘉顿？"

"很有可能，只有这么一个嫌疑人。"

"哦，"玲子说，"好吧。"

说到这里，我想去处理一下把降落级弄进来的事情。"我还有个差事要做。我会及时赶回来的，听听费尔南德斯先生鉴定那个身份的具体情况。"

玲子点点头，我便穿过大门走了出去。刚一出门，我就看到墙上有一大片湿痕。或许玲子该让那个老探矿者用用卫生间。

我朝着七环上位于八、九大街之间的船坞走去，直奔博萨的小窝棚。她像一只得了白化病的大猩猩，正弓着身子查看订单。

"嗨，美女。"我说。

"哦，亚历克斯，我刚想给你发消息来着。'凯瑟琳·丹宁号'已经在穹顶外降落了，现在正在卸货。"

"谢了。"我说，然后从口袋里掏出一枚五十太阳币，"你会通知我什么时候能上船去溜达溜达吧？"

她拿过钱，点了点肥厚的下巴。

"太棒了。"我说，"在那之前，我有一艘船想拖进来。"

她一脸茫然地看着我，"你有一艘船？"

"嗯哼。"

"你是从哪儿搞来的船？"

"我发现它被遗弃了，就把它回收了。"

"把它弄进来得租用牵引车，而且停放在这里的话，可是要按时间支付泊位租金的。"

"我还有一个备选方案。"我说。

她眯起那双猪一样的眼睛，"是吗？"

"是呀。你把它免费拖进来，让我免费把它存放在这里。"

"真有意思。"她说，"我可没从你的嘴里闻到酒味儿。"

"听我说。你按我说的做，我们会组织人们来参观这艘船……这么说吧，一个人头收二十太阳币，咱们五五分账。"

"不会有人想花钱看报废的飞船的。"博萨说,她冲着小窝棚的窗外一挥手,"这些东西在我们这儿都堆满了。"

"他们会付钱看这一艘。它是温嘉顿和奥·雷利最后一次探险的降落级。"

"活见鬼了。"她说,"真的吗?"

"嗯哼。"

"五五分账,嗯?"

"对半儿分……只有一个条件。在对公众开放之前,我要留两天时间自己专用。"

"为什么?"

"我正在寻找头绪。"

"我一直都说你办事儿毫无头绪,亚历克斯。"

我想问问她认不认识赫胥黎黎警官,他俩真是天生一对儿。但我只是笑了笑,"咱们成交了?"

"成交。"

"你什么时候能把它拖进来?"

"波西娅——那个开牵引车的姑娘——她出去找吃的了。等她一回来,我就让她开工。"

"太棒了,谢谢。飞船在七号平台。你能确保不让任何人接近它吗?"

"没问题,当然了。"她冲着船坞一挥手,"我一半的工作都是在驱赶那些想洗劫废船的家伙,这是我的强项。"

"了解。谢谢了。"

"五五开,记着。"博萨说着,举起左臂,用香肠般的手指拍拍手腕上的电话,让我知道已经录音为证了。

我做出深受伤害的样子,说:"我们一起混了这么久,你居然不信任我？^①"

"你会信任我吗？"她问。

"我懂了。"

---

① 这是2010年的动画片《长发公主》里的台词。

第二十九章

要是能亲眼看着降落级被牵引车拖进来,我会很享受的。不管一个男人多大岁数,他总会对运转的大机器兴趣十足。但我以前见过这种过程。巨大的南气闸宽度超过三百米、进深五十米。只要一艘飞船能钻进门——"壮汉吉姆号"那么大的勉强能挤进来——它就能被拖进穹顶。如果进不了门,那就彻底没法儿了。整个过程大约耗费一个小时。

我准备返回"全新的你",顺便在路上弄点儿人工合成的寿司。我抵达时,匹克奥弗正好从工作间出来。他的衬衫上仍然有一个洞,但胸口肯定已经修好了,而且他也不跛了。我让他去跟费尔南德斯结账。照这样的维修频率,洛瑞恐怕得再卖掉一两个五足虫才能维持下去。然后我转向费尔南德斯,问:"现在我们能去弄一弄戴茨林·唐了吗?"

"没问题。"他答道。

就在这时,麦克进了前门。幸运的是赫胥黎黎没再跟来。麦克自己拿着干扰碟,用一只胳膊夹在肋下——可能他怕"锤子"没死透。

"好了,"费尔南德斯对着屋里大手一挥,说,"开工。"

我以为匹克奥弗会跟我们一起，可他挥手让我自己去，然后跟高桥小姐聊了起来。他可能是想碰碰运气，抑或就像有些购买了人造身体的人一样，观看解剖换身人会让他感觉不适。不管他想法如何，反正只有麦克和我跟着费尔南德斯去了工作间。霍雷肖有那么壮的胳膊，我确信他不费吹灰之力就能把"锤子"扛进来。事实上，我猜刚才我们出去的时候他就是这么做的。让一个被烤熟的换身人待在展示厅里，很可能会影响生意。

死人看上去总是比活着时小一点儿，但换身人不会。费尔南德斯无疑为换身人穿过也脱过衣服——人们出生时浑身赤裸，但没人想钻进一个一丝不挂的新身体。他解开"锤子"的衬衫，露出软塌塌的胸膛。我之前居然以为这家伙在健身练肌肉，简直太荒谬了。

费尔南德斯拿过一只小小的激光刀，对准胸口上面、喉结下面的位置。他轻车熟路地让光束往下移动。我曾经见过解剖生物人，打开胸腔时流出的血多得吓人，但这里一滴血都没有，只弥漫着一股塑料皮肤融化时散发的气味，像燃烧的杏仁。

费尔南德斯扯开"锤子"的胸腔时戴了蓝色的橡胶手套。我看得出为什么：熔化的皮肤很黏，有一些都粘在了手套上。

皮肤下面是一层泡沫橡胶，再下面是高度抛光的合金骨架，带有紫红色的光泽。胸腔里没有任何跟内脏对应的东西，基本是空的。

费尔南德斯拿过一件工具——像是钳子，不过开口的形状很奇特。在相当于肺的位置有一对圆柱体，他把工具伸到其中一个上面，好像拆掉了什么。咔啦一声响，那个圆柱体松开了。费尔南德斯把圆柱体取出来，放在尸体旁的桌上。这东西上覆盖着一层润滑油，他用一块绿布擦干净，然后取过一个很大的带有照明灯的放大镜看着它的金属外壳。"这是配重元件,"他说,"给躯干增加重量用的。我们没有对外宣扬过,但这东西上有序列号。"

他叫了一声"吉莉",然后对着空中说出一串数字。

计算机用悦耳的女性嗓音说:"换身完成于……"接下来说了一个两年前的日期。

"换身是在什么地方做的?"费尔南德斯问。

"身体是在这里组装的。"吉莉说,"就在这家'全新的你'特许经营店。"

"那是我在这里工作以前了。"费尔南德斯对我说。他又问吉莉:"这人叫什么名字?"

"未知。"吉莉说。

费尔南德斯一皱眉,"肯定有换身记录的。"不过这话是说给我听的,还是在提醒计算机,就说不准了。他换了个说法:"那天都有谁来换身?"

"谁都没有。"

我一皱眉,想起了"锤子"说的话:"我谁也不是。"

"总得有一个源思维被复制进了这个身体,"费尔南德斯朝着空中说,"那天扫描过谁的思维?"

"没有谁。"

"那这个换身人是怎么造出来的?"

"我不知道。"吉莉说。

"你确定它是在这里做的?"麦克问。

"那个配重元件出自我们的仓库。"计算机答道。

"越来越古怪了。"我看着费尔南德斯说,"你说这张脸是现成的,倒也罢了。那身体的其他部分呢? 有什么特别的改动吗?"

女声答道："选购了五号套装——超强力量。跟标准身体相比，没有其他变动了。"

"他说他是被雇用的打手，"我说，"我猜他也是。但谁雇用了他呢？"

"到底是谁？"麦克问道。他看着费尔南德斯说："你怎么处理死掉的换身人？换身人的葬礼，这么说似乎有点儿怪异。"

"是挺怪的。"费尔南德斯说，"当然，换身人有时会损伤，但并不常见，我觉得这种事情在火星上恐怕没出现过几次。"他一顿，"好吧，既然没有关于谁转移进了这个身体的记录，那也就无法联系亲属了。我想我会把他拆了做配件。"他看着那具在他面前摊开的尸体，"话虽如此，但我很少会用到这么大的配件。"

麦克和我穿过滑动门进入展示厅后，我意外地发现，不只匹克奥弗离开了，高桥玲子也不见了。

费尔南德斯过了一阵子才跟出来。他很生气：他不喜欢店铺就这么敞开着无人照看。可话说回来，没人会偷代身。只要没把思维传送进去，拿着它什么用都没有，而你又不太可能自己干这事儿。

我打电话联系匹克奥弗，他没接。或许这表示他有麻烦了，或者说他和高桥小姐都有麻烦了。我甚至还想道：如果你不接电话，就是正跟一位女士在床上。

玲子急切地想看她外公的尸体，但我觉得匹克奥弗不会在没有我在的情况下去降落级那儿，而且只有毛头小子才会跑去船坞那种地方瞎搞。我环视了一圈展厅，看看有没有打斗的痕迹：即使发生过打斗，肯定也打得很安静，否则我们在隔壁会听到。没有任何不寻常的迹象——除了那位失踪的女士。

我看了看费尔南德斯,他正在打电话,估计是打给玲子。

"没接?"我问。

"没。"他手一晃,挂了电话,"她不会就这么消失的,她不像那种人。"

"亚历克斯,"麦克雷侦探说,"接下来怎么办?"

我深吸一口气,看来需要给他爆些料,免得他找我麻烦。"高桥玲子是丹尼斯·奥·雷利的外孙女。"

费尔南德斯的眼珠子几乎要蹦出来了。我接着说:"丹尼斯·奥·雷利没有死在那艘返回时爆炸的飞船里。相反,他是被西蒙·温嘉顿流放在了这里。玲子有她外公的日记的副本,他在被流放前,把日记传回了地球。但她把它借给了拉克什米·查特吉,就是城里那位特聘作家。"

麦克的声音听上去有些疑惑,"我们有一位特聘作家?"

"我就说嘛! 这种事他们应该做做宣传的。"

"所以这个拉克什米拿着这本日记?"麦克问。

"不,不再是了。日记在某个安全的地方。但那个彪形大汉,'锤子',以为我拿着,所以他才会撬了我家的门。"我转向费尔南德斯,"在威尔金斯事件期间,我被告知楼上没有监控摄像头。"

"没错。"他说。

"可是这层楼有吧?"

"是的,当然有。"

"我们能看看回放吗?"

"这边走。"他带着我们再次穿过滑动门。工作间另一头有个小办公室,他打开一面显示墙,对吉莉说:"二号摄像头回放,四倍速度,从三十分钟前开始。"

摄像头安装在收银台上方，画面显示着通往外面的那扇透明的门。门滑开了，然后……噢，当你看到一个换身人时，露出那种"我看到鬼了"的表情并不太合适。不过就在那里，在门口，背后射来的光线照得很清楚，那是"锤子"。更确切地说，是一个完美的复制品。"驼鹿"不止一头，有一群。

"哦，"费尔南德斯说，"这真是一张现成的脸。吉莉，正常速度。"

刚才我的注意力都被那个傻逼的蠢样儿吸引了，没看到他带着枪。但高桥小姐显然注意到了，因为她在画面中一动不动。"驼鹿二号"迅速靠近，并示意她安静。

匹克奥弗一开始并没察觉到，但他很快就发现了"驼鹿"，也看到了枪。大块头换身人拿匹克奥弗没办法，但他能杀掉玲子，而匹克奥弗很清楚这一点。他回头看了看我们进的那扇门，像在思考要不要呼救，但随即放弃了。摄像头可以录音频，可他们谁都没说话。匹克奥弗微微曲起腿。他的脚踝修好了，我想他是在考虑要不要跃过屋子、撂倒那个换身人。

不过这时门又滑开了，第三个长着戴茨林·唐·哈奇森的脸的换身人走了进来。这足以让匹克奥弗慎重考虑要不要逞英雄。这俩随便哪个都能把他的金属脑袋从钛合金脊椎上扯下来。让人窝火的是，这一切就发生在离我几米远的地方。第一个进来的换身人挥了挥枪，玲子便走出了门，匹克奥弗跟在后面。

麦克已经在打电话联系警局，看有没有哪个公共安全摄像头拍下这队奇怪的组合：两个双胞胎大块头、一个换身人古生物学家和一个性感的小个子生物人。可是，当然了，大部分摄像头都已经被砸掉很久了。

"谁会想绑架匹克奥弗教授呢？"费尔南德斯问道。

"可能他们想要的是高桥小姐。"麦克说。

"为什么绑架她?"费尔南德斯问。

"勒索赎金?"我说,"如果他们知道她是丹尼斯·奥·雷利的外孙女,可能觉得能搞到一大笔钱。"我转向费尔南德斯,"你知道这事吗?"

他把双臂在胸前一抱,"你在怀疑我?"

"不,不。我只是问问。你听我说起这事的时候,看上去很吃惊。"

"我是很吃惊。我是说,她是日本人,奥·雷利是爱尔兰人。我怎么都想不到。"

"没错,"我说,"我怀疑还有别的人知道。她亲口跟我说过这事儿。"我往显示壁跟前挪了挪,"她告诉我的时候,我就站在那儿。"我指着画面上展厅里的一个位置,"这表示她和我说的话被录下来了,就是录下这幅画面的摄像头干的。你可以找到并且重播这段。"

"可我干吗要重播安保录像?"费尔南德斯说。

"其他人能看吗?"麦克问,"其他雇员能把它调出来吗?"

"哦,当然了,威尔金斯夫妇可以……前任老板。不过卡桑德拉死了,约书亚离开了,成了一个化石猎手。"

"还有人吗?"麦克问。

"玲子也能进入系统,但她不会监视自己。其他雇员都不可能打开安保录像,而且我发誓我不知道玲子的外公是谁。"

麦克掏出一个手持式感应设备,朝着展示厅走去。换身人不会留下DNA,但他们可能会落下衣服纤维,或是在脚印中留下不常见的泥土,这会很有用。在他忙着采集证据的时候,我朝着楼梯间一指,"霍雷肖,"我说,"我想去上边的扫描室看些东西。"

费尔南德斯耸耸肩,"好啊。"他带路上了二楼,拐进了左边的房间。我跟进去后关上门,抽出手枪。当他转过身时,我瞄准了他的胸口。

第三十章

"行了，"我对霍雷肖·费尔南德斯说，"招了吧。洛瑞·匹克奥弗在哪儿？"

他张大眼睛看着我，即使被枪指着，仍然一脸沉着。他粗壮的胳膊一摊，"我不知道。"

"你知道他是做什么的，对吧？"

"当然。他是古生物学家。"

"而且你知道他最近发了一笔财。"

"这我倒一无所知。"

"书呆子突然有钱换身了。"

"嗯，是呀，我想是这样的。"

"而你刚刚打开他的胸腔进行过维修。"

"嗯哼。"

"你把他打开的时候，放了枚追踪芯片进去。"

"那是违法的。"

"没错，是违法的。可你干了。"

"我为什么要那么干？"

"你认为他找到了阿尔法沉积带，或是别的化石主矿脉。你想知道它在哪儿。洛瑞在初次换身时扫描过追踪芯片,而且他还告诉过约书亚·威尔金斯他会检查全身,所以威尔金斯没这么做。之后修脸的那次,他能清楚地看到你手里的东西,所以你那时也没法儿放芯片——但他还是给自己做了扫描,以防万一。可这次你是在他的躯干上维修,而他还没有机会进行扫描,这意味着你刚才放进去的芯片还在运行。所以,他在哪儿?"

"我跟你说,我没干那种事。"

"你可能对匹克奥弗博士的安危毫不在意。但玲子是你的同事,或许还是你的朋友。告诉我他们在哪儿。"

"罗麦克斯先生,我诚心诚意地发誓——"

"别再狡辩了。你说过楼上没有摄像头对吧?所以,我会告诉NKPD你发疯袭击了我,而我出于自卫不得不朝你开枪。当然,这事儿处理起来会挺麻烦,但我总归能脱罪……而你就死翘翘了。除非你马上告诉我,匹克奥弗博士在哪儿。"

我让他想了一会儿,然后扳下枪机,"怎么说?"

他吐了一口气,回头说:"吉莉?定位洛瑞·匹克奥弗。"

离我们最近那面墙的一部分变成了新克朗代克地图,红色的是放射状的大街,蓝色的是环形路。整个过程花了点儿时间,但很快就有一组十字光标出现在了地图上,中心闪着白色的光点。洛瑞——应该还有玲子和那两个"驼鹿"——在第六大街,正朝南走。"放大。"霍雷肖对吉莉说,画面随即显示出了四环和五环之间的第六大街。光点正在迅速移动,他们肯定在悬浮电车上。

"你有便携式追踪设备吗?"我问。

霍雷肖走到壁橱前,拿出一个小小的碟形玩意儿。他调整了一下,递给我。一面小屏幕上显示着墙上画面的缩小版。"很好，"我说，"你在这里待五分钟，明白吗？数到三百再出去。"我一边用枪指着他，一边打开门退了出去。关好门后，我下了楼。

麦克正弯腰拿着扫描器在地板上扫着。

"匹克奥弗体内有追踪芯片。"我举了举费尔南德斯刚给我的那个装置。

麦克直起身子，"只是这样？"他的语气像是在说这背后肯定有不少故事。

"是啊，"我模仿他的口音说，"就是这样。"

麦克拿起刚才放在收银台的干扰器，跟我一起出了商店。

麦克来这儿时开了一辆小小的单座警车，我没法儿塞进去。但它后边有根保险杠，还有一对把手，刚好够我站上去抓稳。他把干扰器塞进后座的空隙里，用那个装置的导航，顺着街道开下去了。

我必须得在麦克一路狂奔时集中精力稳住身子，加之有麦克的遮挡，因此根本看不到追踪器，但从之前的追踪器画面来判断，洛瑞、玲子还有那两个"驼鹿"正朝着南气闸走——或是那个方向沿途的什么地方。三个换身人去火星表面倒是轻而易举，可玲子必须穿压力服，而那得花上点儿时间。但如果他们要的是洛瑞，估计就会在抵达气闸前把她丢下。

麦克可以提前联系气闸站，让那里的守卫扣留"驼鹿"。不过，没有多少生物人能对抗两个超强力量的大块头换身人。况且麦克的首要任务是保护霍华德·斯普拉科夫的财产，老斯普拉最不想看到气闸站被毁一类的事儿了。

路上的行人瞠目结舌地看着我们。停下来避让清洁车时，我还冲他们洋洋得意地挥了挥手。

这条路通向船坞，可能那就是"驼鹿"的目的地。但麦克没有减速的迹象。我看了看那片废弃飞船的海洋——破碎的梦想，潦倒的生活，遗弃的希望。隔着这么远的距离，我看不到降落级火箭。

麦克突然一摁警笛，吓得我差点儿脱手。好在前面的车子一让开，他就把警笛关掉了。在新克朗代克的穹顶下，头顶的空间都不会太大。等我们驶到外环区，这里低矮的空间已经只够盖起一两层高的建筑了。

麦克来了个急刹。我脚底打滑，被甩到了车子侧面。鸥翼式车门升起，麦克钻了出来，拎起干扰器。我们向气闸走去。

"他们停住了。"麦克说，举起追踪器让我看了看显示屏，"在外面……南方，距离这里大约半公里的地方。我试过呼叫后援，可另外三位当班的警官都在处理东气闸的小骚乱——有人非法霸占别人的财物，情况有些失控。"

我点点头，打算去压力服租赁柜。麦克却示意我跟着他，穿过一道标着"官方专用"的门。里面是警察更衣室，有四件压力服挂在架子上。两件海军蓝背后有"NKPD"的大写字母，双肩配有警察的肩章；另两件是没有特殊标志的便衣。麦克选了一件蓝色的，我拿了一件土灰色便衣套上。

我们穿过一道员工气闸，来到火星的沙地上。天空很暗，繁星闪烁。远处有一艘太空飞船横卧在地面，昏暗的灯光下很难看清它的轮廓。船体不大，是休眠式的，不是那种配有舱室的、像"壮汉吉姆号"一样的豪华飞船，而且……

当然了，这就是大名鼎鼎的"凯瑟琳·丹宁号"，曾经的"B.特拉文号"，声名狼藉的死亡飞船，刚刚重返红色行星。

而根据麦克的追踪设备判断，"驼鹿"已经把洛瑞·匹克奥弗带了上去。

第三十一章

如果一艘飞船要到船坞进行维修,就必须被拖进穹顶。大多数来火星的小型飞船是不需要进去的,它们更愿意在外面的低原上装卸。麦克和我朝着五百米外的"凯瑟琳·丹宁号"走去。博萨说过,这艘船在这儿卸货——大概是指休眠仓里的那些人——差不多已经卸完了。我们能看到货车来来回回留下的车辙。

还有尘土上的脚印。有两行大号跑鞋的和一行小一点儿的工作鞋,没有太空服的靴子印。"驼鹿"确实把玲子撇下了,但愿她没事儿。

从足迹来看,洛瑞走在前头,那两头"驼鹿"并排跟在身后。我怀疑他不是在领路,而是被一路押着,而且……

"你看到了吗?"我通过压力服的无线电说。

"是的。"麦克答道。

足迹显示了发生的一切。洛瑞想逃跑,你能看到他跃起的地方,还往前冲出了十几米。"驼鹿"也跳起来,留下的印迹很明显,他们最终扭打成了一团。然后,接下来的路上,只有两行大号脚印,有一行的步幅小了些,我猜是一头"驼鹿"把洛瑞扛在了身上——洛瑞自然会尖叫、挣扎一番。

太空飞船是短粗的纺锤形，前后的尖头离地面有些距离。货舱有些开着，有些关着。一条坡道从一个像是气闸门的口子里伸下来。我们走近了些，我打开压力服胸口的照明灯射向船体。它是米黄色的。

船头写着："凯瑟琳·丹宁"。斜斜地打在船体上的灯光，映出船名下一行微微凸起的字，显然是以前漆上去的，正常的灯光角度下恐怕根本看不出来。但我早就知道，这一行写的是"B.特拉文号"。

太空飞船很适合用来劫持人质：飞船可以承受微小陨石的冲击，这也意味着它能挡住枪林弹雨。它还有自己的生命保障系统，必要的话还能起飞。

麦克走上那条挺陡的坡道，试着开门，门却是锁上的。麦克接通了内星系航运公司在新克朗代克办公室的电话。这里距离穹顶很近，信号很好，我能通过共享的无线电听到他们的对话。

电话铃响了四次，我估计人可能都下班回家了。随后，一个女人的声音响起："内星系航运公司。有什么可以效劳的？"

"我是新克朗代克警察局的道格尔·麦克雷警探，这是紧急事件。我正在'凯瑟琳·丹宁号'外面，需要进入船内。"

"请稍等。"那个女人说，过了一会儿，"我需要您的授权代码。"

"代码是'碧玉'。"麦克说。

"正确。很好。"那个女人说，"是这样，要进去的话，你在气闸旁的键盘上输入万能密码就行，该密码能打开船上的每道门，包括气闸。你准备就绪后告诉我，我念给你听。"

键盘上面有个小盖子，上边还有张提示标签，用英文写着"键盘"，还有中文，估计是同一个意思。麦克打开盖子，说："好了。"

"504，"女人说，"329，317，510。"

麦克按下按键，门往左滑开了大约十五厘米。这道门应该是可以直接弹开的，却在某个地方被固定住了。移开的地方露出一个凹槽式把手。麦克把手指伸进凹槽，拉开外门，里面是比老式电话亭大不了多少的气闸舱——电话亭么，我在老电影里见得不少，现实中倒从没见过。

麦克进入小舱时带着干扰器。我挤进去时想起了一件事：麦克穿的压力服可能是防弹的，而我这件便服不知有没有同样的功能。

麦克转身拉上外门。然后他按下了气闸左壁上的一个大按钮，上边用英语标着"循环"，也写了中文，恐怕是同样的意思。我听不到空气被泵进气闸舱的声音，但能感到气压升高、作用在压力服上。当气压达到船内水平时，内侧门上的绿灯亮了。它往一边弹开十五厘米，露出了和外门上一样的凹槽式把手。

麦克晃过去看了看。这间气闸舱仅供单人通行。他拉住把手，把门完全拉开。

麦克把追踪器递给了我，毕竟拿着干扰器的同时不好操作追踪器。我试着拨动屏幕进行缩放，可它完全没反应。既然气压环境正常，我索性摘掉了右手套，又试了试。代表着洛瑞的光标大约在船尾方向的三十米外，我朝麦克打了个手势，示意该往那个方向走。

飞船内部照明很好——其实好过头了。在火星上，我们喜欢让东西看起来昏暗一些，毕竟这里的光照只有地球的四分之一。我眯缝起眼睛，四下扫视，试图找到多年前发生在这儿的可怕事件遗留下的痕迹。这回带的罐装氧气和之前去行星表面时用的没有区别，可现在似乎多了股铁锈味儿，就像血腥气。

　　"驼鹿"估计没想到我们会跟来这里。不过宽频干扰器很难瞄准。如果他们挟持的是玲子而不是洛瑞，麦克就能把干扰器对着屋里一通乱扫。但我们不能冒险把洛瑞也干掉。

　　麦克和我蹑手蹑脚地顺着过道走下去。我现在真成了个鬼鬼祟祟的侦探，而他也确实是个脚底抹油的警察。一些响动从前面传来，我们尽量把脚步声压到最低。麦克和我戴着鱼缸头盔，所以听不太真切。我松开锁紧扣，把头盔摘下来，夹在胳膊下面。

　　事实上，飞船里的空气闻上去确实不太一样，有股陈腐发霉的味道。摘掉头盔后，我便能听清了。两头"驼鹿"的嗓音和"锤子"一样粗重低缓。他们不时打断对方，两个完全一样的声音交叠在一起，听起来非常怪异，也很难分辨。

　　洛瑞应该和他们在一起。我看了看扫描器，然后尽量靠声音来判断位置。听起来，"驼鹿"和洛瑞现在位于不同的房间：两个恶棍像在前方偏左，而屏幕上显示洛瑞在前方偏右。我示意麦克去干掉"驼鹿"，我去救匹克奥弗。我的电话已经录下了进门的万能密码，如果需要开门，回放一下就行。

　　我们沿着走廊往前，形势也明朗起来。前面有两扇门。左边那扇开着，我能清楚地看到一头"驼鹿"宽厚的脊背，他穿着和之前一样的衣服。右边的门关着，门上有个指示牌。尽管我不认识上面的字，但一根缠绕着双蛇的手杖图案清楚地表明这是医务室。

　　我戴好手套，看了看麦克。这简直太简单了。如果洛瑞安全地待在右边那扇门后面，麦克就能轻而易举地摆翻左边房间的"驼鹿"，之后我们就能带教授回家了。只不过，麦克可能会认为绑架者应该受到法律制裁。也行，那他就用干扰器控制住他们,等其他警察镇压完东部骚乱后过来增援。

我们没有太多时间考虑。"驼鹿"还没察觉我们,但如果他们碰巧往门外看一眼,我们就暴露了。即使被发现,我们还是能来个出其不意。麦克举着干扰器当盾牌,一个箭步冲进去,通过压力服的扬声器高喊一声:"NKPD!不许动!"

第三十二章

视线中的那个"驼鹿"转过身来,一脸惊讶。我跑向右边,打开门旁的键盘,按照播放的声音指示尽快输入了万能密码。我拔出枪,万一洛瑞不是一个人呢,然后……

他确实不是单独一人。古生物学家躺在医务室里唯一的体检床上。他被捆着,无疑是"驼鹿"干的,工作服被脱掉了——我敢说这对他来说是个小小的安慰,至少不用担心再失去一件心爱的外套了。他身前站着一个骨瘦如柴、肤色苍白的男人,留着一头锃光瓦亮的褐色头发,三十多岁,比我年轻些,但身材简直就是一根牙签。我俩要是打起来,谁赢谁输根本不用想。问题是那个人拿着一把激光刀,正用它在洛瑞胸口切开一条竖直的口子,跟霍雷肖·费尔南德斯在"锤子"的尸体上开的口子一个样儿。一幅深度扫描图显示在墙上,我花了几秒钟才认出,那是洛瑞身体内部的结构图。

我用枪冲着那个肤色苍白的男人挥了挥,"扔下激光刀,把手举起来。"

"亚历克斯!"洛瑞叫道,抬头看着我。

"举起手来!"我又冲着那个皮包骨的家伙叫道,可他根本没理我。与此同时，在隔壁，麦克叫道："我说了，不许动！"我有些分心，如果他需要支援，或许我还得去帮忙。但过了一会儿，我听到麦克说："很好。这是宽频干扰器，今天你们中的一个已经被它撂倒了。别逼我再干一次。把手放在头上。"

我一抬手枪，瞄准了瘦男人的脸。"跟你那些打手一样，"我说，"把双手举起来。"

那个男人放下激光刀，举起双手。他的胳膊除了骨头就是皮。

"你是谁？"我问。

"关你屁事。"他的声音又尖又细，还很虚弱。

我把电话套在压力服外的左腕上，这样就能正对他的脸了。"识别这个人。"

"错误23，"电话说，我把它设置成了彼得·洛尔①的声音，"没有匹配项。"

我晃了晃这该死的东西，把它关掉了，又回头看看走廊。麦克正命令"驼鹿"朝气闸走去。我转身对这个憔悴的人说："你他妈的把匹克奥弗博士剖开是要干什么？"

"我告诉这个匪徒，日记在我体内。"洛瑞说。

我一脸惊诧，"真是那样？"

"是的。我让费尔南德斯把它放进去的，为了保险。"我看了眼深度扫描图。确实，配重圆柱旁边有个日记本大小的阴影。"这帮匪徒威胁说，如果我不给他们日记，就杀死玲子。我不得不交代日记藏在哪儿了。"

屋里有两把椅子，上面的坐垫即使在地球重力下也算很舒

————————
① 彼得·洛尔（1904—1964），著名演员，出演过《马耳他之鹰》《卡萨布兰卡》等影片。

服了。我把鱼缸头盔放在一把椅子上,然后指了指另一把,那个骨瘦如柴的人放下双手坐了下来。我走到匹克奥弗跟前。束缚带是体检床自带的,虽然病人被捆住之后无法自行解开,但解除方法很清晰地标注在旁。我把四条束缚带一一松开,洛瑞坐起身,这个动作让他胸前的切口微微敞开了一些。换作生物人,现在准会揉揉手腕、脚腕啥的,可洛瑞只是坐在那里,眼睛像刀子般盯着抓他的人。

"把日记给我吧。"我说。

洛瑞犹豫片刻,然后干了那个皮包骨的家伙非常想干的事:把一只手从胸骨下面探进了塑料皮肤和泡沫橡胶里,摸索了一圈儿,将日记抽了出来。它仍然没有封底,用塑料袋严严实实地裹着。他把它递给了我。

塑料袋上沾满了润滑油。我可不想让这该死的东西滑脱手,于是把小小的精装本从袋子里取出来,塞进压力服的屁股兜里。

"高桥小姐怎么样了?"我问。

洛瑞的脸上一亮,"她逃走了,亚历克斯⋯⋯在我的帮助下,我转移了他们的注意力。那些大块头想干掉每一个知道阿尔法位置的人。他们觉得她看过日记,肯定也知道地方,所以想干掉她。"洛瑞套上了工作服,"我一直告诉他们日记里没有说明位置,玲子也这么跟他们讲,可他们就是不信。"

我用枪指着抓洛瑞的那人,对电话说:"联系高桥玲子。"

"转接至语音信箱。""彼得·洛尔"说。

"联系'全新的你'的霍雷肖·费尔南德斯。"

铃声响了三次,然后:"你好,亚历克斯。"

"霍雷肖,高桥小姐回来了吗?"

"没有。"

"她逃掉了……"我看了看洛瑞,"多久以前?"

"四十分钟前,我想。"

"她四十分钟前逃掉了。我正跟匹克奥弗博士在一起。"

"她一回到这里我就告诉你。"

我一晃电话挂了机。

"你是谁?"我又问椅子上的人。

"滚!"

"如果你是火星的常住居民,我的电话就会认出你……所以你不是。我猜你是乘这艘船来的,可你太没种,不敢进穹顶。不过,你这么做也算明智:毕竟新克朗代克是个残暴的地方,用不了多长时间,你就会被谁给撕成两半。"我上前一步,"就连我都想这么干了,而且……"

这时我才注意到他的衣服。他穿的衬衫是很深的橙色,左胸贴着一块圆布,上面绘制着内星系航运公司的"ISL"标志。这是一件制服。

"天哪,你是船员。"我又问电话,"'凯瑟琳·丹宁号'上有多少船员?"

"两个。""彼得·洛尔"喘了口气说,"一个主桨手、一个后备桨手。前者通常在航程中醒着,而后者处于休眠状态,只有在紧急情况下才会被解冻。"

"那你是哪个?"我问道。

"滚!"那人说。

"方圆一亿公里内都没有犊子。"我答道,又看了看电话,"调出内星系航运公司在这里的两个桨手的名字。"

"稍等。"彼得说,"主桨手是贝弗利·卡瓦尔丘克,后备是杰夫·阿尔伯特森。"

"那你是阿尔伯特森了。"我说边用手枪示意他站起来。

他迟疑了一下，站了起来，动作一点儿都不像刚从地球来的人。一般来说，新解冻的人站起来时都会用力过猛，让自己从地面弹起来一点儿。我个头很高，刚到火星那阵子好几次把脑袋撞到了天花板上。可阿尔伯特森小心翼翼地缓缓起身。如果他在这里都这么虚弱，那回到地球肯定会更加痛苦。

"你的那群打手，"我说，"其中一个已经被烧焦了——你刚才听到了，就是用那位警官说的宽频干扰器。他的样子跟另外两人一模一样，尽管还没识别出身份，不过我们会的。"

瘦子耸耸肩，"乌诺和道斯是他们唯一的名字。"

匹克奥弗眼睛一亮，"哦，我知道了！亚历克斯，第三个不叫'锤子'，而是特雷斯，就是西班牙语的'三'，听上去挺像的，但拼写不同。乌诺、道斯、特雷斯，西班牙语的'一''二''三'。"

"哈。"我说，"这些数字排到多少了，杰夫？"

"去死吧你。"

"你到底有什么毛病？"我问，并不指望能得到答案。

洛瑞站到了我身边。"我爷爷也是得这种病，"他说，"这能毁掉一个人。"

"是什么造成的？"

"我想可能性很多，不过……"

我挥了挥枪，"到体检床上去。"

阿尔伯特森瞪着我，但还是按我的命令做了。他只是坐在了床沿，这就够了。飞船的计算机显然识别出了他，他的医疗记录立刻显示在墙壁上。我快速浏览了一下，"'淋巴癌晚期'。看来是走到头了。"我看着他，"运气真差。换作我，可不想死在监狱里。"

阿尔伯特森挑衅似的把双臂抱在胸前。我开始脑补自己能否对这么一个身体糟透了的人下狠手,然后……

"哦,我的天。"匹克奥弗突然说。他正仔细看着阿尔伯特森的医疗记录。他肯定比我懂这些医学报告。"亚历克斯,看这个。"

他指着屏幕上的一段文字。我眯眼看去。

我猜这上面根本不是阿尔伯特森的资料。因为计算机不仅给了出生日期,还顺便算出了他的年龄:"七十八岁。"

我转向他,而且……

而且……

天哪。

他就是那个后备桨手。他……天哪,没错。我从未听说过这种事,不过……

他看起来就像三十来岁。从生物学角度来说,他应该就是三十来岁。

"你一直在干这事儿。"我说,"好几十年间,你往返于地球和火星之间,每一趟都休眠八个月或更久。我不知道深度冷冻休眠能进行这么多次,不过……"

癌症。

这个人在几十年前就已被诊断出了晚期癌症。

"你是阿尔伯特森,好吧。"我说,"不过这不是你出生时的名字,你原名叫作……威廉?"

"你为什么不……"

"为什么不去死?告诉你,这儿没有能上吊的树。"

洛瑞大睁着眼,打量起这个人来。"我……我的天哪!"他说,

"威廉·范·戴克……我从未想过能亲眼看到你,不过……"他摇了摇头,"这病已经让你油枯灯尽了。是的,我能看出你病得不轻。对了,对了,关于第二次探险,我可有上百万个问题想问你呢,不过……"他那对人造眉毛拧在一起,声音愤怒起来,"我操,你差点儿杀了我!"

范·戴克从体检床上滑下来,"我没打算杀你。你身上的口子很容易就能封上。而且,你又杀不死。"

"我不是说在这儿。"洛瑞说,"不是这次。是之前,你就是那个把地雷带上'B.特拉文号'的家伙。也是你在阿尔法埋的地雷。该死,你炸掉了我半个脸!你差点儿杀了我!"

"你杀不死的,"范·戴克说,"你又没有生命。"

洛瑞的机械嘴巴气急败坏地张着。

我看向范·戴克。"那些地雷是预防保护措施,"我说,"你很久以前就埋下了它们。但当你得知丹尼斯·奥·雷利的外孙女要来火星时,就不得不行动了,对吗?"

范·戴克沉默不语。

我夸张地叹了口气,"我看你还没搞清状况,小子。我提问,你回答……否则你就得死。这不难理解吧?"

范·戴克没看我一眼,只顾盯着墙上显示的洛瑞的深度扫描图。我估计范·戴克感觉很不是滋味儿:辐射对洛瑞来说根本不是事儿,可暴露其中的范·戴克却因此患上了癌症。但他还是一言不发。

"行,"我说,"那我来说说到底怎么回事儿。你知道丹尼斯·奥·雷利有一个情妇,叫高桥。而你为内星系航运公司工作,可以查看所有飞船的乘客名单。每次回到地球,你都会查看名单,直到你发现一个叫高桥玲子的人预订了来火星的船票。你有些好奇,没费多少工夫就搞清了她的身份。然后,怎么说来着,收藏家之间都会互相通气儿,她一定在四处找买家,想卖掉她祖父那本日记的唯一副本。而你推测,那里面可能记录了阿尔法的位置。你不能让那东西在市面上招摇,于是派来了那些克隆人。"

"他们不是克隆人。"范·戴克打断我的话。

"跟我合作吧。"我说,"你已经浪费了三十多年时间待在冰里。从肉体算来,你多大?三十?三十二?"

范·戴克挑衅地盯了我好一会儿,我把枪举高了点儿。"三十八。"他最后说。不得不承认,尽管被癌症摧残,他看上去还是很年轻。"我尽量不晒太阳。"他补充道。

"我想对内星系航运公司来说,这交易挺划算。"洛瑞说,"你一直训练有素,而且从你第一次工作算起,只过去了几年时间。只有在每次旅途间隙为飞船的下一次航行做准备时,你才会解冻几天或者几星期。"

"在火星上,我通常都懒得从深冻状态苏醒。"范·戴克说,"等我想在这儿醒来、安顿下来的时候,会选择最流行的方式。"

"你打算换身。"我说。

范·戴克哼了一声。

"怎么了?"我说。

"说得好像我会愿意似的。"

"换身能治愈癌症。妈的,它能治愈一切。"

"不,"范·戴克说,"它并不能……倒是有一种治愈癌症的方法。"

"他们总是这么说,"匹克奥弗说,"可似乎永远都要在二十年后的未来才能实现。"

"他们有进展。"范·戴克说,"我查过,每一次从休眠中醒来都查。我想,从现在起再过十年……"

"而如果你大多数时间都待在冰里,"我说,"就能得到治疗。"我摇了摇头,"可为什么不换身呢?我知道在你刚被诊断出癌症的时候,换身还贵得要死,可现在……"

"那不是原因。"

我一皱眉,心念一转,"拉克什米——那位特聘作家——告诉我说你是虔诚的教徒。这就是你不换身的原因?"

"换身,"他说,"是种扯淡的东西。换身后的你跟你本人根本不是同一个人。"

洛瑞歪头看着那个把他剖开的人,"现在人们的看法已经转变了。"

"上帝不会。"范·戴克说。

洛瑞无法反驳,干脆不说话了。

"等他们找到治愈方法,你打算做什么?"我问,"在你恢复健康之后?"

"关你屁事。"

"好吧。我知道你会做什么。温嘉顿和奥·雷利承诺要和你分享阿尔法的收获,你也想得到属于你的那部分。所以,你痊愈后,首先会去捞回自己的损失。"

"但在这之前,你必须阻止所有打算去开采的人。"洛瑞说。

"所以,你雇用了那帮长着戴茨林·唐·哈奇森面孔的打手。"我说,但我脑中突然灵光一闪,"不。"我说,"不,等等。你没有雇用那些家伙。"那个词,"万里挑一",在我脑海中回响起来——就是特雷斯说的那个几十年前的俚语。"老天爷啊,你就是那些家伙。你……我的天……你就是他们三个。你换身了。所以特雷斯叫你'真实'……你是真实的威廉·范·戴克,而他们都是复制品。"

范·戴克似乎想否认,但他活了这么久,显然很清楚我的史密斯威森会造成什么样的后果。"我制作了几个代理人,仅此而已。"他用饱受病痛折磨之人的单薄声音说,"我才是真正的我,我才是拥有灵魂的那个。那些只不过是冒牌货。我跟在这儿经营'全新的你'的家伙做了笔交易,偷偷制造了他们。"

"霍雷肖·费尔南德斯?"洛瑞问。

"不不。他的名字是叫——"

"约书亚·威尔金斯。"我补充道。

"就是他。无耻的家伙,很容易收买。我在几年前让他制造了三个戴茨林·唐。"

"制造同一个人的多个副本是非法的。"洛瑞说,"这么做太肮脏了。"

"他们都可以随意处置……他们不是人。"

"他们会怎么想?"我问。

"和我的想法一样。"

"为什么要三个一样的?"

范·戴克眉毛一扬,就像在说"这不明摆着吗?""为了提醒他们:自己并不是真正的人,只是代用品,可随意替换。"

我点点头,"我打赌他们还是彼此的不在场证人。当其中两个为了保护阿尔法去干什么见不得人的事时,另一个就会出现在公共场合。他们从来不同时出现在一个地方,以免被人看到。但这一次,其中一个被撂倒了,所以你觉得需要派出更多的人。"

这解释了为什么特雷斯要冲向赫胥黎黎,尽管麦克警告说他有宽频干扰器。特雷斯可能和曾经的威廉·范·戴克一样，对某些新科技一无所知。他们的思维全是三十年前的，早就过时了。

"好了，"我说，"咱们走。"

"去哪儿？"

"我想终点站是监狱。"

"我不打算进监狱。"阿尔伯特森说。

"不去？你殴打我，还朝匹克奥弗博士开枪，然后又绑架了他和高桥小姐，还企图谋杀他们。"

"我没干那些事。是乌诺、道斯和特雷斯干的，不是我。而特雷斯被击毙了，乌诺和道斯也已经被警察扣留。"

"是你策划了这一切。"

"你要证明可不容易。"

我从计算机玛奇那里顺来一句话："那又怎样？"

"还有，"洛瑞说，"是你在阿尔法埋了地雷。"

"即便我干了——当然我不会承认——那也在警察的管辖范围之外。"

我把枪一挥，"走。"我拿起头盔，把他推进灯光明亮的走廊。我跟在他后面，身后是洛瑞。我继续说："如果我是你，就跟警察做笔交易。你自己说的，你只剩下几年时间了。别把这几年浪费在打官司上。坦白从宽，交点儿罚款，忘了阿尔法，然后回到冰里去……谁知道呢，可能终有一天他们会找到治疗癌症的方法。"

我们朝着气闸走去，走廊只有一小段铺了地毯，六只脚踩着地板，回荡起足音。

气闸门关着。我在想麦克是怎么出去的，他不可能把自己和那两头"驼鹿"一起塞进去。这是一道逻辑难题——胡安·桑托斯喜欢的那种。

而我们也是三个人，但我们没理由一次性同时出去。看来需要抛个硬币决定是洛瑞先走，还是范·戴克和我先出去。当然，范·戴克得穿压力服，好在门边就挂了一件，而且……

啊，上边还有杰夫·阿尔伯特森的名字。好吧，他本来就是船上的一员嘛。

内侧气闸门上的灯突然从绿变红：有人正从另一侧进来。我想应该是麦克，估计他已经把"驼鹿"交给了其他警察。但也可能是博萨或船坞的其他人，或是贝弗利·卡瓦尔丘克，抑或是内星系公司的本地员工。在来者不明的情况下，让范·戴克穿上压力服有点儿为时过早。没准儿外边是头名叫考特罗①的"驼鹿"，让范·戴克穿戴整齐的话，不正好帮了他的忙？"别忙着换衣服，"我说，"先别换。"

我双手举枪，瞄准气闸门。小灯没一会儿又变绿了，门弹开了十五厘米，露出凹槽式把手。有人将门一把拉开……

一个换身人站在了我们面前，他有一张与全息影视明星科里寇·阿杰曼一模一样的脸。

---

① 这里是西班牙语"cuatro"，是"四号"的意思。

第三十三章

"波尔林?"我看着站在气闸门里的换身人,"斯图亚特·波尔林?"

他眉头一皱,"罗麦克斯？你他妈的在这儿干吗?"他随即把目光转到了威廉·范·戴克身上,那双褐色的眼睛顿时瞪得滚圆。"我的天,"他英俊的脸庞颤抖起来,"我的天,这事儿是真的。你一点儿都没变老。"

"我认识你吗?"范·戴克问。他似乎完全不认得这张明星脸。确实,如果过去三十多年中他大部分时间都睡在冰里,恐怕是真不认识。

"我是斯图·波尔林。"换身人说。

范·戴克双手一摊,"我应该认识你吗?"

"我就在……在那艘该死的飞船上。"

"什么时候?"

"三十年前。它最后一次飞行用的名字是……"他哽咽了一下,拼尽全力说了出来,"'B.特拉文号'。"

"哦。"范·戴克轻轻地说。

"几十年来,我一直疑虑重重,"波尔林说,"可现在我有钱了

——有钱就能买到答案。内星系公司新克朗代克办公室的一个家伙告诉我：你在船上。我不敢相信……不敢相信这么多年后你仍然是船员。"

"我不知道你是谁。"范·戴克说。

"我就是多年前唤醒你的人。在飞行途中。"

"不，你不是。"

一听这话，波尔林就像受到了莫大的侮辱，"我是，你这该死的家伙。"

"我不知道那个讨厌的小家伙长大后是什么模样——他那时也就十八九岁吧。可你不是他。你是个该死的换身人，你什么都不是。"

"我比你更像个男人。我在那个疯子身边足足挨过了四天时间，好不容易逃到你的休眠舱前，叫醒了你。你却袖手旁观。"波尔林咬牙切齿地说。

"我什么都做不了。"范·戴克说，"他有枪，我却手无寸铁。"

"你是后备桨手。"波尔林怒喝，"你是唯一的船员。你应该阻止他！"

"我试过了，"范·戴克说，"那孩子看到我试过了。"

"你把地雷偷运上了飞船。"波尔林说。

"官方报告说是霍加特·皮尔斯干的，那个主桨手。"

"皮尔斯死了。"波尔林说，"当他抵达火星，从气闸走出来时，他们开枪射杀了他。然后他们发现了地雷，就说是皮尔斯把地雷偷运来卖给当地一些客户的。但我知道不是他，是你。"

范·戴克看上去想矢口否认，于是我抢在他开口前问波尔林："你是怎么发现的？"

"就像我说的，有钱能使鬼推磨。我挖出了其中的内幕。"他指着那个瘦骨嶙峋的家伙，眼睛却看着我，"范·戴克在那趟臭名昭著的航行之前曾到过火星，你知道吗？"

"参加了温嘉顿和奥·雷利的第二次探险。"我说。

波尔林点点头，"为什么他第三次没来？"

"他跟温嘉顿和奥·雷利闹崩了。"我说，"分红不均，还有……对了，你费心挖掘范·戴克的过去，有什么……发现吗？比如他是军火专家？前拆弹专家？"

"黑市军火商。"波尔林说。

范·戴克扑哧一笑，显然这话冒犯了他，"我的专长是让那些高端的买家与拥有值钱东西的人取得联系。所以西蒙和丹尼斯才会……那么痛快地带我上船。"

"可是接着他们就出卖了你，"我说，"或者是你出卖了他们。"

范·戴克没说话。

"并且，我的天，"说着，我往后退了半步，"你……你对他们第三次探险用的火箭动了手脚。你没法儿用那种型号的地雷干这事儿——那种地雷是在飞船离开地球之后才引进的。但老型号的地雷一样能行。或者作为军火商，你弄到了其他爆炸物。你杀了西蒙·温嘉顿。"

"还有丹尼斯·奥·雷利。"波尔林说。

"那倒没有。"我说，"温嘉顿把奥·雷利流放在了这里。"波尔林听到这个消息似乎有些惊讶。不等他开口，我继续说："所以你是谋杀犯。难怪你不急着去见你的造物主。"

"你本可以阻止那场疯狂行径的。"波尔林继续说。匹克奥弗很明智，一句嘴也没插。

"不，我没办法！"范·戴克冲我们吼起来，"地雷被锁在货箱里,飞行期间我没法儿碰到它们。"

"你可以通过遥控引爆。"波尔林说。

"那会炸掉整艘飞船!"

"但那会阻止他。"

"也会杀掉我们所有人。"

"那样就能阻止他了。"波尔林怒不可遏,似乎马上要爆发了。

"斯图亚特……"我轻声叫他。

他转向我,"那个疯子虐待我们,他折磨我们,而范·戴克本可以阻止他。他本可以阻止他,而不是让那种事持续了两个月。我们在到达火星前,遭受了两个月的可怕虐待。"

"我很抱歉。"范·戴克说。

"抱歉?"波尔林叫道,"这不够。我不能回家了,不能返回地球。我现在很有钱——但无处可花。我再也没法儿一连几个月都待在一艘飞船里。而这是你的错。"他不用呼吸,所以连一口气都没喘。但他停下来四处看了看,然后浑身战栗起来,"就在那里……那条走道下面,看到了没?那就是他第一次……他第一次……"

"斯图亚特,"我又尽量柔声地对他说,"那已经是三十年前了。"

"对我来说可不是三十年前!我无时无刻不在经受折磨!"

"我很抱歉。"范·戴克又说,"我确实什么都做不了,而且……"

波尔林以换身人的速度行动起来,他那火暴脾气我在叶奥德化石商铺就领教过了。他向前一跃,落在范·戴克面前不到半米的地方,恶狠狠地把他抵在了墙上。

健康的人也许承受得住这一下。假如这不是范·戴克本人,而是他的换身复制品,也可以轻而易举地活下来。可他虚弱至极,也不是换身人。而波尔林的手掌正好劈在了范·戴克的胸口。他后退一步,脸上一片惊恐——尽换身人的表情所能。"哦,天哪……"他说。

范·戴克摔倒在地板上。我上去摸了摸他的脉搏,"心脏停止了。"

"哦,天哪……"波尔林又说了一遍,声音很轻。

我把范·戴克的身子拉开,平躺在地上,双手按住胸口做起了心肺复苏,但……

但他的胸口塌了下去,就像心脏被压了个稀烂。这样反而没什么后顾之忧了,我继续做着胸腔按压。手下的骨头不停断裂,内脏被挤压得一塌糊涂。

"哦,天哪……"波尔林第三次说,"我不是要……我不想……"他的下巴垮了下来,"我……我只是想跟他谈谈。"

"你杀了这人。"洛瑞终于开口了,声音很轻。

"我……我很抱歉。我……"

洛瑞的身体和面部做出了一连串动作,我猜相当于来了个深呼吸。他显然是要让自己定定神,顺便想想该怎么说。"行了,我明白你是受害者,不过……他不是施虐者,而且……"他顿了顿,轻轻摇了摇机械脑袋,"我很抱歉,你这可怜的家伙,但你得明白,就算是NKPD也不会对杀人案件视而不见。内星系公司是斯普拉科夫星际公司的分支,他们肯定想知道自家的船员出了什么事,而警察不得不进行调查。"

波尔林原地一个转身。我以前见过生物人劫持人质:常常从身后把一条胳膊勒在某人的脖子下面。但对于换身人来说,就算脖子断了也能修好。波尔林从匹克奥弗身后一把扣住他的脑袋,另一只手拧住了他的一条手臂。他拉着古生物学家进了气闸。

"别抓他,"我说,"抓我吧。我才是更好的人质。你轻而易举就能制服我。"

"没门儿,"波尔林说,"警察有那个什么干扰器。我身边有这家伙,他们就不敢对我用那玩意儿了。"

"亚历克斯……"洛瑞祈求着。

波尔林用力一掐,就像手指抠进了保龄球,我看到洛瑞的脑门凹了进去。"闭嘴!"波尔林叫道。洛瑞照做了。他放松了一些对洛瑞手臂的钳制,好把气闸的内侧门拉上。空气循环过程几分钟后才会结束。于是我单膝跪在范·戴克身边,看看还能做些什么,但他已经死了。

我戴上鱼缸头盔。气闸门上的灯变成了绿色:波尔林和匹克奥弗已经出去了,现在大概在通往地面的坡道上。他俩都不需要吃喝,还能一连几个月不充电。我猜波尔林会把洛瑞拖到火星的荒漠上。当然,洛瑞体内仍有追踪芯片,波尔林并不知道。但最好能在开阔的平原低地上抓住他们,而不是让他们躲进某个容易防御的地方。

我尽快通过了气闸,然而……

然而不管麦克找了什么人来支援,"驼鹿"出了"凯瑟琳·丹宁号"后都没有乖乖听话。波尔林抓着洛瑞的胳膊、扣着他的脑袋,已经在通往地面的坡道上走了一半。一个"驼鹿"脸朝下趴在右边二十米开外的地方——麦克显然对他动用了干扰器。再往前四十米,另一个"驼鹿"正和麦克对峙着。

第三十四章

麦克不会单纯因为对方拒捕就用上致命武器，而且他给霍华德·斯普拉科夫干活儿，恐怕是太阳系里最不可能说换身人的权利低于生物人的家伙了。第一个"驼鹿"肯定攻击了他。

现在，麦克背朝着我。他用干扰碟对着第二个"驼鹿"，似乎陷入了僵局："驼鹿"拒绝往前走，而麦克唯一的办法就是杀了他。

麦克和我仍处于同一个无线电波段，于是我开始和他通话。洛瑞应该也能接收到，但抓他的人——斯图亚特·波尔林不会听到。"麦克，我是亚历克斯。我在'凯瑟琳·丹宁号'的气闸门口，就在你身后。一个名叫斯图亚特·波尔林的换身人发了飙，杀了范·戴克，又劫持了匹克奥弗博士。他们就在我前面的坡道上。"

沉默了很长一段时间，让我以为麦克的无线电出了故障。但紧接着，麦克的一口土腔传来，夹杂着一些静电干扰。我不知道是不是因为他刚才用过干扰器引起了小故障。"好的，亚历克斯，我刚才看到那个换身人朝飞船走来，本想阻止他，可我只有两只手，还要对付那两个恶棍呢。"

"只剩下一个了。"我说。

"你注意到了啊?!"麦克说。他和那个"驼鹿"正缓缓兜着圈子。我觉得是麦克先移动的,好换个视角能看到我。被他逼到绝境的换身人已经发现我了,也看到了波尔林和匹克奥弗。"有个恶棍想找机会跑回飞船,"麦克说,"他向着那个后来的换身人跑去——波尔林,是这个名字吧? 那个恶棍不打算停下,我只好煎了他。"

"是呀。他肯定觉得波尔林是来找范·戴克——就是他自己的。"

麦克和那个家伙已经转了一百八十度,正对着我。波尔林和他的猎物匹克奥弗正一动不动地站在坡道半腰上。

"麦克,"我顿了顿又说,"你跟那个换身恶棍能进行无线电通信吗?"

"当然,我能。"

"什么频率?"

"三十七。"

"稍等。"我说着,调了调手腕上的控制器,然后说,"好了,大块头。我是亚历克斯·罗麦克斯。你是哪个? 乌诺还是道斯?"

他沉默了片刻思考这个问题——大概不是在想答案,而是在想要不要回答。但最终他说:"乌诺。"

"好的,乌诺,我想让你考虑一下。很抱歉告诉你一个坏消息:那个被你们叫作'真实'的家伙——真正的威廉·范·戴克——已经死了。"

"你们要付出代价!"

"冷静。不是我干的。但他已经死了,很遗憾。而且你知道特雷斯在我的公寓被废了,道斯就倒在那边。"我指了指,"没了

'真实'，没了其他复制品，只有你。这意味着你就是威廉·范·戴克。《德克森·V.霍克斯沃茨法案》和国家保护法规定：生物原身若已死亡，唯一一个换身人的存在便是合法的。你现在就是威廉·范·戴克了。当然，麦克雷侦探可能不买这个账，但他也拿你没办法——因为他首先得证明你不是道斯或者特雷斯，光这个就很费工夫了。就算他真能证明，只要你不搞砸，也能永生下去。别浪费这个让我们都能平安离开的机会。"

乌诺现在背对着我，他停下脚步转过身来。麦克其实可以趁机用干扰器攻击他，但我想乌诺在这个节骨眼儿上还是信任他的。他仔细地打量着我，这意味着他的视线也正好对着波尔林和洛瑞的方向。

我想如果能把乌诺争取过来，他或许能帮忙救出洛瑞。我只有一把手枪，要对付一个强壮的换身人，意义不大。只要洛瑞和波尔林在一起，麦克的干扰就无法使用。好在洛瑞也很强壮，如果能和乌诺联合对付波尔林，还有胜算。

距离太远，我看不清乌诺的表情。但我想他能看到我的，于是我尽力露出和蔼的微笑。这招似乎起作用了。他点点头——这动作我还是能看出来——然后缓缓抬起手臂，做出老式的投降动作。

"非常好。"我说。在下面的坡道上，波尔林伸着脖子回头看我，同时把洛瑞抓在身前当作盾牌。我怀疑自己没法儿轻易说服他放掉人质，但还是伸出手指比出一个新的无线电频率——"二"和"五"——希望波尔林愿意谈判。

波尔林仰了仰头，调整了体内的无线电频率。"好了，罗麦克斯，"他说，"说吧。"

"我们都想从这里平安离开，斯图亚特。"我说，"想想现在的处境。你已经换身了，能永生。你找到了很棒的化石，还会发现更多——你很富有。"我顿了顿，思忖提起雷茜是否明智。但我决定利用每一件能说服他的事，"而且你还有一个美若天仙的妻子等着你。你不应该把一切都抛下。"

我想看到某种反馈，表明这番话对他产生了影响。可是他什么都没说。于是，过了一会儿，我继续道："你不用破罐破摔。"我说，"如果乌诺——他就在那边——愿意接受真正的威廉·范·戴克的身份，那么范·戴克就没有死，明白吗？不存在谋杀案。所以你不需要什么人质。没这么做的必要。并且你……"

我看到有什么在动。是乌诺——在戴茨林·唐·哈奇森的身体里——他仍高举着双手，但肯定下蹲了点儿，然后那双有力的腿猛地一蹬。他飞了起来，向上，再向上，跳进了漆黑的夜空中。他曲起右臂，左臂向前刺出，伸得笔直，越飞越高，看上去像来了个万福玛利亚式的长距离直传①，可惜他手里没抱着橄榄球。接着……啊……他开始旋转身体，开始缓慢地向下俯冲。我很肯定他想冲得更快些，但……

他往后调整了一下角度，朝着麦克头顶落下。麦克正笨手笨脚地把干扰器瞄准头上，但很快就放弃了这个打算，跌跌撞撞地逃开了。就算是在火星的重力下，一百五十公斤的物体要是落在你头上，也会造成严重伤害。

乌诺落地时膝盖一曲，以减缓冲击力。一阵尘雾腾起，有好一阵子我都不太确定发生了什么。不过很快乌诺就从尘雾里冲出来，直奔麦克而去。麦克弓起身子往旁边闪躲。然后，这个戴

---

① 万福玛利亚传球（Hail Mary Pass），是一个美式橄榄球术语，指成功率很低的长距离直传，一般在比赛快结束的时候使用，孤注一掷地传出去，以求在最后的时刻得分，剩下的就只有祈求圣母玛利亚保佑（Hail Mary）了。

茨林·唐做了一个真正的戴茨林·唐做过无数次的动作——与对手扭打在了一起。麦克的脸先着地,摔在了干扰器上。乌诺对着麦克扑去,抓住麦克的肩膀往旁边一甩。然后他抄起干扰器朝我跑过来。

不,不是朝着我。是朝着洛瑞·匹克奥弗和斯图亚特·波尔林。"你杀了'真实'!"乌诺说,他的声音里没有气喘吁吁,只有赤裸裸的愤怒。我意识到他肯定也把频率切换到了二十五。即使是从四十米外,他也能看到我给波尔林做的手势。

他飞速拉近距离。"乌诺,不要!"我吼起来,"住手!"

乌诺稍稍一缓,但只是找干扰器的开关。凭经验我知道关掉它不大容易,但打开它轻而易举……

现在乌诺与波尔林和匹克奥弗之间只有四五米的距离了,他俩仍在坡道上。该是我往外跳的时候了。气闸比我想象的高些,但我仍然走上坡道跳了下去。"波尔林!"我一落到低原上就喊起来,"让匹克奥弗走。你回到气闸里去!你在里边会很安全。"

波尔林没动。

"看在上帝的分儿上!"我叫道,"把你自己锁在飞船里!"

他站在那儿。他当然无法做到。他永远都不会再把自己锁进那艘死亡飞船里。

乌诺停下了。他双手各抓着一个手柄,举着干扰器。

"乌诺,看在上帝的分儿上,让匹克奥弗博士离开!你不想这么干的!"

但他干了。他按下了双联开关,波尔林和匹克奥弗突然之间全都僵住了,然后他们的身体开始抽搐,而且……

而且……天哪……波尔林仍然抓着洛瑞的额头,他的手越扣越紧。

干扰器尖细的噪声在稀薄的大气中几乎听不到，但它的效果很明显。两个换身人看上去都像受到了电击似的。

"停下！"我叫道，"停下！"麦克也在叫。

但乌诺一直没关掉开关，那两个换身人不停颤抖，然后……

然后我看到洛瑞的脑袋变了形——就好像宽频干扰器穿过了系统，造成了相当大的损伤。

"看在上帝分儿上！"我吼道。

乌诺似乎不知道怎么关机，但他扭动庞大的身躯，把碟子从波尔林和洛瑞身上转开了。他俩都停止了颤抖。波尔林倒向一边，四肢僵硬地摔下了坡道。他落地时发出一声轻响，激起了一大团尘雾。洛瑞向前栽去，那颗受损的脑袋冲着前面一路滑下了坡道。

"你没必要这么做！"我说，"至少没有必要干掉匹克奥弗博士！"

乌诺的声音透着超然的平静。"那不是匹克奥弗博士，"他答道，"那谁都不是。"然后他伸出双手缓缓翻动碟子，将它面朝上。"而我也谁都不是……'真实'死了，我也没必要存在了。"说着，他继续翻转碟子，直到发射面最终对准了戴茨林·唐·哈奇森的脸。乌诺紧握住双联开关，庞大的身躯开始痉挛。他抽搐了二十多秒，与此同时，我和麦克从两个方向朝他冲去。然后，他颤抖着缓慢地向后倒去，仰面摔在了地上，碟子仍举在身前。

麦克冲了上去关掉了开关。突然间，万籁俱寂。

第三十五章

我缓缓走到麦克身旁,我们沉默不语地站了好久。两个穿着压力服、疲惫不堪的生物人站在四个穿着便服的换身人尸体中间。

最后,增援来了,是赫胥黎黎、寇尔,还有另一位警察,乘着一辆增压面包车隆隆驶来。麦克跟他们商谈了片刻,那三位新来的警官给尸体拍了照,进行了各种扫描和测量。在他们忙碌时,我把麦克带上了"凯瑟琳·丹宁号",给他看了威廉·范·戴克的尸体。

没有什么好说的,所以我俩都没怎么说话。我留下他在飞船里扫描尸体,自己缓缓下了坡道。所有这些事都发生在南气闸前。氧气罐还够用,于是我决定绕着穹顶走到西气闸去——就是想让脑袋清醒清醒,躲开人群。

到那个气闸得走三公里多,我拖着脚步不住地踢起尘土,就像早些年《花生》动画里的乒乓①一样。大约走了一公里,我决定试着再次联系高桥玲子。当我看到她那张可爱的脸出现在手腕

---

① 乒乓是美国连环漫画《花生》(也叫《小人物》)里边一个总是邋邋遢遢的角色,这部连环画里最著名的形象就是小狗史努比。

上时,心里顿时宽慰了许多。

"你还好吗?"我通过鱼缸头盔的耳麦问道。

她那缕橙色的头发乱糟糟的。"我已经筋疲力尽了。"她说,"我的天,太可怕了。"

"但你现在很好吧?"

她点点头,"匹克奥弗先生怎么样?你找到他了吗?"

她这一天够心惊肉跳的了,我决定晚些时候再告诉她洛瑞的死讯,"他现在跟麦克雷警探在一起。"

"哦,好的。"

"洛瑞说他分散他们的注意力,让你逃走了。"

"他确实那么做了,真是个大好人。他突然用最大的肺活量唱起了《天佑吾王》①……或者应该说是用最大的音量。那两个大块头一下子傻了,我就趁机逃走了。"她顿了顿,"如果你看到他,能帮我感谢他吗?"

"当然。"

"谢谢。"她说,"你看,我还有些心神不宁。我准备吃点儿东西,然后去睡觉。"

"快去吧。不过你有没有告诉费尔南德斯你平安无事?他也很担心。"

"我现在就给他打电话。"她说完就挂了电话。

我继续慢慢走着。落在右边的影子跟着我一起向前。寂静笼罩了一切。

我是打心眼儿里喜欢洛瑞·匹克奥弗,尽管他是个有点儿奇怪的小男人。他身上有一种我在火星上很难见到的气质:为了一件事可以无私奉献、不计回报。

---

① 《天佑吾王》是英国国歌。如果君主是女性,这首歌就改为《天佑女王》。

穹顶在我右边。我现在距离它大约三十米远。我不想往里看。地球悬在地平线上，闪动着璀璨的蓝色光芒。电话能告诉我现在是哪个半球对着我，不过我没查。我喜欢想象是旺达所在的那一面向着我。尽管我说不出地球现在处于什么地相，但却希望它像一弯新月，而旺达所在的那个地方正笼罩在月影之中。我想要她抬头看看，让她的视线穿越这亿万公里，看到她的天空中那颗红色的行星。我想要她此时此刻正思念着我。

我继续缓步行走。在火星上生活了这么多火年，我头一次觉得沉重。

当一个人的客户被杀了，他应该为此做些什么。这跟你觉得他这个人怎么样毫无关系。他是你的客户，你就得为他做事。而且这事还发生在我破案的过程中。好吧，当雇佣你的人被杀，而杀手又逃脱了的话，这笔生意算是干砸了。对任何地方的任何侦探来说，都是一败涂地。

当然，杀手并没有逃脱。乌诺已经死了。可匹克奥弗找我就是为了得到保护，而我没有做到。

我的案子还没得到任何报酬，但无所谓了。不会再有人花钱做进一步调查了。可是洛瑞想要追踪温嘉顿和奥·雷利——无疑还有范·戴克——卖到地球的化石。不是为了获利，不是为了收益，不是为了让钱包鼓起来，而是因为它们可以为科学、为子孙后代、为历史、为全人类留下影响深刻的一笔。

当然，还有其他古生物学家能做这些工作，如果我能找到那些化石的话。或许他们会在那些标本中发现未知的物种，然后把它命名为"匹克奥弗"。

我到了西气闸，把警局的压力服留在那儿，朝附近的办公室走去。我上了二楼，穿过走廊，进入办公室后在小酒吧的水槽里洗了把脸,然后瘫倒在椅子上。

我坐着思考了一会儿,然后用桌面显示器拨通了胡安·桑托斯的电话。胡安的宽脑门和后缩的下巴出现在屏幕上。"你用我的越野车跑了不少里程啊。"他说。

我尽力振作起来,用平常的语气说:"试了试手。对它有好处,能让它运行得更平稳。"

"你最起码应该把油箱灌满。"

"可它没有油箱。"

"这不是重点。"

"喂,"我说,"至少我把它完好无缺地送回来了。"

"你这意思是说,我暂时没有找到损伤的地方。一时找不到也不奇怪,看看它身上糊了多少泥、落了多少土就懂了。"

"你这是在伤害我的感情,胡安。"

"才没有。不过要是我发现一个棒球那样……"

这种争论能持续好几个小时,但我没心情继续了。"听着,"我说,"我有一台有四十年历史的计算机,它里面存的文件被一个死了很久的人加了密。你能帮我解开吗?"

"你知道出处或型号吗?"

"不能,但它是安装在火星着陆器上的。"

"很久了?"

他迟早会知道真相,我索性告诉了他,"它安装在温嘉顿和奥·雷利第三次探险的着陆器上。"

"你找到了计算机?"

"不止。"

"你找到了飞船?"

"嗯哼。降落级火箭。"

"在哪儿?"

"我把它弄到船坞了。我希望你能跟我在那儿碰面。"

"没问题。"

"半小时后?"

"嗯,行啊。好的。"

"谢谢。"说完,我挂了电话。我从办公室保险箱里找出备用的手枪带上,平时用的那把也揣着,然后去了悬浮电车站。我有一种不祥的预感:我还没有见到今天最后的高潮。如果胡安要当我的后援,我希望他手里有枪。

一辆电车过来,我跳了上去,然后在阿姆斯特丹外的换乘点换了车,那儿有一家上等健身房。跟我的狐朋狗友比起来,里面的人都挺有格调的。我坐另一路车到了离船坞最近的车站。一下车,我就往船坞主的窝棚赶,可博萨不在。但要找到降落级还是挺容易。它以三条粗短的腿支撑竖立着,侧面的气闸和顶上的舱门都开着,外面沾满了泥浆。我朝它走去。

一条着陆腿正好在气闸下面,上边带着梯子。我爬上梯子,钻进了气闸。

"欢迎回来。"一进去,我就听到了玛奇的声音,"我能帮什么忙吗?"

"你重写了口令让气闸的内外门同时打开,"我说,"请再做一次。"

"好了。"

我听到有人在低声叫我。我从气闸探出头去,看到胡安·桑托斯在众多的船体间徘徊着。"这边!"我冲着他挥手。

他看到了我,用经典的火星步跑过来,爬上了梯子。我让到一旁,他走了进来,双手叉腰,看着环形舱室。"就像翻开了历史上的一页。"他说。

"或是打开了一个神秘的笼子。"

"你应该把诗句留给可爱的戴安娜。"胡安说道。他提起最喜欢的女招待时,一脸神往。片刻后,他眯缝起眼睛,"计算机仍然在工作?"

"是的,"玛奇说,"要我帮忙吗?"

胡安十指紧扣,伸展双臂,轻轻弹了个响指。"好,"他对着空中说,"现在认真听着。我说的每一句都是谎话。"他停了一下,"我在撒谎。"

"别——闹——啦——"玛奇说。

胡安看着我,善意地耸耸肩,"值得一试。有我能用的终端吗?"

"那边。"我指了指下层舱室四个房间中的一间。胡安进去了,我摘下电话放在一台设备上,让镜头正对他,只是为了盯着他点儿。把这东西弄回这里的意义,在于找出那个玛奇知道的秘密——新克朗代克去阿尔法的宝贵地图。要是它被胡安提取并据为己有,我就真是该死了。当然,他肯定不会怀疑玛奇或是我知道阿尔法在哪儿。毕竟温嘉顿和奥·雷利坠毁的第二艘着陆器是在艾奥利斯台地找到的,他可能以为这一架也是在距离主矿脉相当远的地方发现的。

我爬上梯子,想更彻底地检查一下奥·雷利的太空服,看看有没有运行故障的迹象。但是它并没有在我们发现它的那间屋子里。好吧,飞船好不容易冲出泥塘,又落下来,翻了个身,飞过大半个伊希地平原,经历了从竖直到水平再到竖直的状态,最后被牵引车拖走。我敢说,身为太阳系最富有的人之一,他恐怕预料不到自己会像一个布娃娃一样被甩来甩去。

"玛奇,"我对着空中喊,"告诉我丹尼斯·奥·雷利的状况。"

"他吃得太多,运动太少。"

"我是说,他现在在哪儿?"

"你右边的屋子里。"

我走进那间扇形隔间,而且……

而且很奇怪。奥·雷利穿着太空服的尸体躺在地板上,柜橱的门却开着。我很确定离开时它们都关着,可能是飞行的时候被震开的,不过……

我进了旁边的房间。柜橱也开着。跟之前那间一样,下一间也是。毫无疑问,有人搜过飞船。

"亚历克斯?"胡安从下面叫道。

我下了梯子,走进他所在的舱室,站在他身后,"怎么了?"

他在椅子里一转身,面对我说:"我把计算机解锁了。"

"这么快?"

"当然。就像你说的,这可是四十年老的机器了。大多数安全系统发行几周后就被黑了。问你想问的吧。"

我打算等自己单独一人时再让降落级返回阿尔法。"玛奇,"我说,"我离开后,飞船被人搜过。除了匹克奥弗博士,还有人进来过吗?"

"谁是匹克奥弗博士?"计算机问。

"洛瑞。就是先前和你一起飞到这里的那个人。"

"是的。在飞船被牵引车拖进气闸后,有人上了船。"

"谁?"

"我不知道。"

"生物人还是换身人?"

"我不懂你是什么意思。"该死。不,玛奇确实不懂。在那个年代,换身还只有大富豪才能享受。

"男性还是女性?"

"女性。"

"年龄?"

"二十八或二十九岁。"

"肤色呢?"

"褐色。"

"头发颜色?"

"褐色。"

"直发还是卷发?"

"直发。"

我想问她是否性感,不过我怀疑玛奇没有那种鉴赏力。当然,火星上有好几百个女人符合描述,但我敢打赌他说的是拉克什米·查特吉。

"这女人是单独一人吗?"我问。

"是的。"玛奇说。

"你有没有听到她跟什么人说话? 可能是打电话?"

"听到了。"

"她在跟谁讲话?"

"我不知道,而且我认不出那个声音。"

"她说什么了?"

"她说,'你好',然后停了一下,说,'绝对的'。又停了一下,然后……"

"她有没有说什么重要的事?"

"我不知道按什么标准区分。"

"列出她打电话时说的所有名词。"

"按照她使用的先后顺序是这样的:肖帕兹基之屋、大卫·张、珀西斯、伊希地平原、德尔克、罗麦克斯、火星……"

"停下。关于'罗麦克斯'她说了些什么?"

"'如果不能把罗麦克斯干掉,那我们就需要买份保险了。'"

"从这部分开始复述对话。"

"又停了一下,然后:'不,德尔克看到他们一起在弯凿酒吧,他们显然是在谈这事,而且她几个小时之后就来见我了,她简直就是专门来干这事的。'又停了停,然后——"

"停下。"我看着腕式电话,现在是下午2:08,戴安娜的预约安排在2:00。我的心开始狂跳,"胡安,我们赶紧走。戴安娜有麻烦了。"

第三十六章

胡安·桑托斯抬头看着我，琢磨着我的话。"戴安娜？"他说，"我的戴安娜？"

"是的，是的，"我答道，"她现在正在肖帕兹基之屋呢。"我穿过敞开的降落级气闸门，顺着外面的梯子爬下去，胡安跟在后面。一出船坞，我就开骂："从这里坐电车过去得花一辈子时间。"

"我们不坐电车，"胡安说，"我们坐火星越野车。"

"把它弄来花的时间更长。"

"如果越野车放在外面的话，那没错。可它不在外面。我一把它从你手里拿回来就做了次彻底清洗——我从没见过一辆火星车上能有这么多泥巴。"在穹顶外洗车是不可能的，大气太稀薄，没法儿做超声波清洗，而低气压会导致水沸腾，无处不在的尘土也会立即把东西弄脏。"超声波洗车铺在南气闸那边。"胡安接着说。这意味着我们要往相反方向跑。不过他是对的，用他的越野车去作家的住所比坐电车快多了。我想呼叫NKPD，但又不想再回忆起"凯瑟琳·丹宁号"上的惨败。

我们跑到越野车停放的地方，现在它确实干净多了，白色的车身熠熠生辉,翠绿的花纹上没有一丁点儿泥土。胡安打算坐进驾驶座。"我来开。"我说。他皱皱眉,挪到了另一边。他知道我去过肖帕兹基之屋。

我把油门踩到底。非流线型车身的越野车在行星表面跑起来毫无阻碍,可在这里,我能明显感觉到方形舱室有点儿碍事。但我们的速度还是很快,没多久就跟上了原本想坐的那辆悬浮电车。我一打方向盘超过了它。要是电车上有司机,恐怕会对我竖起一根指头,而运行电车的计算机对我毫无反应。

当我超过电车时,一个行人正在前头过马路。很难说清我们的速度有多快,但他看上去是个生物人——这意味着要是撞上去,他必死无疑。为了不把他撞飞,我伸手猛拍方向盘中间,然后……

妈的!

声音几乎震破了我的耳膜。这喇叭本来是在稀薄的大气中使用的,在浓稠的大气中,它把前面那个家伙吓得用力一跳,蹿起一米半不止。

"抱歉!"胡安冲着他喊道,"对不起!"

我们继续往前,离中心区越近,头顶的穹顶越高。

"停车! 警察!"

是一个穿蓝制服的警察。我没搭理他,最糟的不过是他拔腿来追。

但在下一个街口,另一个警察看到了我们。为什么你想找警察时就一个都看不到,而你不想看到他们时却到处都是? 这人比刚才那个警察更有勇气。他走到马路中间,双腿分开,站在路上。他双手端着,伸着胳膊瞄准我们。我又按下了喇叭,让越野车来了个一百八十度急停,然后往右一转上了三环。这个警察没开火——也许不想应付武器使用报告——就算他在我们身后喊叫了什么，我的耳朵恐怕也被刚刚的大喇叭声震得啥都听不到了。

在距离中心这么近的地方，同心环形的道路弧度十分大，我不得不让越野车倾斜着，左边的轮子几乎离地。我们前面有更多的人在过马路，我让车子忽左忽右地避开他们，有一回只差一厘米就撞上了。

我们路过了"全新的你"。疾驰而过时，我朝展示窗里看了一眼，但什么都没看到。顺着环形道路走了四分之一后，我一转弯，上了第三大街，再次朝着穹顶边缘驶去。突然，后面出现了一只狗——这颗星球上最难搞的东西之一，地道的流浪汉——它正在追赶我们。两足动物可以在这种重力下快步行走，而四足动物跑起来更像一阵风。这一只看上去就像实验室里培育出来的超级动物，跑起来连地球上的猎豹都会嫉妒……

"狗娘养的！"我吼了一声——真准确。那该死的东西跳上了越野车的引擎盖，让我很难看清楚前边的路。

"减速！"胡安叫道。

我瞥了他一眼。他看上去吓坏了——但到底是害怕我这么倒腾他的越野车，还是害怕即将发生在我们身上的事，我说不准。狗狂吠起来，似乎很享受搭便车。我伸长脖子，尽力从它身边看路。我们撞到了路上的什么东西，很小——碎石或是垃圾——车子一弹，胡安叫了一声。

这不是我想走的路，于是我在下一个路口往左来了个急转弯，可那儿有一辆悬浮电车堵着。我踩下刹车。越野车开始打转。狗觉得这是下车的好时机，跳了下去。我被甩得紧贴在胡安身上，感觉我俩已经超越了兄弟情。车子转了好几圈，停下时正好冲着错误的方向。

我立刻掉了个头，朝着城市边缘的肖帕兹基之屋驶去。我们行驶在了放射状主干道上，看来剩下的路基本上一帆风顺了。啊，路面多么开阔！还真该搞个立体声音响，来一曲经典的2040年摇滚乐。

我把越野车直接开上了肖帕兹基之屋的蕨草草坪，然后弹开舱盖。胡安和我跳了出来，冲着房子扑过去，一步跨出三米有余。我没让越野车熄火，万一需要逃跑呢。

我想一脚端开前门，但那有点儿难，我的脚踝可不像匹克奥弗的那么好修理。而且我也没必要那么做。如果拉克什米真在忙着干见不得人的勾当，那她一定没时间修理那扇我精心拆下来的后窗户。

我把备用的枪给了胡安，两人绕到屋后，同时我也抽出了枪。胡安可能不是最佳的后援——他很瘦，典型的火星式肌肉萎缩——但总比什么都没有强。我示意他待在视线外，想让拉克什米认为我是独自一人来的。

穹顶之下没有风霜雨雪，修理窗户无非是为了挡住不安分的本地人。而这扇窗户隐藏在后边，对着穹顶的边缘，甚至可能没人知道它被卸掉了。我蹲下身子，希望能听到些声音，知道点儿里面的情况，比如"确实，为了押韵，你需要一个在第二音节重读的词语"，或是"在你死之前，就告诉你我计划如何接管这颗星球吧"。但事与愿违，我什么都没听到。于是我直起身子，从窗洞往里看去。

我跟拉克什米扭打过之后，房间被稍稍整理了一下——稍稍。我把枪插好，从窗台爬了进去，再抽出枪。我走进起居室，戴安娜就在那里。她坐在加了软垫的绿色沙发的一头，脸上一片安详。她的妆化得很有品位,褐色头发挽在头顶,眼睛大睁着。最重要的是,她看上去一切安好——除了额头正中间有个弹孔。

第三十七章

我的心一阵绞痛,眼睛几乎要迸裂开来。我朝着戴安娜的尸体走了一步,紧接着拉克什米的声音响起来:"不许动。"

我尽力让自己停下脚步,可怒火让我浑身颤抖。

"扔掉你的枪。"拉克什米说。

我不能确定拉克什米手里拿着枪,但戴安娜头上的弹孔是很好的证据:附近有人带着家伙。我松开了史密斯威森,让它缓缓落在地板上。

"你这该死的家伙,"我咬着牙说,"你没必要杀了她。"

"我到这里时她已经死了。"拉克什米说。

"哦,扯吧你!"

"我到这里时她已经死了。"拉克什米又说了一遍,"我可没这么做。"

"如果你不在这里,那她是怎么进来的?"我问道。

"我猜跟你一样,通过后窗。"

"我不信这话,"我说,"NKPD也不会。"

"珀西斯?"拉克什米对着空中说。

但肖帕兹基之屋的计算机没有反应。我听见拉克什米走到了身后。我猜她把头探进了那间有翻板书桌的屋子。"有人拿走了珀西斯。"她说。

"多好的借口。"我答道,"没有事情发生时的记录了。不过你不可能就这样脱罪。"

"我没朝她开枪,"拉克什米重申了一遍,"我来的时候她就已经死了。"

"狗屁!"我说,"她跟你有预约!"

"可是我迟到了。她自己进来的——爬过那个破窗洞。而她之所以知道那地方能进来,还不是你告诉她的。肯定还有其他人在这里,也是走的同一条路。我猜是某个想来洗劫我的人,也许是某个正在寻找奥·雷利日记的人。不管是谁,显然被戴安娜吓着了,就给了她一枪。"

"编得一手好故事,妹妹。但并非滴水不漏。"

"罗麦克斯先生,"她语气尖锐地说,"我可是专业作家。我的情节确实是滴水不漏的。"

"我能转过身吗?"我问。

"好的。"

我转过来。她穿着红色休闲裤,紧身的银色上衣露出一抹乳沟。她确实拿着一把枪——一把莫雷尔点二八左轮枪,看上去比真实尺寸显大些,要么是因为她的手小,要么就是有枪指着你的时候,不管什么枪看上去都会很大。

"我应该现在就给你一枪。"她说,"你之前已经闯过我的房间了,现在又来了一次。"

"我建议你别这么做。"胡安在她身后镇定地说,"实际上,恕我冒昧,我建议你丢掉枪。"我不知道胡安听没听到我俩前面的对话。他的语气很亢奋,却没有狂躁的迹象。我知道,要是他意识到戴安娜出了什么事,肯定会失控的。

要让我评价的话,我会说拉克什米拥有钢丝一般的神经。"我不知道你是谁,"她仍然面对我,"可就算你开枪,也不能阻止我先朝罗麦克斯开枪。"

胡安是头一次面对这种状况。当然,他应该直接开枪,而不是先声明一下——我真是带了个外行来。我担心他不会真的朝拉克什米开火,尤其是在这种平静的气氛下。

"这里不需要有人死。"我说。我可以精确地计算出其他人瞄准的准心,我们正好在一条线上:胡安在那间窗户破掉的屋子里,拉克什米在屋子的门口,我面对着他俩。而我的身后,是胡安还没看到的戴安娜的尸体,就在沙发上。

我继续说:"我的意思是,这里没有必要再死一个人了。"我是对着拉克什米说的,视线却看向了胡安,"戴安娜是个好女人,拉克什米。你没有权力杀她。"

这话起作用了。胡安平静的面孔愤怒地扭曲起来。就在他扣动扳机的瞬间,我趴在了地板上——子弹完全有可能穿过拉克什米,再把我撂到。她被击中的瞬间,也扣下了扳机,子弹从我刚才站的地方划过,射进了绿色沙发,打在了戴安娜身边。胡安的子弹没有穿透拉克什米——这是件好事。可怜的胡安不是铁打的汉子,如果他射出的子弹打进了戴安娜的身子,哪怕她已经死了,他也会心碎的。

不过拉克什米还活着。胡安的准头很差,他只打中了作家的肩膀。可她还是被搞得手忙脚乱,让我有机会一跃而起,拾起自己的枪,然后从她手中夺下枪。我把她放倒在地,居高临下地站在她面前,枪口对准她胸口。

胡安朝着戴安娜跑去,怀着绝望的心情希望她只是受了伤,并没有死去。我听到他在低声抽泣。

拉克什米因为枪伤有些震惊。如果我想从她口中套出些东西，就得趁这个时候，"看着我，宝贝儿。"

她甩了个白眼给我。

没必要的话，我不想对拉克什米动手，倒不是因为心软，而是因为最后到了警察那儿会有不少麻烦——更不用说特聘作家管理会了。她的痛苦可能是装出来的，但她身后那片血迹越来越大。我把拉克什米的手枪别在腰间，想找个东西把她绑起来。我可以用腰带，但我在这场案子里裸奔得够多了，可不想让这次大战以我的牛仔裤落到膝盖上收尾。

胡安仍然跪在戴安娜身前，好像不相信她已经死了。"看住拉克什米。"我对他说。他一副深受打击的模样，点了点头，站起身来，举起了他的枪。我见他并没有真正瞄准拉克什米，而是偏离目标足有半米远。像胡安这样的外行，在近距离看到一颗子弹造成的伤害之后，很难再次扣动扳机。

我在另一间屋子的壁橱里找到了一件白色浴袍。我把它的腰带抽出来，绑住了拉克什米的双腕。布料吸了点儿血水，红色洇在白色之中异常触目。

然后，跟老套的情节一样，命运的转折点出现了。门铃响了。起居室的墙壁上出现了前门摄像头拍出的画面。站在门廊上的不是别人，正是新克朗代克警察局的赫胥黎黎警官。

第三十八章

我示意胡安跟着我挤进肖帕兹基之屋的后屋。当我们爬过拆下的窗户时，门铃又响了一次。我的第一个念头是，拉克什米所做的一切终于被警察察觉了。但接着另一个念头冒出来：赫胥黎黎也许只是跟着那辆一路狂飙的越野车来的，胡安的车子还停在草坪上。

我现在可没时间跟警察啰唆。是的，拉克什米需要医务护理，我应该让他进来。但就算是赫胥黎，也会在没人应答之时绕到屋子后边来查看。那他就会发现窗洞，然后进去调查。

胡安和我沿着穹顶边缘走去，石英同分异构体摸上去凉凉的。我知道紧贴着我的这面明净的墙壁是弧形的，但在近前，它似乎就是平面。胡安仍在不安地絮叨："我可怜的戴安娜。"

我们往逆时针方向走出去了一百来米。外面，我们的右侧，能看到岩石在黄褐色的天空下投下的影子。远处，几辆火星越野车正缓缓行进。

我们的左边是一栋仓库，墙面破碎，有几扇钉着板子的窗户。边缘地带的租金很便宜，这里是唯一能将宏伟的火星大平原一览无余的地方。但如果负担得起，人们更喜欢居住在中心附近,接点儿地气,而不是成天面对广阔无垠却一成不变的单调世界。"咱们走。"说着,我打了个手势提醒胡安跟上。顺着仓库的墙根,我们走到了放射状的大街上。

一声鸣笛传来,虽不像胡安的越野车喇叭那么响,但仍然很刺耳。我们前面正好来了辆电车。"上去!"我说。

我们跑向电车站,越过身边的几个路人:一个面色阴沉的中年男性探矿者,拖着一辆只有采矿工具的手推车;一个十几岁的姑娘,有些挑衅地看了看我,转开去做别的事儿了;还有个三十多岁的女人,穿得像是银行家或律师——遇上这两种人通常都会倒霉。

我们上了电车。车里有五个生物人和一个换身人。生物人都盯着小小的显示屏,换身人则看着外面——或者更准确地说,是在看电影或别的什么只有他自己能看到的东西。一般来说,电车脏兮兮的座位最好别坐。胡安很清楚这点,但因为受到的惊吓太大,他一屁股坐了下去。我们很快就经过了温德米尔医疗诊所。

电车抵达船坞附近的车站时,我拍了拍胡安的肩膀,提醒他下车。他仍然一副心神不宁的样子。我们一起下了车,他浑身哆嗦,一脸想吐的样子。"忍几分钟,"我说,"那边有一间小茅房。"我指了指博萨窝棚旁边的小屋,"你缓过来之后来找我。"

他点点头,朝小屋走去。我走向降落级,爬回了圆柱形的小飞船里。

我一进去,玛奇就问:"我能帮什么忙吗?"

"能。"我对玛奇说,"你帮得上忙。"

计算机听上去很开心,"我能为您做什么?"

"我上次离开后有人进来过吗?"

"没有。"

"好的。头一件事:你是从阿尔法沉积带飞过来的。"

"是的。"

"所以你肯定知道飞回去的路。"

"当然。"

"请显示出返回那里的指示说明。"

"那个信息被加密了。"

"我知道那个被加密过,但我也确定密码解除了。"

"好吧,好吧,好吧。"玛奇说,"你真让我惊讶。"

弧形墙壁上排着四个显示器。最左边的亮了起来,浅绿色背景上显示出黑色文字。如果玛奇没这么老,应该有办法把这些说明传到我的平板电脑上,但我没有时间傻乎乎地去搞清楚该怎么弄。我只是掏出平板拍下了文字的照片,看了看,确保照片清晰,然后把电脑揣回了口袋里。

"好的,"我说,"现在抹去这些说明——永久性地。"

"你确定要让我这么做?"

"是的。擦掉它,用最强有力的删除工具。"

"已完成。"

我吐了口气,"好。现在回到我之前的问题上来。丹尼斯·奥·雷利被流放在了火星上,对吧?"

"是的。"玛奇说。

"西蒙·温嘉顿撇下他走了,对吧?"

"是的。"

"是故意的?"

"是的,没错。"

"奥·雷利被流放后,存活了多久?"

"他在七天后把我关闭了,以保证生命系统的动力。我不知道在那之后他活了多久。"

"为什么奥·雷利没有揭发温嘉顿?"我问,"他只要向地球发送无线电信号,说他被扔下就行了。"

"向地球发送无线电信号很棘手。"玛奇说,"而且,作为船载计算机,我掌管着这个功能。西蒙离开前给我设置了程序,不允许丹尼斯发送任何信息。"

"那你知不知道,这艘飞船的起飞级在重返地球大气层时坠毁了?"

"不知道。"玛奇说,"不过这解释了为什么我无法与柯利联系。"

"谁?"

"我的对应副本,起飞级的船载计算机。"

"西蒙·温嘉顿在重返时丧命了。"我说。

"记录在案。"计算机平静地说。

一个想法冒了出来。"玛奇,是你将丹尼斯·奥·雷利的日记发送回地球的吗?"

"是的。"

"什么时候?"

"西蒙的起飞级分离前三小时。"

"所以,丹尼斯那时并不知道他会被流放。"

"我想不知道。"

"那他为什么要发送日记?"

"太空航行很危险,返航总有失败的可能。当然,丹尼斯认为他和西蒙要在休眠中度过航程。他害怕睡下后就再也不能醒过来。"

"你把日记发送给谁了?"

"玲子的外婆,高桥胜子。那是加密的,只有她知道密码。"

"你是不是……"我停下来,转身看了看。胡安正从气闸进来。他脸上恢复了一点儿血色,冲我点点头,什么都没说。我又把脸转回玛奇的控制台,"奥·雷利有没有给别人发送副本?"

"没有。"

"没给他妻子?"

"没有。"

"你保留着日记副本吗?"

"没有。丹尼斯命令发送之后就删除。他清楚总有一天这个降落级会被人发现。"

我看着胡安,"你能恢复吗?"

"你是怎么删除文件的,玛奇?"胡安问。

"依照'布拉斯通协议2.2b'。"计算机答道。

胡安摇了摇头,"抹得很干净。"

这代表我口袋里的日记是唯一的一份。当然,它属于高桥玲子,她仍然是我的客户。我要把它还给她——在我给自己留一个副本之后。

我的电话响起了《红男绿女》中的歌曲《幸运女士请淑女些》。小屏幕上显示出道格尔·麦克雷的脸,信号可能是穿过敞开的气闸门进来的。我还很惊讶呢,怎么过了这么久他才打来。赫胥黎黎肯定已经上报了拉克什米·查特吉的枪击案,更不用说还发现了戴安娜的尸体。

我接起电话,"你好,麦克。"

"啊,亚历克斯,"那张满是雀斑的脸说,"就是想打个电话,确定你还好。"

我尽力让自己的样子和声音都很正常,"想有多好就有多好。"

"匹克奥弗博士的尸体在局里,跟另外三个换身人一起。"他顿了顿,"我很遗憾是这个结果,亚历克斯。"

"我也很遗憾。"我盯着他,等他继续,可是他没有,"嗯,麦克,赫胥黎黎警官……有没有联系过你?"

"什么时候?"

"过去这一个小时左右。"

"没有。'凯瑟琳·丹宁号'那边完事后他就回家了。他下班了。"

"啊,"我说,"嗯,他并不崇拜作家或诗人,对吧?"

麦克笑了,"赫胥黎黎? 天哪,不,我看他甚至都不识字,更别提写作了。"

"好的。"我说。

但麦克眼睛一眯,"怎么了?"

"没什么。谢谢来电。"我手一晃挂了电话。

温德米尔医疗诊所就在肖帕兹基之屋附近,看来很值得赌一把,于是我拨通了电话。娇小动人的粉头发格洛丽亚接了电话。"嗨,宝贝儿。"我说,"就是想打电话问一下拉克什米·查特吉。肩上的枪伤挺糟糕的,她还在那里吧?"

押中了。

"哦,嗨,亲爱的。"她用喘息般的嗓音答道,"都不知道她是你朋友呢。要知道的话,我们就给她用消过毒的手术刀了。"

"她怎么样?"

"我们给她做了清理就打发她走了。"

"早些时候她有点儿受惊。"

"哦,我们当然安抚过了。她现在很好。"

"谢谢。带她去的那个男人还在吗?"

"不,不。他甚至比她走得还早呢,说有别的事要处理。"

"谢谢,天使。"我一晃手腕,屏幕熄灭了。

"亚历克斯?"胡安看着我,一脸疑惑。当然,他听到了对话。

"看来拉克什米有个警察朋友。"我说,"我敢打赌,他要处理的事情就是……"我住了口,不想让胡安难过。

"怎么了?"他说,"是什么?"

"好吧,这可不是NKPD头一次弄丢尸体。"我轻声说,"我打赌赫胥黎黎是去处置戴安娜的尸体了。"

第三十九章

毫无疑问,没等我赶回肖帕兹基之屋,赫胥黎黎就会把尸体搬走。我已经筋疲力尽,如果在那儿撞上他,他肯定占上风。是的,我想复仇,但得先睡一觉。

可睡觉不是想睡就能睡的,在我跟戴安娜睡过的床上更是不容易。我服了点儿美拉酮宁,那东西常常能让我镇静下来,可这次不管用。相反,我基本上就是躺在那里,盯着天花板,上边悬着的那个风扇在缓缓转动。

我的内心不住地翻涌,心思飞转。这种感觉很奇怪,我想这就是人们说的负罪感。如果我没让戴安娜去看拉克什米,那她一定还活着,仍然在店里忙碌,写着诗,欢笑着憧憬更美好的明天。

就算赫胥黎黎受了贿,就算戴安娜的尸体被处理掉了,我也会想方设法让拉克什米·查特吉付出代价。或者,万一她说的是实情(我想万事总有第一次),我就要找出应该付出代价的人。

早上我爬起来,洗了个澡,吃了些人工合成的培根和鸡蛋,然后电话响了。我看了看手腕,ID显示是"全新的你"。我接起电话,霍雷肖·费尔南德斯的面孔出现了。"亚历克斯,我很担心。玲子应该在半小时前到的，所以我去了她家，想看看她是否还好。可她不在那里。"

"她昨晚服用了什么帮助睡眠的东西吧。可能只是睡得太沉了。"

"不，不。她不见了。门被撬开了，那地方是空的。"

"该死！"我以为她安全了，因为威廉·范·戴克和那三头"驼鹿"都死了。但是……

天哪，拉克什米·查特吉。我警告过那个婊子不许回阿尔法去，可她也许认为，把我的客户当作人质，她就能得逞了。毕竟，只要能在那片矿床扫荡一天，她就能富甲天下。如果她计划在"凯瑟琳·丹宁号"起飞前带着一大箱化石战利品上去，我一点儿都不会惊讶。

"好，"我说，"我看看能不能找到她。"我挂了电话，然后联系了麦克，他刚到警察局。

"早上好，亚历克斯。"

"麦克，高桥玲子又失踪了。她家被撬开了。我怀疑她被带到了穹顶外面。你能不能帮我查查？"只有四个气闸，拉克什米必然要带她通过其中一个。我倒是能自己走一圈，可那会花掉整整一个早上，而且安保警卫未必会接受我的贿赂。但他们必须回答麦克的问题。

"我会让赫胥黎黎查查的。"麦克说。

"不！"我忙说，接着，我用更镇定的语气说，"要是你能亲自做，算我欠你一份人情，麦克。"

"发生什么事了，亚历克斯？"

"哦，你知道我和赫胥黎黎的。"

麦克狐疑地皱了皱眉。

313

"求你了,麦克。算我欠你的。"

我一边等着麦克回电,一边做好出门的准备。电话铃响起时,我正在系鞋带。

"她从北气闸出去了。"麦克说,"而且她不是单独一人。她跟那个特聘作家一起,就是查特吉女士。"

"啊。顺便问问,她们租用了火星越野车吗?"

"没有。"麦克说。

我放下心来,这意味着她们走不远,可是……

"没租,"麦克又说,"她们自己开着一辆到了气闸,而且把它开出去了。"

哦,见鬼。"什么颜色的?"

"越野车?老天,亚历克斯,我没问。知不知道颜色有什么关系吗?"

"没关系。她们什么时候走的?"

"早上5:57登记离开的。"

我看了看墙上的钟:四个小时前。如果她们到了穹顶外面,就不在NKPD的管辖范围之内了。

"谢谢,麦克。回头再联系。"我挂了电话。肖帕兹基之屋距离北气闸很近,而且我敢押太阳币:她们开的越野车是白色带翠绿花纹的——我随手留在作家住所前方草坪上的那辆,连火都没熄。

如果只是拉克什米去了阿尔法,我倒希望她就那么开去好了。沉积带仍然有一排地雷围着,如果她被炸上了天,我是不会掉眼泪的。可玲子是我的客户,而且在我的眼皮底下再让一个客户死掉,我无法接受。

我又打了个电话。胡安·桑托斯看上去比我睡得还糟。

"嗨,"我说,"你是黑客。你肯定有办法遥控关闭火星越野车,对吧?"

他打了个哈欠,说:"抱歉。是呀,我正在想呢。你把我的车留在肖帕兹基之屋,还没熄火,对吧? 我想今天早上应该去把它弄回来。准分子电池应该够用好几个星期,可是……"

"拉克什米把它开到穹顶外面去了。"

"见鬼,亚历克斯。我可丢不起那辆车子。"

"我知道,我知道。我会把它给你弄回来的。遥控关机的代码是什么?"

他告诉了我,我的电话记了下来。"不过,要是用你的电话发送代码,就必须在一百米内才能让它接收到。"他又道。

"好的。那启动它的代码呢?"

他又念了一串。

"谢谢。"

"亚历克斯,我需要——"

但我手腕一晃挂了电话,抓起手枪跑出了公寓。

开着火星越野车去阿尔法要耗上大半天时间,这可不行。尽管奥·雷利和温嘉顿的降落级能很快飞到那里,就算它还有足够的燃料,我也得先把这该死的东西拖到低原上去,而那得花上一辈子。于是我去找了一个认识的家伙,这家伙拥有非常奢侈的物品,包括一架飞机。他就是叶奥德化石商铺的厄尼·咖迦里安。

"2X先生!"我走进空荡荡的店铺时,大块头高声招呼。

"嗨,厄尼。"

"我听说你最近有些大手笔,我的孩子。"

"哦?"

"他们说你找到了西蒙和丹尼斯的第三艘着陆器?"

"'他们'又是谁呢?"

"我的耳朵可贴着地呢,什么都听得到,我的孩子。"

我心想,要是厄尼真的趴地上让耳朵贴地,以他那吨位,可能再也爬不起来了。

"嗯哼,是呀。"我说。

"那东西可能很有市场。"

"飞船吗?"

"任何东西都有收藏者。"他说,"你介不介意让我看看我能做些什么?"

"我想当然没问题。所以,听着,我能借你的飞机用用吗?"

厄尼狂笑起来,"老天,我亲爱的孩子! 你还真是精明。"

"没有自信你就拼不出'精明'二字。①"说实话,也许你能拼出来 —— 不过按照字面来发音的话,肯定就拼不出来。"那你打算把我的飞机开到哪儿去呢,亚历克斯?"

"去阿尔法沉积带。"

厄尼的脸色一下变了,"你知道它在哪儿?"

"是的。"

"太好了。我们什么时候走?"

我希望这么做值得。洛瑞不会喜欢的,但他死了;另一方面,玲子可能还活着,但很可能不会活太久了。"马上。"我说。

就在这时,一位顾客要进店里来。"不,不,"厄尼赶忙上去,

---

① "没有自信你就拼不出'精明'二字"的原文是"You can't spell gumption without P-I"。字面意思是,"没有'P-I'两个字母你就拼不出精明这个词"。有双关的谐意。英语中"pi"一词有"虔诚""坚信"的意思。

"我们关门了。"

客人是个四十来岁的女人,她指了指激光蚀刻的招牌,"但那上边说……"

"写错了!"厄尼叫道,"我正要修正呢。"

从屋子这头跑到那头就能让厄尼气喘吁吁了,他可没法儿一路走到穿顶外面去。我知道,他的飞机停靠在北气闸,正巧跟拉克什米和玲子走的是一个方向。但咖迦里安这种身材的人,毫不夸张地说,对于乘坐的交通工具可从不马虎。他走进里屋,出来时坐在了一把悬浮椅上头,还拿着一把来复枪。

悬浮椅的尺寸跟商铺的门廊差不多,但他还是顺利挤出来了。我跟在后边,他说了口令,锁上了店铺。

椅子一路呼啸而过,害得我到达北出口时已经气喘吁吁了。厄尼有件专用压力服寄存在这里,看上去简直能装下火卫一。对他来说,穿上压力服可不容易——对他来说,很多事儿都不容易——但他最终还是搞定了。

我必须再租用一件。这一次是暗绿色的,这颜色曾经会让人联想起钞票。厄尼的压力服是深紫色,他穿上后基本成了个大茄子。

厄尼的飞机是停放在这里的三架飞机之一,深灰色,翼展十分巨大,我看有近四十米。驾驶舱的前半部分似乎原本是并排的双人座,但被改装成了双人宽的单人椅。我只能坐在后排。舱室是泪滴形的,尖端在后边,所以后排只有一个座椅。我们一进去,厄尼就开始发动飞机。

在火星上飞行不仅需要宽大的机翼,还需要一条很长的跑道。这里的跑道,就是伊希地平原上方圆一公里的、清理干净岩石后的坚实平地。几乎跑到了尽头,我们才升空。

　　我在地球坐过小型飞机，但在火星上还从未体验过。而且，我来这里时处于休眠状态，所以，这是我第一次从空中俯瞰新克朗代克及周边地带。

　　飞离城市时，我伸着脖子往下看去：一个巨大的、矮矮的穹顶在阳光下闪闪发光，就像上帝丢下的隐形眼镜。除此以外，黄褐色的天空下，延伸到地平线的火星大地上什么都没有。我从压力服的工具囊里掏出平板，在厄尼大如麦斗的脑袋后头，大声念着从玛奇那里弄来的路线指示说明。

　　飞机飞得很快、很安静。我一直向下看着，希望能辨认出火星越野车。当然，拉克什米很有可能走错地方，要是那样，我又让厄尼知道了阿尔法在哪儿，那可真是得不偿失了，但是……

　　但是她们就在那儿，就在前边，一路疾驰着。我们赶得正是时候。她们还差几公里就到阿尔法沉积带了。

　　和起飞时一样，火星上的飞机需要整洁的开阔地才能降落。尽管伊希地是个大平原，但并非平滑如镜，就这么降下去不会有什么好结果。厄尼在盘旋，寻找能降落的地方。在稀薄的火星大气中不会产生多少声音，可如果拉克什米或玲子偶尔抬头，绝对不会看漏这巨大的机翼。

　　厄尼用亚美尼亚语咒骂了一句，大脑袋左右晃着，继续寻找。最终他咕哝道："这边什么都没有！"然后开始下降。

　　他选中的这片地儿至少没有什么砾石，可碎石倒不少，有些足有篮球大小。飞机的轮子跟越野车一样，可以自动适应地面起伏，只不过尺寸更大些。可我们着陆时还是颠簸了好几下，因为轮子撞到了没法儿绕过的岩石。我的早餐几乎被颠到了嗓子眼儿。

　　滑行了相当一段距离后，咖迦里安大吼着："呀呼！"当我们最终停稳,厄尼和我扣好头盔后,他打开了舱盖。他得用上双手才能爬下去,于是先把来复枪扔了出去,然后抓住飞机侧面的把手,下到了行星表面。他一下去,就弯下腰捡起来复枪——这动作对他来说可真不容易。

我跟着他下到地面。放眼瞧去,面前的火星大地一望无垠。埃尼奥·莫里康尼的《金醉神迷》[①]回响在我脑海中。说到底,是贪婪引发了火星化石狂潮、克朗代克淘金热,以及加利福尼亚淘金热,而莫里康尼那余韵不绝的声音很好地诠释了那种疯狂。胡安的火星越野车就在地平线上,直冲着我们开过来。飞机停在了东边的带状空地上,距离阿尔法边界一公里远,而那道边界线上埋着地雷。

我顺着机翼往前走,用电话把胡安给我的停车代码传送了出去。

白色的越野车继续行驶着。在这个距离上,我看不出上面有没有绿色花纹。我想,也可能它并不是那辆车。

我让电话一次又一次地发送。

这该死的东西仍在接近,拉克什米肯定把油门踩到了底。她开始朝着偏南的方向转向,想绕开我们的飞机。我再次让电话发送停止命令,甚至怀疑是不是胡安报错了代码,当时他看起来像刚睡醒,然后……

然后,那辆越野车终于开始慢下来。它滑行了一段,在我前方大约七十米的位置停下了。我看见舱盖里面有人在动。当然,动力关闭之后,生命保障系统也会关闭。我猜拉克什米和玲子正在往头上戴头盔。我带着厄尼一路来到这里,所以他明白

---

① 埃尼奥·莫里康尼是著名的电影配乐大师。这里提起的《金醉神迷》是1966年著名的西部片《黄金三镖客》中的乐曲。

接下来会发生什么。他把来复枪的枪托抵在肩上,枪筒对准越野车。

我早就把枪套挂在了压力服外面。我抽出手枪,朝熄了火的车子走去——全副武装、荷枪实弹的场景正是我想要的效果。拉克什米拉开胡安车子的舱盖——为了安全,它是机械式开启,而不是电力驱动开启的——然后,她和玲子爬了出来。

我的腿比她们的长,很快就追赶上了。我们面对面站着,之间只隔了五米宽的覆盖着铁锈色尘土的平原。玲子穿着暗绿色压力服,比我这件颜色还深,拉克什米还是穿着一身红。我们的头盔都极化了,这意味着两位女士可能还没认出我来。我,当然,看她们的身高就知道谁是谁。

在我身后,大块头咖迦里安举着来复枪,正走上前来。看样子,拉克什米作为肖帕兹基之屋特聘作家的工作,就要随着"砰"的一声巨响结束了。

第四十章

我低头看了看手腕上控制板的无线电是什么频率，然后抬起左手伸出三根手指，再变成四根。

拉克什米那个不透明的头盔轻轻点了一下。她和玲子都摸了摸自己的腕式控制板，把频率调到了三十四。但她俩什么都没说，等着我先开口。"好了。结束了。让她走。"我说。我又回头看了看，想确定厄尼在哪儿。

对了，他没见过她俩，她们的头盔又都极化了。他只能选一个目标瞄着，可他错误地对准了玲子。我张嘴刚想说什么，就看到一双手高高举向奶油糖色的天空，我住了口。我看到那人握着一支小巧的手枪。但举手投降的不是拉克什米·查特吉，而是高桥玲子。

拉克什米立刻做出了反应。她的右臂一甩抓起枪，迅速抵在了玲子肋下。就在这一切发生时，有件事让我心头大震：不是拉克什米绑架了玲子，而是玲子绑架了拉克什米，这样她就能让拉克什米告诉她阿尔法在哪里了。玲子肯定是在去找拉克什米前撬了自家的门——这样一来，当她独自回来时，就有了很好的托词；她干掉了抓她的人，逃走了。没人会责怪她。

"退后,罗麦克斯。"拉克什米说,"否则这个小贱人就完蛋了。"她肯定认出了我的声音,因为我们四个的头盔都极化了。这也是我没看出拉克什米和玲子之间形势的原因之一:我看不到她们的表情。

我的枪瞄着拉克什米,"你不会朝我开枪。我是唯一一个知道重启越野车代码的人。"

"要是我朝你开枪,"拉克什米说,"飞机上就会空出一个位子。所以我不需要代码。"

我下巴一点,关闭了头盔的极化。太阳已经升得很高了,不会直射到眼睛。拉克什米随即也让头盔变透明了。

厄尼当然跟我在同一无线电频率上。他第一次开口了:"我亲爱的女士,"他说,"我们都是为了同一件东西来的。阿尔法沉积带的财宝很丰富,足够满足我们每一个人的胃口。没必要在这里发生任何不愉快。"

"你又是谁?"拉克什米问。

"厄尼斯特·咖迦里安。"他答道,肥硕的身子彬彬有礼地一躬,"叶奥德化石商铺的东家。"他撤去了头盔的极化,露出那张滚圆的脸和锃亮的黑发。

从拉克什米的表情来看,她既没听过他的名字,也不知道他是做什么生意的。这太糟了,因为但凡了解厄尼的人都不会想要威胁他。他要是死了,他的手下肯定会报仇——而且他们中不少都是换身人。"这么说你就懂了,"我对拉克什米说,"如果这颗被上帝遗弃的行星上有一个老大,那就是他了。"

玲子也用下巴点了头盔的极化控制开关,头盔变透明了。她的声音里满是疑惑:"你是厄尼·咖迦里安?"

"愿意为您效劳。"

322

"我……我不知道你在火星。我甚至都不知道你还活着。"

厄尼眉头一皱,"此话怎讲?"

"你……你认识我外公。"玲子说。

"啊,是的,确实。"厄尼答道,"亚历克斯告诉我你是丹尼斯的外孙女。我在图森市的宝石与矿石展览会上第一次见到了他和西蒙,那时我还是个傻小子。我是最先跟他们做生意的代理商之一。"

"他……他是什么样的人?"

"精明的生意人。不过恕我直言,你似乎也是个精明的生意人。为什么要绑架这位可爱的女士?"

"她骗了我。"玲子回答道,"她告诉我说,她打算写一本关于我外公的书。于是我才同意她使用我外公的日记。我希望她能在里面找到线索,帮我找到阿尔法沉积带的位置,可当她找到之后……"

"她并没有从日记里找出阿尔法在哪里。"我说,"你做到了吗,拉克什米?你让那个朋克仔,那个德尔克给我装了追踪芯片。然后你跟踪我到了这里。"

拉克什米点点头,"没错。日记毫无用处。我不是靠它发现的阿尔法。"她看着玲子说,"所以我为什么要把你算进来?"

"因为它是我的,"玲子说,"我外公发现了它,所以它属于我。"

玲子的双手依旧举在空中。拉克什米仍然用枪顶着她的肋下。厄尼的来复枪瞄着两个女人。埃尼奥·莫里康尼的音乐还在我脑海中回响。

远处有东西在动。可能是一股龙卷尘暴,在火星上很常见。话虽如此,可我并不确定,而且我最好别表现出看到了什么。我仍然盯着拉克什米。不管我看到了什么,那东西还很远。我试图拖延时间,说:"那么好吧,没问题。我们有一个小小的误会,仅此而已。我们没理由不把话说开。"

拉克什米摇摇头,褐色的头发在鱼缸头盔里晃来晃去,"玲子在路上告诉我说,你找到了她外公的尸体。是这样吗?"

我点点头。

"事情总会变成这样。"拉克什米继续说,"回顾当时,只有三个人知道阿尔法在哪里。丹尼斯·奥·雷利和西蒙·温嘉顿先是决定把威廉·范·戴克踢开,然后温嘉顿又除掉了奥·雷利。事情只会变成这样—— 一个人独吞一切。这是人性。"

"我亲爱的女士,"厄尼说,"我们这旮旯儿有足够的财富,"——我这辈子还从没亲耳听人用过"这旮旯儿"一词,不过在这地方,边疆地区的边缘地带,这词儿似乎能派上用场——"甚至都能让我的贪心得到满足,更不用提你了。我们都能受益。话说回来,你还需要一位销售代理呢。"

我一直都对成为换身人没什么兴趣,可现在我是真想换身,哪怕能有望远镜的视力就行。那个东西——不管它是什么——仍然模糊不清,但我肯定它越来越近了。当然,它仍有可能只是龙卷尘暴或者……

或者什么可以快速移动的东西,能在身后扬起那么大的一片尘土。

厄尼的这番调解之词是对拉克什米说的——毕竟她手里有枪。回话的却是玲子。没有几个女人冷笑的时候会显得可爱,可丹尼斯的外孙女是个例外。"她双重欺诈了我,"玲子说,"她要走的话,什么都不许从这里拿走。"

火星的景观产生的错觉会让人抓狂:那边的环形山可能只

有一米大小，也可能是一百米；那块岩石可能跟一个人差不多大，也可能巨大无比。很难估计那个正在接近的东西有多大，或者它的距离还有多远。但它越来越近了，这点我很肯定。它已经大得能够让人分辨出颜色：青绿色—— 一种完全不属于火星的色调。

"在火星上，双重交叉的事儿一点儿都不新鲜。"我对玲子说，"这位厄尼先生就管我叫'2X先生'。别太在乎。"①

"真的吗？"拉克什米说，"我以为他这么叫是因为你是个软蛋。"

这时候，那个青绿色的物体更近了。它的距离仍然让我难以看清细节——可能我需要验下视力了，又或者生物人的眼睛本来就无法在这种距离下做出判断。但它在不停地运动，这一点我很有把握。

我仍然想让拉克什米为戴安娜的死付出代价，但赫胥黎黎应该已经处理了尸体，我不知道怎么对质，至少目前还不行。我会找到法子的，但这是后话，得先回新克朗代克再说。要想回去，就得让这位特聘作家放下枪。"拉克什米，"我说，"低原上发生的事永远留在低原上。让玲子走，然后回肖帕兹基之屋去，写你的书——不管它到底是什么内容。"

青绿色的物体越来越近。那是……是的，没错！一个人。不过生物人不可能跑这么快，一定是个换身人。我瞥了厄尼一眼。他丝毫没流露出看到了别的东西的样子。毕竟，他的注意力都放在了眼前两个女人的身上。

跑过来的人稍微调整了一下路线，基本被拉克什米和玲子

---

① "欺诈"的英文是"double-crosses"，"2X先生"对应的英文是"Mr.Double-X"。"X"和"crosses"都有"交叉"的意思。

挡住了。我可以移动一下，或是伸长脖子，但拉克什米肯定会注意到。我有些后悔撤销头盔的极化了。

当然，没理由认为狂奔而来的那人一定会支援厄尼和我，他也可能是来帮拉克什米的。也许她用某种方式发送了信号，说自己被绑架了。或者那人是来帮玲子的。又或者他是单干的，要杀掉我们所有人，独吞财宝。假如我们中有换身人，那就只有宽频干扰器才能对付，但情况并非如此，如果跑来的人有气动霰弹枪或机枪——我在火星上还没见过机枪——他就能轻轻松松把我们干掉。

厄尼决定施加压力，"年轻的女士，罗麦克斯先生是对的。我有人脉可以消除很多麻烦，而且……"

而且厄尼肯定感觉到脚下的地面在轻微震动，像我这样体重的人不会引起那样的晃动。他可是一个会走动的远距离震动预警系统。拉克什米显然从他脸上看到了什么。她突然一转身，连同玲子一起甩了过去。我再次看到了那人，惊得差点儿下巴落地。

朝我们跑来的，是一个美得超凡脱俗的女人——一个光彩照人的换身人，有着一张超模的脸，长长的金发飘荡在身后。我没认出她。她穿着青绿色的运动服，勾勒出了完美的曲线。她奔跑时丰满的乳房微微弹跳着，却一点儿也没下垂。她完全不喘，根本不呼吸。

紧接着，我们全都屏住了呼吸。

第四十一章

从拉克什米背后看去，很难得知发生了什么，但我认为她从玲子肋下把枪抽了出来，随即瞄准了那个光彩照人的幽灵。她正朝着我们跑来，一步跨出十米。当那个金发碧眼的换身人在这几乎没有空气的地方一跃而起时，我做好了准备，打算从拉克什米身后扑过去。她朝着作家猛冲，把她狠狠地撞翻在地。玲子及时跳到一旁，躲开了冲撞。

拉克什米咒骂一声。被撞翻在地肯定很疼，特别是背着氧气瓶的时候。她仰面朝天，手里仍然拿着小手枪。我一脚踢在她抓枪的手上。枪飞了起来，越飞越高。拉克什米拼尽全力想把金发碧眼的美女从身上推开，可换身人已经抓住了她的手腕。

美女在跟拉克什米扭打时一直盯着厄尼，她可爱的脑袋令人心动地向他摆了摆。咖迦里安似乎呆了一下，随即走上前去。接下来的事情费了些工夫，美女想站起身来，厄尼却想伏下身子制住拉克什米不她逃跑。他采取了最直截了当的方式，干脆坐在了她胸口上。拉克什米用拳头使劲儿打他，可我猜因为压力服的缘故，她的动作根本使不上力。

美女朝我笑了笑，接着，她那完美无瑕的嘴惊讶地大张开来,露出了一口珍珠般的皓齿。我过了好半天才意识到她其实在看我身后。我转过身……

该死。我真的要好好检查下眼睛了。远处又有什么东西出现了。我眯起眼……没错,是另一个人正往这里跑来,这次是从北边来的。

金发美女碧眼圆睁,也许是启动了仿生视觉。我甚至怀疑她的视网膜上还有十字瞄准线。想读懂换身人的表情很困难,但我觉得她也没认出来者是谁。

我不知道这个闯入者是敌是友,但做最坏的打算总没错。既然大美女看来是盟友,我握住了她的手——准确地说,是我的手套握住了她裸露在外的塑料肌肤——牵她沿着与来者路线垂直的方向,朝西面的阿尔法跑去。这么做会让来者面临选择:是跟上我和美女,还是跑向拉克什米和厄尼。很快,来者改变了轨迹,朝着我俩来了。

美女跟在我身边,随着我的步伐继续往前跑了一百多米。尽管尘土的流动会覆盖伊希地平原,但我还是能分辨出地上那两块翻起的地皮。我俩从中间穿过。我环视了一下周围,找了找那块我命名为"普利茅斯"的小轿车形状的岩石,还有被我戏称为"哈德森"的怪石。我估摸着在这里停下没错,"普利茅斯"在我的十点钟方向,"哈德森"矗立在三点半的位置。

新来的闯入者就在一百米外。他穿着米黄色的压力服,要么就是一个换身人穿着米黄色外衣,又或者是一个全身赤裸、肤色米黄的换身人——这个可能性不大。

突然,厄尼对着头盔里的麦克风喊起来:"亚历克斯!亚历克斯!"

我转过身。看来拉克什米拼命推开了厄尼,或者……不,不，不是那样。是玲子用枪指向了厄尼。该死！当我忙着和美女逃跑时，厄尼正用力压着凹凸有致的拉克什米，玲子肯定趁机跑去把我踢飞的枪捡了起来。要是在地球上，人们肾上腺素飙升时，能把压住人的小汽车抬起来。看到玲子再次拿起手枪，拉克什米肯定惊慌失措，爆发出足够的力气把厄尼掀翻了。现在她又抢到了来复枪。

大美女手一甩，从我手中挣脱。紧接着，她飞快地捡起一块足球大小的岩石，扬手一掷的姿态堪比棒球大联盟的投手。岩石穿过稀薄的大气，飞出了超远的距离。我说不清她瞄准的是三个人中的哪一个。厄尼站了起来，那两个女人面对面而立，中间有十几米的距离。玲子用手枪瞄着拉克什米，而拉克什米用来复枪指着玲子。

如果这里是古老的西部，我肯定会听到枪声在天际回响。但这里的空气太稀薄了，我只听到一个女人被打中后，从无线电传来一声惨叫。我屏住呼吸，等着看谁会倒在地上。

大约三秒钟后，穿着深绿色压力服、个子比较矮的那人以火星式的慢动作倒下了——那个痴迷于外祖父的财宝、却什么都没得到的女继承人。

大美女突然动起来，朝着她们跑去。她一个字都没说，我也没理由认为她会用跟我们一样的无线电频率，但我还是大喊起来："不！停下！照我们来的路走！"

不知是她早调好了频率，还是仿生耳的听力超乎寻常。她脚下一滞，改变了方向，精确地顺着我们来时的路跑起来。

与此同时，米黄色的入侵者仍然直冲我而来。如果我移动，他也会改变路线——我索性站在了原地。

美女快得像在飞。她朝着玲子和拉克什米跑去时，金色的秀发犹如一团云彩飘在脑后。拉克什米用来复枪对着美女,我猜美女和我的想法一样——这么大的一支枪可能会对换身人造成严重伤害。于是她在路上迂回躲闪起来。拉克什米的第一枪打空了。第二枪多多少少击中了美女的身子——隔着这么远的距离,很难讲打中了哪里——但并没有让她慢下来。

我转身面向入侵者。那是一个男性换身人,穿着卡其布的长裤和长袖衬衫。他起伏的双肩让我看出他背着一个包——显然不是空气罐,更像是装工具的帆布包。最后,他靠近到我能看清他的脸时……

天哪!不!

我大叫一声,尽管在这么稀薄的大气中,还隔着头盔,他也几乎听不到我的声音,我还是大叫起来:"洛瑞!停下!"

自从在"壮汉吉姆号"上,我把匹克奥弗的违规副本从行刑室里救出来后,就再也没见过他。但我很肯定这就是他,那个违规副本在使用约书亚·威尔金斯的身份后,用的就是这张脸。他现在距离地雷线只有三十米了——还在接近。

即便穿着压力服,我至少也能跳得跟在地球上一样远。我开始朝着他跑去——这意味着我也正朝着地雷阵跑去。快接近地雷线时,我拼尽全力脚下一蹬,笔直地朝他飞过去,双臂大大地伸开。他看着我,露出了我在换身人脸上看到过的最惊诧的表情,然后……

然后,该死!我的史密斯威森被甩出枪套,落在了身后。它肯定落到了一颗地雷上,我突然间被一股力量推向前去。即便是在稀薄的大气中,爆炸声也震耳欲聋。我跟违规品匹克奥弗撞在一起时,有东西扎进了右腿,他也被撞翻在地。

我花了好一会儿才从冲击中恢复过来,立刻站起身,朝匹克奥弗伸出一只手。拉他起来时,我感觉腿肚子一阵刺痛。地雷的弹片划破了我的压力服和牛仔裤。一块香蕉大小的皮肤暴露在了冰点以下的空气中,血液顺着裤腿流下来,很快就会冻结或沸腾。我打开腰带上的压力服维修包,抽出最大的胶带,把它贴在了开口处。匹克奥弗和我近在咫尺,我能听到他说话的声音。"我的天!"他叫起来,"有人在阿尔法埋了地雷!"

我点点头,与其说是向他,不如说是向我自己。在这个副本被造出来后不久,真正的匹克奥弗就发现这一点了。我调换了无线电频道。"二十二频道。"我喊道。换身人点点头,也没啥动作就调整了无线电频率。我用正常的声音继续说:"你到这里干什么?"

违规复制品的声音传进了我头盔——这个声音跟真正的洛瑞一样。"我在北边二十公里处的矿床上工作。"他说,"我看到有飞机飞过,那该死的东西正朝着阿尔法附近降落下去。我想应该调查一下——然后,我就看到了你。"

"见到你真好,洛瑞。那边的人当中,有人想从这里偷化石。你准备好干架了吗?"

他眼睛一眯,"走着瞧吧。"

拉克什米、玲子、美女和厄尼在我们东边五十米远的地方。美女正跪在跌倒的玲子身边。"地上躺着的女人是丹尼斯·奥·雷利的外孙女。"

"哦,真的吗?"他说,反应就跟我第一次告诉另外一个匹克奥弗时一样。

我现在可没有心情开玩笑说"不,奥·雷利"。尽管我很少有机会把同一个玩笑在同一个人身上开两次。我说:"没错。那个穿红衣服的女人叫拉克什米·查特吉,是个作家,不止一次想杀我。至于那个穿青绿色衣服的换身人,我不知道她是谁,但她似乎站在我们这边,或者至少不会跟我们作对。那个大块头——"

"厄尼·咖迦里安。"英国口音让嘲讽的味道更有效果,但即便没有这种口音,洛瑞的蔑视之情也显而易见。

"是的。"我随即朝那边看去。在我看来,这些人很难说谁好谁坏,但不管是玲子、拉克什米还是那个美女,都不能归到丑陋那类——这个描述要留给厄尼、洛瑞和我①。"不过那架飞机是厄尼的。是他带我来这里的。阿尔法真正的威胁是拉克什米,至少现在是。"

"我……我不想靠杀人来保守秘密。"匹克奥弗说。

"可我不知道别的方式,"我答道,"拉克什米确实想杀死我们。"刚说完,我就意识到查特吉女士其实对洛瑞并不构成威胁。确实,他只要逃走就行了。他可比拉克什米跑得快多了。据我所知,即使她开着越野车,他都能跑赢,前提还是她能重新启动车子。但毕竟我在行刑室里救过他,而且当我在真正的匹克奥弗面前隐藏他的身份时,算是又救了他一次。那一个匹克奥弗当初让我销毁这一个来着。我不知道他会不会知恩图报。片刻后,他做出了肯定的回答,"好吧。现在怎么办?"

"看到那两个小坑了吗? 就在那边。那是你的……啊……兄弟和我挖掉的两颗地雷的位置。你可以在那两个坑之间安全地出入。"违规复制品点点头,我继续道,"所以,咱们走吧。我们的第一件活儿:让拉克什米缴枪。"

"好的,"匹克奥弗说,"可是怎么做呢?"

"随机应变。"说着,我开始朝那些人跑去:脚下一蹬,飞身向前,

---

①这句话用的是《好人、坏人和丑陋的人》的典故,英文名 The Good, the Bad and the Ugly,该片中国常译作《黄金三镖客》,1966年首映。

再一蹬,又飞身而起。匹克奥弗犹豫了一下,但很快就跟在了我身边。

拉克什米迅速做出了反应。她就像神射手一样,双腿分开,用枪瞄着我。这正是我期待的,意味着她没法儿顾及厄尼了。她的枪一从大块头身上挪开,厄尼就奋力一跃而起。他在这里的重量只有地球上的三分之一,所以一下就跳起了半米多高,往前扑出了足有一米半——但他的质量可没变。借着惯性,他重重砸在了拉克什米的后背上。当匹克奥弗和我继续靠近时,拉克什米往前一扑,厄尼落在了她压力服的背囊上。尽管我的视线在奔跑时不住颠簸,可看上去,他是在拼命拔掉她的空气罐。

匹克奥弗突然冲到了我的前面,他那双人造腿鼓捣起来我真是望尘莫及。拉克什米不顾自己被打倒在地,拼命抬起脑袋,又举起了枪。她朝着匹克奥弗开枪了。我觉得古生物学家被击中了——他头朝下滚翻在地——但紧接着,我意识到这是熟练的规避招式。他翻了一个漂亮的筋斗,拉克什米的子弹从他头上飞过。他站起身,继续飞奔。

现在近到能看清更多细节了。大美女仍然跪在那里,而且……不,不。不是那样。她不是跪在那里,而是盘腿坐在沙地上,把高桥玲子戴着头盔的脑袋抱在她的大腿上。

厄尼仍然在拉克什米背上忙活着,而且——很棒!——他把她的氧气罐弄掉了,扔到了一边。她头盔里肯定还存留着一些空气,但这位作家活不过几分钟了。

突然,我的头盔爆开了。拉克什米把枪口转向了我,扣下了扳机。有好一会儿,我看不到东西了——鱼缸头盔里的空气变成了一团白雾。我继续往前跑,把雾气甩在了身后。背后的气罐仍然在工作,氧气顺着管子泵出来。我停了停,希望拉克什米已经开完最后一枪。然后,我把管子猛地往外一拽,它们在紧急情况下有别的功用。

我感觉面部在冻结,眼睛被寒气刺得生疼,几乎暴露在了真空中。鼻孔吸不上气。好在管子里仍然有温暖的空气流出,我把它插进嘴里,用牙咬住。我别无选择,只能继续奔跑。我觉得头皮正在流血,鱼缸头盔的碎片肯定伤到了头。

我需要另一个头盔,而且要快。厄尼显然注意到了我的困境:他正奋力拽着拉克什米的头盔。我的视线模糊起来——我的眼球肯定被冻住了,而且……

而且一切都在变暗。我脸朝下一头栽倒。我拼尽全力抬起下巴,及时吐出了氧气管,没让它把我的门牙撞掉。接着,我感觉有人压在了我的背上,强壮的双手勒住了我的脖子使劲儿掐,想让我窒息而亡。

第四十二章

　　脸仍然埋在土里,我伸出手高举过顶,奋力去扒那双越掐越紧的手,那双手……

　　那双手是赤裸的,没戴手套,暴露在外,而且……

　　而且我已经看不见东西了。更糟的是,有人把袋子之类的东西套在了我的头上,然后把我压倒在地上,这双强壮的人造手正在把袋子收紧。

　　我突然感觉这个袋子开始充气,像气球一样鼓起来,空气顺着气瓶的管子源源不断流了进来。匹克奥弗肯定是从帆布背包里找了一个标本袋,把它套在了我头上,充当临时头盔。在我背上的就是他。"亚历克斯!"他高声喊着,让我没有无线电也能听见。耳麦已经随着破碎的头盔不知落到哪儿去了。"看在上帝分儿上,别跟我打了!"

　　当时我还没意识到自己仍在挣扎——我想是受惊过度了。黑暗中,我深深吸了口气,很高兴能闻到充满陈腐气味的袋子。尽管我什么都看不到,仍然能感觉眼珠又在眼眶里活动开了。

　　匹克奥弗松开了手。一股冷气从袋子的缝隙里钻了进来,这种时刻真是令人倍感清新。我把双手放到脖子上面,把袋子固定好。

"我去去就来!"匹克奥弗叫道,或者至少我认为他是这么说的。声音实在太微弱了,还隔着一层袋子。

我脸火辣辣的疼,有点儿担心会生冻疮。这个袋子似乎粘在了头顶,看来那里准是流血了。好在没受什么致命伤,但在行动中置身事外让我很不开心。我扬了扬头,想把袋子拉紧贴到脸上,希望透过它看到外面。不过在保证气密性的前提下,根本办不到。于是我冒险把袋子从脸上掀起了一秒钟,然后……

匹克奥弗已经奔向了胡安的白底绿纹越野车。他坐在驾驶座上,舱盖仍然敞着,我看到他紧攥着拳头使劲儿敲打仪表板,十分气恼。这该死的东西无法启动。

我把左前臂伸进袋子里,叫电话把启动代码传送过去。可什么都没发生。袋子里空气不多,电话听不到我的声音,或者它听到了,却无法识别。我用闲着的那只手把袋子口收紧,等里面充满足够的氧气后,又试了一次,"把启动代码发送到胡安的越野车!"

希望距离足够近。我仍然趴在地上,不用手支撑的话很难站起来。"把启动代码发送到胡安的越野车!"我又喊了一遍。

胸口下的地面有一点点振动。我想也许是厄尼正在跑——这场面可是值得我看一看的——但这时我听到了火星越野车的喇叭声。我仰起脖子,拉开袋子看了一眼。又一股寒冷的雾气喷涌而出,我看见匹克奥弗启动了胡安的越野车,就在我前面十几米的地方。他仍然让舱盖敞着。我把袋子拉下来,紧紧按在脖子上,跌跌撞撞朝着车子走去。

很快我就摸到了匹克奥弗的手——他肯定从车上下来了——他扶着我上了驾驶座,然后从外面扣上了舱盖。我长出一口气,拉掉了袋子——把它从我头顶凝结的血块上扯下来可不容易——然后伸手按下了标着"舱室增压"的开关,剩下的就是等待呼吸了。我能感觉到、能听到这小小的舱室里逐渐充满空气。

我透过舱盖看出去,想搞明白外面正在发生什么。形势已经完全变了:厄尼双手抱头站着。拉克什米站在后面,她夺回了空气罐,鱼缸头盔也安然无恙,手里还端着厄尼的来复枪。与此同时,美女仍然在照顾摔倒的玲子——这让我不免猜测玲子还活着,虽然她一动不动。

匹克奥弗站在火星越野车旁边。他挥着手,让我注意正前方。我点点头,一踩油门,让越野车朝拉克什米直冲而去。她花了三秒钟才意识到发生了什么,然后调转来复枪,朝我开火了。她三次击中挡风玻璃,每一次都让石英同分异构体碎裂出蛛网般的痕迹,但她很快就意识到根本无法阻止我前进。她朝着相反的方向逃窜而去。

我已经把油门踩到底,只管一路向前,确信能把她摞到。她左右闪躲,我不停地转动方向盘追赶。她最终还是难逃一劫:我撞了上去……

她确实还保持着在地球时的肌肉。就在我快从她身上碾过去时,她往上一跃,然后落在了越野车的引擎盖上,背向着我。她下落的力量压得前轮往下一沉。

我仍在快速前进,然后猛地一刹车,想把她甩下去。可她又跳了起来,在空中灵巧地转了半圈儿,再落下。这次她的小腿往后曲起,落下时双膝着地正对着我,在引擎盖上砸出个坑。越野车停下来,她把来复枪顶在了之前打出的裂纹中心,挪了挪枪筒,正好对准我的胸口。拉克什米在赌,从薄弱点直接射击,也许正好能穿透石英同分异构体打到我;而我也在赌:这事儿办不到。

突然我身后有什么东西一撞,车子上下震动起来。我回头看到匹克奥弗跳上了行李箱,正往舱盖顶上跳。他跳上引擎盖,正好落在拉克什米面前,而她的来复枪枪筒就在他双腿之间。她连忙从挡风玻璃上撤回枪,打算向他开火。

舱盖和拉克什米之间没有足够的地方让匹克奥弗抬腿发力,于是他抓住她的双臂,顺着她的右臂向下一滑,抓住来复枪,一把夺了下来,调转枪口瞄准她的脸。我就等着她的鱼缸爆开了——当然还有里面那个漂亮的脑袋。

但匹克奥弗没有开枪。她花了几秒钟意识到这事儿后,恐惧便从俏脸上退了下去。她往后一倒,就地坐下,平躺在了越野车的引擎盖上,随即伸出双腿蹬在了洛瑞的腋下,把他踹到空中翻了个身。他落下时,正好会脑袋先着地。但下坠很慢,足够让他用手一撑、翻身起来。但要这么做他得先丢掉枪。拉克什米在原地打了个转,从引擎盖上蹦了下去,一把抄起来复枪。她没有瞄准洛瑞,而是又瞄上了我。尽管舱盖能保护我,但它快撑不住了,而且我没戴头盔。洛瑞明显不打算冒险跟她打了。

拉克什米急匆匆绕到了越野车侧面。我加大油门想往相反方向转,但她还没走到后面车就停了下来。

见鬼,她伸手打开了侧面电池舱的盖板,扯下了准分子电池。车子的电力系统——包括生命保障系统——关闭了,就跟我再次发送了停车代码一样。然后拉克什米退后几步,用力朝越野车后面把电池扔了出去,能扔多远就扔多远——真他妈够远的,多亏她那身地球肌肉,还有几乎不存在的空气阻力,以及火星这微乎其微的重力。

舱盖里还有足够的空气让我活一会儿,但如果我打开盖子去找电池,氧气肯定会不够用。拉克什米往扔电池的反方向逃走了,洛瑞犹豫了一下,思考是去找电池还是跟上她。我想他认为给我恢复空气循环更重要,于是他朝后面跑去。

右边的动静吸引了我的目光。厄尼·咖迦里安径直朝他的飞机去了。他没有跑,但走得很快,双臂前后甩动,身体两侧的肉也跟着摇摆。很明显他要撤离了,而且,显然是要把他的同伴以典型的西蒙·温嘉顿方式流放在阿尔法沉积带。

第四十三章

拉克什米也注意到了厄尼想干什么，她紧追不舍，大概是看中了飞机上的乘客席。

违规的匹克奥弗并不确定拉克什米把准分子电池扔去哪儿了，正四处搜寻着。随着越野车失去动力，再加上我头盔的无线电报废，我没法儿直接给他指示，哪怕他回头看我一眼，我也至少能给他指个正确的方向。

我又把头转向前面。厄尼站在飞机旁边，拽着左翼的翼尖想把飞机掉个头。

美女突然抱起玲子，把她搂在了臂弯里。玲子的身体瘫软着，这让我想起了《禁忌星球》①海报上画的机器人罗比抱着阿尔泰拉的样子。美女抱着玲子开始跑起来。这个让人惊异的换身人显然也看中了飞机，毫无疑问，她意识到这是把受伤的玲子送回穹顶的最快方式。

我又转回头来，洛瑞终于看到了正确的方向，找了起来。准分子电池不发热，所以我想他的红外线视觉派不上用场，不过……

他总算是把电池组件找到了！他掉头往越野车跑来。拉克

---

① 1956年的经典科幻电影。

什米让电池组件的盖门敞着,但把电池安装回去还是花了他一会儿时间——肯定是有一个接头被弄弯了。当他终于装好后,我一按动力开关,仪表板指示灯便重新亮了起来。然后我把脚放在了油门踏板上。我不想去撞飞机,但我至少能阻止厄尼立即起飞。我径直朝他之前用作着陆跑道的带状地域驶去。厄尼已经把飞机调转到了他满意的方向,却发现我正好挡在路上。

美女离飞机还有小半路程,拉克什米已经到了飞机跟前。厄尼和她争执起来,两个人的动作都很大。但女士手里有来复枪,所以过了一会儿,他顺从地朝着座舱一挥手,让她爬了进去。

厄尼也进去了,尽管那身茄子压力服让他费了番工夫。他就位之后,泪滴形的舱盖滑下来,罩住了他和拉克什米。他发动了引擎。我能看到涡轮机开始转动,于是让越野车又靠近了些,挡在他前边。不过他似乎还是打算起飞……而且,谁知道呢,碳纳米管材料是非常坚硬的,或许这架飞机能把越野车撞开。

那美女还得再跑十几米。我想象不出这样的颠簸对玲子有什么好处。换身人弯下腰轻轻把玲子放在了地上。然后她做了一件厄尼刚才做过的事情:抓住左翼翼尖,转动机身,把它转向一片砾石。飞机上的两人可能对机身的重量挺有信心,但美女似乎并不担心。厄尼认为飞机能轻而易举地撞开越野车,但他不得不承认,有个换身人挂在机翼上,会给本就恶劣的火星空气动力增加致命的障碍。他关掉发动机,不等美女去扯开机舱盖,他就自行打开了舱盖。

厄尼知道他没有必要出去——毕竟他才是训练有素的飞行员——但拉克什米看上去不像要动弹的意思。美女双手抱胸,怒气冲冲。大约五秒钟后,她朝驾驶舱走去。

匹克奥弗也朝着飞机跑了过去,正好跟美女处于相对的方向。拉克什米的枪没法儿同时对付两人，经过深思熟虑后，她放弃了抵抗。毕竟，如果匹克奥弗在左边抓住她，美女在右边，两个换身人可以把她撕成两半。拉克什米从后边的乘客座上站起身，下到了地面上。美女朝匹克奥弗做了个手势，让他绕到她这边来，他俩轻轻把玲子抱进了空出来的乘客座位里。

我把越野车开到了一边，美女重新把飞机转向，厄尼在驾驶座上洋洋得意地竖起大拇指，发动了飞机。那对长得不可思议的机翼随着发动机的转动微微起伏，像是要扇动翅膀助一把力似的。

最后，"鸟儿"起飞了，爬上天空朝东飞去。尽管来时是我做的向导，但要从空中找到新克朗代克毫不费劲，厄尼很快就能锁定那里的导航信标。

两个换身人和两个生物人留在了阿尔法：硅族队的匹克奥弗和美女，碳族队的我和拉克什米。当我把越野车让开时，拉克什米就放下了枪。这一次，不等别人来夺，她就把枪乖乖递给了洛瑞。毕竟一位作家要是断了手腕子，打字会很辛苦。

洛瑞朝越野车走了过来。他和我交换了一下手势，定了个无线电频率，好私下进行对话。我可以用越野车上的无线电。

"我猜这就是我该做的。"他说。

"你不回穹顶吗？"

他摇摇头，"我不回去，除非我需要充电。我在那里什么都没有。"

我叹了口气。有些事我们得讨论一下，但不是现在。"明天来看我，好吗？"我说，"下午两点左右，在我办公室。行吗？有一些，嗯，有趣的事情你应该知道。"

"明天不行。我正在发掘一块十分精美的标本。"

"那后天呢?"

"行。"然后他朝着美女走去,把拉克什米的枪给了她,转身离开了。他背对我,缓缓朝着北方的地平线而行。望着他的背影,我若有所思。

但我的思绪被美女打断了。她用指节敲了敲舱盖,推着拉克什米来到越野车的另一边。既然拉克什米没了武器,如果有必要,我们轻而易举就能制服她。当然,我没有头盔,只能待在越野车里。那位美女似乎也想让拉克什米进来。她朝我打了个手势,让我打开舱盖。我倒是很乐意让拉克什米待在外面窒息而亡,但现在控制局面的是大美女,两支枪都在她手里,而且她可以从外面强行打开舱盖——那样的话,就再也没法儿保证舱室的气密性了。我遵从了她的指令,打开透明盖子。内部的空气瞬间窜了出去。我可不想再把袋子套回头上——我也是有尊严的!——好在这次也就敞开一下下而已。

美女换身人一挥手,让拉克什米上车。她怒气冲冲地瞪了一眼,还是顺从地爬进了乘客座。我立即放下舱盖,按下了"舱室增压"的开关。

"你可以摘掉头盔了。"等内部充满空气后,我说,"还有好一段路要走呢。"

拉克什米轻轻点了点头。她松开卡扣,摘掉了鱼缸头盔,甩了甩漂亮的长发。她坚持把头盔搂在大腿上,而不是放进身后的储物箱。显然她并不信任我,怕我会把它抢走,然后打开舱盖。聪明的姑娘。

外面,那个美女在越野车车身上拍了一巴掌,催我赶紧上路。我一踩油门,向前驶去。金发美女开始跑起来,我跟在后边,由她大步向前,领着路,朝黑暗进发。

第四十四章

越野车飞驰在夜色中。我借着仪表板的灯光看了看拉克什米。有好几次她的脑袋耷拉下来,下巴垂到了胸口,然后又晃晃脑袋醒了过来。她可能跟我一样,筋疲力尽,但又害怕睡过去。

"你有充足的时间睡一觉,姐们儿。"我说,"杀掉戴安娜……那么做真不对。"

"我告诉过你了,不是我杀的。"她看着我说。

"如果不是你,那是谁?"

"我不知道。我回去的时候她已经死了。"

"我需要更好的证据。你在温嘉顿和奥·雷利的降落级里打的电话被计算机听到了。你说戴安娜是你的保险策略。"

"没错!"拉克什米叫道,"她死了对我没好处。正如我之前对玲子说的,如果我让戴安娜活着,我就能控制你。"

"但后来你发现戴安娜要帮我在你家安窃听器,就把她干掉了。"

"我没有,我发誓。"

"我可没什么理由相信你。"

"或许吧。但分析下情况吧:如果我撒谎,很好……你已经抓住了杀她的人。可是如果我没撒谎,那么想要戴安娜死的人就还逍遥法外……而你可能就是他们的下一个目标。"

"我能照顾好自己。"我说。

"用你照顾她的方式?"

这很伤人,不过我不想表现出来。还有很多路要走。

最后,我们抵达了穹顶附近。大美女跑这一路不费吹灰之力。我们往北气闸站驶去,因为拉克什米就是从那里登记开着越野车出来的。而且,我很确定,厄尼的飞机就停在那边,安然无恙。

一般来说,我会把越野车停在外面。但我没有头盔,所以直接开进了气闸通道。外侧门在我们身后闭上了,我们等着管道里充满空气。与此同时,那美女通过了个人通道,那里的循环更快些。当我前面的门滑开时,她已经在路边等候了。在她身边,我惊讶地看到了道格尔·麦克雷。

我把越野车的舱盖向后翻起,爬出车子。麦克赶紧走到乘客门前。"拉克什米·查特吉吗?"他问。

"是的。怎么了?"

"你被捕了。"

"为什么?"

"我们一位有影响力的公民,厄尼·咖迦里安先生说你用枪威胁他。"

拉克什米做了个轻蔑的手势,"我做了又怎么样?就算真有那回事,也是在你们的司法管辖区之外。"

麦克坚定地站着。"你得跟我走。"他说。我暗笑。拉克什米可能觉得自己很聪明,能收买赫胥黎黎,不过厄尼能收买更有权势的人。作家抗议了一下,但实在激不起什么浪花来,麦克很快就把她给铐上了。他转向我道:"亚历克斯,我希望得到关于这件事的完整报告。"

"当然了,麦克。我回头去局里给你。"

"说到做到。"说完,他带着拉克什米走了——现在只剩下我和那个美女了。这位美貌绝伦的换身人朝我跑来,而且……

哦!

她伸开双臂,把我紧紧抱在怀里,用可爱的小嘴给了我长长的一吻。毫无疑问,我做的这一切得到了感激,而如果这就是报酬,我真没啥好抱怨的,不过……

不过这个吻没完没了。终于,美女舍得离开我的嘴,她那美得令人眩晕的脸上漾起了动人的笑容。现在,我们已经处于正常的大气环境中,她可以开口说话了。我根本认不出她的声音,那声音撩人、性感,有着十足的魅力。"太感谢你了!"她说,"一进入能打电话的距离,我就联系了厄尼。他说玲子几小时前就进了手术室,现在已经出来了,正在恢复,她会好起来的。"她又给了我一吻,然后说,"谢谢你,亚历克斯!"

凭着侦探的本性,我注意到她对大块头咖迦里安直呼其名,更别说对我了——但我还是看不出这个金发美女是谁。"很高兴见到你,"我说,"不过恕我冒昧,小姐,嗯……"

我还从没见过哪个换身人的眼睛会像星星一样闪烁,而这时,她的眼睛似乎亮了起来,"哦,亚历克斯!是我呀。"

我轻轻摇头,疑惑不解,她往后退了半步,端详着我,"看看你!真是邋遢死了!割伤、冻疮、脏得一塌糊涂。赶紧去好好收拾收拾,睡一觉,下午六点见。"

"去哪儿?"我说。

"晚餐啊，傻瓜。你还欠我一顿布里尼俱乐部的晚餐呢。"

我感觉下巴真的"哐当"一声落到了地上，花了好半天工夫才恢复正常，"戴安娜？"

她绽放出一个大大的笑容，"独一无二的。"

我的心狂跳起来，跟着笑了起来。但这事儿还有很多百转千回的细节需要推敲。"证明一下。"我说。

"你左侧的睾丸……"

"好了！好了好了。戴安娜！不过……我看到你的尸体了。"

"你看到的，是我被抛弃的那个身体。"

"额头中间还有一个弹孔。"

她等着我自己去推想真相，我琢磨起来。"这是陷害，"我说，"你陷害拉克什米谋杀。"我想了想，"她的手枪，上边肯定有她的指纹，尸体在她的房子里……好吧，是在肖帕兹基之屋。"我点了点头，"但为什么？怎么做的？你不可能负担得起换身呀。"

"在合适的地方交到朋友，自然会有回报。"戴安娜说。

我想，她肯定在这些日子里又见过其他什么人，不过……好吧，好吧。"我甚至不知道你还认识高桥玲子。"

"她不讨人喜欢吗？"戴安娜做了个夸张的表情，"她第一次进入弯凿酒吧的那个夜晚，我就爱上她了。"

"可为什么要陷害拉克什米？"

"一开始她和玲子一起工作。"戴安娜说，"你知道，玲子愿意把她外公的日记借给拉克什米，因为据说拉克什米专门研究温嘉顿和奥·雷利的探险活动。如果日记里有关于阿尔法位置的密码，拉克什米说她能识别出来，并且会跟玲子分享财富。但拉克什米其实完全不打算那么做。她已经查到了阿尔法在哪里，却一直告诉玲子说她不知道——双重欺诈。所以我们不得不把拉克什米踢出去。而且,哦,我们有一个多余的生物人身体得处理……"

"但是如果拉克什米知道阿尔法在哪儿,你们为什么要在找到具体位置前陷害她谋杀?"

"因为,我亲爱的亚历克斯,你知道它在哪儿呀。"

"怎么可能?"不过接着我想到了,"德尔克。那把弹簧刀。你推测如果洛瑞·匹克奥弗回来时成了我的客户,我终归会知道阿尔法在哪里,于是你就设计我,让我能拿到藏有追踪芯片的东西。"

戴安娜点点头,"抱歉,宝贝儿。不过呢,好吧,那是玲子合法拥有的东西,不是你的,也不是匹克奥弗博士的。拉克什米已经跟德尔克合作了,你每一次返回穹顶,追踪芯片就会上传数据到肖帕兹基之屋的计算机上——所以,玲子和我在放那具尸体的时候,就把计算机给拿走了。"

"聪明。"我说。

"那是。不过拉克什米肯定预料到了,因为我们到那儿时,她已经把计算机里的数据抹掉了。而且,那时你已经识破追踪芯片,把它给毁了。"

"啊,所以你觉得逼拉克什米告诉玲子阿尔法在哪儿,比从我这里这儿搞到秘密更简单……于是你们就绑架了她。"

"我没有,玲子干的。不过我跟踪了他们,就跑在后边一两公里的地方,以防玲子需要帮助……当然,事实证明她确实需要。"

我的脑袋一阵发晕。她对我背叛、利用,比我精明……我退后一步看着她,彻底晕了。

"你……"我的声音颤抖,抬起右手,伸出一根手指指着她,"你,你……"

那双蓝眼睛一眨,"怎么?"

"你太出人意料了。"我说。

"的确如此。"她笑了笑,"抱歉,宝贝儿。"

"那现在又是什么情况?"

她金色的眉毛一扬,贪婪地一笑,"现在? 当然是我们去布里尼俱乐部。"

"但你又不需要吃东西。"

"不,当然不需要。但我爱跳舞。"

"然后呢?"

她伸手抚摸了一下那令人惊叹的新身体,"然后就是一个让我俩难忘的夜晚。"

第四十五章

人们通常认为换身人是不会死的。我从未听说过换身人的葬礼。而对洛瑞·匹克奥弗来说，在火星上也不必举行什么葬礼。不管在地球上有什么亲属，他在这儿可没什么朋友。事实上，顶多只有一个。

道格尔·麦克雷已经把那些换身人的尸体——包括真正的洛瑞·匹克奥弗——都发还给了"全新的你"。遵照之前的约定，违规的那个洛瑞来办公室见了我，然后我俩一起去了"全新的你"。我们一进前门，肯定激发了什么信号，因为霍雷肖·费尔南德斯立即就从工作间里出来了。当他看到那个违规的匹克奥弗时，双眼大睁起来，"约书亚！"

我抓了抓我的耳朵，"啊，没错。嗯，这需要稍稍解释一下。这个不是真正的约书亚·威尔金斯。这是洛瑞·匹克奥弗博士的违规副本。"

"老天呀，"霍雷肖说，"没开玩笑吧？"

"当然。"我说。

"那么……那么约书亚呢？"

"他死了，"我说，"他搅进了某件很糟糕的事情里，警察用干扰器朝他开火了。"

"我的……天哪。真的吗?"

"是的。"我说,"玲子在吗?"

"不。"霍雷肖答道,"不在,而且她不会再来上班了。我让她走了。她在营业时间以外进行了一些非授权的换身工作。"

"换身?一些?"

"好吧,至少一个。"

"你打算起诉吗?"

霍雷肖耸了耸他那健壮的肩膀,"楼上没有摄像头,记得吗?很难有确凿的证据告她。而且,我还有生意要做。追着丹尼斯·奥·雷利的外孙女不放,可不会让我有好名声。"

"是啊。"

霍雷肖看着那个违规复制品,"我猜这里发生过很多我不知道的事。"

"对。"我说,"我听说真正的匹克奥弗的身体在这里?"

"在里屋。跟那三个戴茨林·唐·哈奇森模样的代身在一起,还有个像科里寇·阿杰曼的家伙。"霍雷肖摇了摇头,"我真不知道该把他们怎么办。"

我们进店后,洛瑞第一次开了口:"可不可以……我能不能……跟另一个我……待一会儿。"

霍雷肖点点头,带我们进了工作间。乌诺、道斯和特雷斯——没必要核准顺序了——都躺在对面墙根儿下的地板上。斯图亚特·波尔林躺在工作台上,胸口敞开着,光纤从里边接到了某种设备上。在另一张台子上,洛瑞·匹克奥弗教授,躺在上边,面朝上。他的嘴微微张着,露出一行人造牙,丙烯树脂眼睛睁着,并没有直视着上方,而是往右边瞧着,凝固在了那一瞬间。

正如我所说,换身人的表情很难读懂。所以我能做的,就是猜测这个副本匹克奥弗看到他死去的兄弟时会想到什么。看来,换身时选择原来的面孔并不能让事情变简单。哦,他还是稍稍进行了一点儿修整的,除去了不少灰白头发,还抹掉了大部分皱纹。但那仍然是洛瑞·匹克奥弗的脸,那个羞涩的古生物学家。

副本匹克奥弗站在他身旁,眼睛一眨不眨。我原以为,即便是换身人也会不由自主地眨眼睛。也许他是在努力忍住不哭出来——他本来也哭不出来——所以让自己的眼皮一动不动。

"给我们几分钟时间,好吗,霍雷肖?"我说。

费尔南德斯点点头,去了展示厅。他走开后,副本抬起头看着我,同时指着那个死去的换身人。"他知道我,对吗?"

"他不知道你仍然活着。但,是的,他知道你被制造出来了。"

"他是怎么说我的?"

真正的匹克奥弗说"如果你找到另一个我,清除它,毁掉它。我永远都不想看那该死的东西一眼"。现在看着副本,我发现很难说出这种话,"要是在同样的情况下,你会怎么说?"

更久的沉默。然后他微微点了点头,"我不怪他。"

我们安静地站了好一会儿,然后副本洛瑞说:"好了。我好了。"

我们回到展示厅。霍雷肖正在收银台。我们走过去时,他抬起了头。我说:"我想要进行fal-tor-pan①,再生融合。"如果是和我一样爱好老电影的拉克什米,她可能会回复这段引言:"'你

---

①《星际迷航》里的瓦肯星语,指身体与灵魂再度融合。下面那段引言是电影中的台词。

所渴求的是无法得到的,因为你年龄太大了——那种事只会在传奇中发生。'"而霍雷肖只是说:"你说什么?"

"咱们去楼上。"

霍雷肖露出了笑容,"我以为你永远都不会想要呢。"他朝着楼梯间走去,我跟上,副本匹克奥弗殿后。到了楼上,我指了指扫描室。霍雷肖开了门让我们进去。"你说上边没有摄像头,"我说,"这是真的吗?"

霍雷肖点点头。

"太好了,"我说,"我们想让你打开这个副本的头,把他的人造大脑取出来,移植到真的洛瑞的身体里。"

霍雷肖看上去有点儿晕,但接着,他缓缓点了点头,"好的,我想……是的,我能做到。当然了,身体里有一大堆系统必须重新校准,不过……"

"不管要做什么,"我说,"照做就好。"

"不过……不过现在官方已经确认匹克奥弗死亡了。"

"只有警察知道……警察和你。假如换身人不能永生的话散播出去,恐怕对你的生意没什么好处,所以,我知道你会闭紧嘴。而警察都被厄尼·咖迦里安收买了……或者说,至少警察的头儿是。厄尼欠我人情,他会让有关匹克奥弗的报告消失不见的。"

我们回到工作室。霍雷肖和我把斯图亚特·波尔林的躯壳放到地板上,清出工作台,然后他对真正的匹克奥弗的尸体做了检查。

非常神速,真正的匹克奥弗的脑瓜顶被取了下来,霍雷肖拆掉了被干扰器煎过的、微微有些碎裂的大脑。换身人的大脑和生物人明显不同,几乎呈球形,有垒球那么大,泛着青绿色,看上去十分坚固。底部是一个复杂的接线口,我猜是插在人造脊髓上的。霍雷肖把那个死去的大脑放在桌上,下面的脊柱插口让它不会滚动。然后他花了一会儿工夫,在金属头颅中敲打出一些凹痕。

当他做好后,转身朝着副本洛瑞说:"好了,脱掉你的衬衫,坐在这张桌子的边上。"

副本解开扣子,脱掉卡其布工作衫,然后坐下来。我在匹克奥弗体侧看不到任何插口,但霍雷肖找到了一个光纤终端的金属插座,就在他塑料肚脐眼往右九十度的位置。"好了,"他说,"最要紧的第一件事,我要切断你的疼痛反应。"

"你竟然能做到这个?"洛瑞问,"当我需要你的时候,你在哪儿呢?"

我敢肯定霍雷肖不懂这是什么意思,但他笑了笑,转回到控制台。"好了,要开始了。不会疼的。要是你感到疼了,告诉我。"他拿起一把激光刀划过副本眉毛上面的塑料皮肤。洛瑞似乎没有不舒服的迹象。霍雷肖继续转着圈儿切他的脑袋。切口分离开来,就像切在真正的皮肉上一样,不过没有血。顺着这道缝露出了一圈儿金属颅骨,完全不像解剖课上的骷髅。

看着外科医生赤着手、不戴口罩做手术有点儿诡异。颅骨的顶部在霍雷肖动过几个地方之后松动了,他把它整齐地拆下来,放在桌上。那是一块覆盖着人造头发的钛合金颅骨,看上去像半个仿生椰子。

"等等,"匹克奥弗说,"给我一点儿时间。"他低下了头——我真怕他做这个动作时青绿色的大脑会从颅腔里滚出来,但它似乎装得很牢固。我猜他是想最后看一眼这具身躯。我知道他的感受。每当我最后一次离开某间公寓时,都会最后看它一眼,让这个地方留在记忆中——并且向它道别。

"好了，"洛瑞轻声说，"我准备好了。"

霍雷肖在他的控制台上又调整了一些东西，然后把手放在那个大脑上面，转了四分之一圈儿，把它断开。他把它取了出来，放到了真正的匹克奥弗博士躺的那张工作台上。大脑上肯定有什么我看不到的定位标记，因为他把它转到了一个特别的角度，才放进已经空出来的颅腔里，转了九十度，然后……

那个换身人一直斜视的眼睛左右转动了几下，打量着周围。那张一直张着的嘴，这个世界上现存的唯一的洛瑞·匹克奥弗博士，以他那独有的方式说话了："非常感谢你，老兄！"

在我想象中，当你第一次换身、从生物躯体转移到电子躯体时，肯定会有一些迷失感。不过匹克奥弗本就是换身人，他看起来很自在。他轻松地坐起身，在桌沿边甩了甩腿。

"你这具身体的手臂要长四厘米。"霍雷肖说，"所以最近一两天时间取东西时要注意一点儿。哦，你还必须重新学会如何激活远距视力和红外视力。这两个身体上的眼睛来自不同的制造商，操作略有不同。"

匹克奥弗点点头，似乎毫不费力。然后他垂下头看了看手背，我猜他是想好好认识一下自己。"颜色感觉稍有不同，"洛瑞抬起头说，"你的皮肤，亚历克斯的头发。"

"哦?"费尔南德斯说。

"它们都有一点点……金色。"

"我们很容易就能调整好。"

"确实挺不错的。"他抬起手拍了拍胸脯。我以为他是在摸索自己的身体，其实不然。"能穿回我自己的衣服真是太好了！"真正的匹克奥弗死去时穿着深蓝色的工作衫，一个口袋上绣着恐龙剪影的图案。

费尔南德斯拿起颅骨顶盖,把它重新安装好。在他操作时,我说:"现在只剩一件事了。"我冲着另一张桌子上那个掏空了的躯体甩了甩拇指,"全世界都认为那是约书亚·威尔金斯,当然,他实际上已经死了好几个月了。我们要处理掉那具尸体。"

"我……他……被认为是去寻找化石了。"匹克奥弗说。此时霍雷肖取来了新的塑料皮肤,用工具把那半个颅骨重新封了起来。"你们可以把尸体抛在外面的低原上,让它看上去像是出了故障,在外边挂机了。"

"不,"霍雷肖停下了手里的活儿,"绝对不行。"

我看着他。

"我还要做生意呢,"他说,"就像你说的,我销售的是永生。这可是我这个买卖的基础……或者说,最起码得非常经久耐用。不能让他的身体就那样坏掉,在任何正常环境中都不行。这是你欠我的。"

"好吧。"我说,"我们会另想一个办法。"

第四十六章

洛瑞想回家,他急切的心情也无可厚非。毕竟,这个版本的他自从被制造出来就没回过家。他在一个粗糙低档的机器身体中醒来,又在"壮汉吉姆号"上饱受折磨,然后把那个身躯进行升级,冒充了约书亚·威尔金斯。过去的几个月里,他一直在外面的低原上寻找化石,从不曾亲眼见过自己的家。我们在"全新的你"告别。之后我去了谷力健身馆做运动,然后回公寓,一觉睡到第二天早上十点。

当我醒来时,收到了厄尼·咖迦里安的一封语音留言,请我出席中午在叶奥德化石商铺的一次会晤。

我准时抵达了那里,万万不能让火星的老大等着。我很惊讶地看到那儿已经有另外两人:高桥玲子和洛瑞·匹克奥弗博士。玲子倚在一张展示台上,看上去挺不错。厄尼自然在飞回穹顶后给她安排了最好的医疗——可不能让温德米尔那种诊所来医治丹尼斯·奥·雷利的外孙女。

"啊,亚历克斯,我亲爱的孩子,见到你真好!"厄尼说,"过来,过来!"他大度地挥着手,"给你来点儿喝的好吗? 我有一百年窖藏的苏格兰威士忌,你会喜欢的。"

"等会儿再喝吧。"我答道。

"那就过会儿,"厄尼同意,"是的,是的……真有礼貌,我的孩子!明白人不应该用酒精作为谈生意的开始,应该用它收尾。我们要用它庆贺。"

厄尼的展示厅没有座位,他带着我们去了他那间富丽堂皇的办公室,一间我以前从未进过的房间。里边有三把深红色的椅子,我猜上面蒙的是真正的皮革。厄尼坐在那张宽大的、雕刻精美的桌子后边。玲子坐在另一把椅子上,叠起她那双可爱的腿。我坐了最后一张。洛瑞,当然了,可以舒舒服服地站好几个小时。

"亚历克斯,你给我制造了一个大麻烦。"厄尼说,"我们要把它解决掉。"

"一个麻烦?"我问。

"是的,我的孩子。你如约带我去了那个地方,向我展示了丹尼斯和西蒙的主矿脉。有人会认为那是难以想象的财富。"

"那怎么会是一个麻烦呢?"

"想想地球上吧。"厄尼说着,冲天空指了指,"他们人工合成黄金,人工制造钻石,他们仿制红宝石。于是那些东西都不值钱了——实际上,比原料值不了多少钱。不过真正的外星生命化石——啊,那些收藏者舍得出大价钱!为什么,我亲爱的亚历克斯,为什么?"

"因为它们的原产地。"我说。

厄尼的胖脸绽放出笑容。他看着匹克奥弗,"你听到他说的了吗,我的好教授?他说'原产地'。这么一个冠冕堂皇的词儿他居然都知道!"他又把注意力转回我身上,"是的,没错……它们是纯天然产品,还没有人工合成品或仿制品。是的,没错,孩子,这就是它们值钱的原因之一。不过还有一个缘由。毕竟,你没法儿把月球岩石卖出好价钱,即便它们的产地很容易确定,连白送出去都很难。但在过去,它们曾是地球上最值钱的石头。你知道为什么吗?"

这个我倒是有些想法,但让别人讲自己的故事会让你学到更多。不要显摆自己比对方懂得多。于是我说:"不知道。"

"因为在1972年,'阿波罗计划'的宇航员最后一次在月球上行走之后,人类就再也没有返回过那里了。地球上总共只有三百八十二公斤的月球岩石。物以稀为贵呀,我的孩子!而钻石呢,那时有成吨成吨的钻石,不过……好吧,我的小伙子,我得说这事儿,因为我知道你在想这事儿!你知道我的压力服吧,紫色的那件?你用它就可以把阿波罗所有的战利品装进去了。所以那些石头才会那么值钱。"

"没错,"我说,"好极了。"

"但这可不好,亲爱的亚历克斯。一点儿都不好。我现在知道了一片巨大的保存完好的火星化石的埋藏地。都是精品中的精品,不止品质好,而且数量大!我不能把这个事实公之于众。哦,如果我开始大量销售从那儿弄来的原料,是的,有那么几天我会赚好大一笔,但很快阿尔法化石就会滥大街,不只是直接通过我的手,还有二级市场。阿尔法会成为市场毒药——每个人都在卖阿尔法,阿尔法随处可见。"

"那你打算怎么办?"我问。

厄尼笑了,柚子般的脸鼓了起来。"这就是问题所在!而解决方法是这样的,我的孩子。我们要让阿尔法得到正规管理。这位匹克奥弗博士将对标本进行选择,对它们进行研究、检测,从它们身上学习,用科学的方法对它们进行描述。他用缓慢的步调工作,我明白,那样很好。当他对一块标本完成了研究,就把它转给我,我再把它投放进市场,找到有鉴赏力的买家。而这位高桥小姐,我那位亲爱的老朋友丹尼斯的后人,将分得其中的利润。我每做一笔生意都会给她分成。"

"但……但是那要花很多年时间。"

"天哪,亚历克斯,是的,很花时间! 不过那又怎样? 我们不只是生活在一个原料丰富的年代,我的孩子,我们还生活在一个可以永生的年代! 匹克奥弗博士已经进行了换身,当然,我们其余人到头来都会变成他研究的化石,深埋地下! 我是这间屋子里最老的、块头最大的,但我几乎才刚刚开始我的一生! 而且,正如任何一个好的生意人所知的那样,有长久而稳定的红利的财产,比迅速枯竭的财富更有价值。"

我抬头看着匹克奥弗说:"你觉得这样好吗,洛瑞?"

洛瑞稍稍耸了耸肩,"这算不上很理想,但是很接近了。我已经得到了温嘉顿和奥·雷利制作的地域图,而这位厄尼从一开始就涉足了化石黑市,他打算帮助我寻找那些买过老标本的买家。现在,威廉·范·戴克已经死了,厄尼成了唯一能带着我去找那些化石收藏者的人,还能让我把它们写进科学报告里。而我也能对每一块新发掘出来的化石进行研究分析。"

我又转向高桥玲子,"那你觉得呢? 你能接受吗?"

她点了点可爱的脑袋,"这样很好。"

"但是拉克什米怎么办?"我说,"她也知道阿尔发在哪儿。"

"我亲爱的孩子,请不要担心这事儿。她不再是问题了。"

"她要回地球了?"我问道。

厄尼的眉毛朝着他那锃光瓦亮的黑发爬去。"太不幸了。她不应该拒捕。"

我一皱眉,她没拒捕啊。

"当然,尸体会被运回去。"他一扬胖胖的脑袋,"我听说下一位特聘作家会是一名剧作家。"

我望向匹克奥弗,但换身人的表情很难看懂。

"所以就剩下你了,2X先生。"厄尼晃了晃大脑袋,"我认识斯图亚特·波尔林,你也认识——他通过我销售他的化石。前不久,他还发现了一些很精美的标本,发了一笔财,不过,他没法儿让自己返回地球,'B.特拉文号'上面发生的龌龊事给他留下了终生阴影。你也差不多是同样的处境,对吗,我的孩子? 波尔林没法儿返回地球,你也一样。他的原因是心理上的,而你则是法律上的,但结果一样。不是吗?"

我把双臂抱在胸前,"那你的意思是?"

"我的意思是,阿尔法仍然需要保护,但没有比地雷更笨的方法了。那地方需要人照看,而那个人就是你。即使财富多得让人发疯,对你也没什么好处,在这里没好处,在火星上没好处,但你至少能付清你的生命保障税,在弯凿酒吧的账也总能结清。当合适的时机到来,你还付得起给自己换身的花销,换个最好的身体。"他抬起肥厚的手掌,"当然,这不是全时工作,你仍然有足够的机会去干你自己的营生。不过,未来很多火年里你都能好好休息了。"

"你觉得这对我就够了?"我问。

"我亲爱的2X先生,我可不会想当然地为你代言。不过在我看来,无论如何这都是双赢。你看怎么样?"

我想了想那四块从阿尔法掘出来、随后又藏在穹顶外的化石。然而,那几块能够成就我梦想的筹码已经等待了好几百万年了,它们可以再等等……也许,甚至,能等到我可以回家的那一天。

于是我逐一看着那一张张面孔：大块头咖迦里安宽大的脸盘，他总是知道怎么得到他想要的东西；高桥玲子那精致娇俏的容貌，她正好得到了我想要的；洛瑞·匹克奥弗那张求知欲很强的脸，为了了解其他人不知道的事物，他甚至愿意走进活火山。

我望向厄尼，"我想要自己的火星越野车，还有压力服。"

"当然，"厄尼说，"这不是问题。"

"我还需要一支新手枪。"

"这是自然。"

"还有，我要有自己的宽频干扰器。"

厄尼开怀大笑起来，"亚历克斯，我的孩子，你真是想到前头去了。真是有一手。行，当然，我们会给你弄一个的。"

"好了，"我缓缓点了点头，说，"我们得为此干一杯。把苏格兰威士忌拿来吧。"

由于光速延迟效应，跟地球上的人进行实时交流是不可能的。你无法跟他们视频，也无法跟他们打电话。你无法交换即时信息。所以在火星上的十火年里，我从没跟旺达聊过天——从未真正地说上话。

我不后悔我的选择，一点儿都不后悔。旺达做了她能做的事。必须有人阻止那个无耻的混蛋，她阻止了，手法简单、干净，而且是永远解决了。但如果你爱着什么人，你就要照顾他们——而我照顾着她。我替她顶了罪。比面对数十年的牢狱之灾更糟糕的是，我逃到了一片红色、荒凉的岩石上的密封穹顶里，有时很难说这跟坐牢有什么不同。

抛开过去这些天发生的事不谈，一个男人的生活总是要有规划的。他需要秩序，需要坚守一些东西。每一个星期——每过七个地球日——我就会给旺达录制一段视频，花钱把它发送回地球。霍华德·斯普拉科夫不管你是发送还是接收，都要收费。不管你是活着还是要死了，哪怕真死了，钱照收不误。我总是觉得自拍视频很尴尬，因为我不喜欢这样谈论自己的生活。但几天后她会收到我的信息，然后发一份自己的视频回来。当我收到时，当我看到她多么开心、多么安心、多么满足时，就会觉得一切都是值得的。这让我觉得自己还活着，而这感觉至少能维持一阵子。

于是，我坐在了办公室的椅子上。墙纸有着层层叠叠的绿色和焦糖色的条纹，跟我们多年前的房子一样。我拉直了衣领，整了整头发，清了清喉咙，打开摄像头，冲着它开始说话："你好，妹妹……"

第四十七章

戴安娜，以她那副光彩照人的新身体，开着胡安的越野车来到了我家。

"去看过胡安了?"我问。

她一笑，尽管不是我习惯的笑容，可还是让人愉快。"他真是个小可爱，"她说，"看到我还活着，他可是松了一口气。"

"这我信。"

"但是……真有意思。我知道他喜欢我，我是说……好吧……那显然很痛苦。但这次他看我的样子完全不同了。我知道我现在比以前好看十倍，可是……"她一耸肩，"可能对于有些人来说，他们还是喜欢你真正的样子……原本的样子。"

"可能吧。"我轻声说。

我们开车去了"全新的你"，把那具原本容纳着违规版洛瑞的身体收拾起来。霍雷肖·费尔南德斯按照我的指示，把真正的匹克奥弗那烧焦的大脑装进了这个空脑壳。以典型的匪徒方式，戴安娜和我把这具尸体塞进了行李箱。然后我们朝着西气闸驶去，穿过通道，到了外面的行星表面。

我以前说过，新到火星的人有时会伤到自己，因为他们在这么低的重力下会觉得力大无穷。在我想象中,换身人可能也会发生类似的事:增强的力量结合微弱的重力,会让他们感觉自己是漫画书里的超级英雄。约书亚·威尔金斯似乎比大多数人更加肆无忌惮——那个可怜的、令人伤感的约书亚·威尔金斯,他还失去了可爱的妻子卡桑德拉。

火星上有不少令人惊叹的地方,如果在这里发展旅游业,我敢肯定旅游手册上会大肆宣传水手谷和奥林匹斯山——那可是太阳系中最长的大峡谷和最大的火山口。这两个地方都很适合用来干我们要干的事儿,但不幸的是,从伊希地平原到达那两个地方得绕过整颗星球。很了解地理情况的洛瑞建议我们选择一个离家更近的地方。那里有一条凝结的熔岩流,从尼里·帕特拉火山的山顶绵延了十三公里。火山岩两侧都是陡坡,一些地方有八十米的落差。

戴安娜和我带着攀爬装备,碳纤维绳子、岩钉枪,诸如此类,希望弄出老约书亚-从不叫乔什想试试运气、结果跌下了火山岩的效果。我们找到了一处最陡的峭壁,顺着它的边缘行驶,然后打开行李箱,把尸体放到绝壁上。我拉住一条腿,戴安娜拉住另一条,我们把它头朝下悬在崖边。"倒数三个数。"我说,"一、二、三。"

我们松手了,看着它以奇妙的火星式慢动作缓缓坠落、坠落、坠落,下坠了相当于二十七层写字楼的高度。当尸体落地的时候,火星献上了一团歪心狼[1]坠落悬崖式的尘雾。

可能要过好几年或好几火年,几十年或几十火年,尸体才会被发现。不过到那时,我敢肯定验尸报告会说"死于意外事故"。如果我有那么一天,我想,我会喜欢同样的结局——那种

---

[1] 美国的华纳公司出品的《兔八哥》系列动画片中的人物。

死法真是太过瘾了:被一位前妻一枪撂倒,被一位债主掐死,或是被一位心怀不满的客户一刀捅死。

返回穹顶的路途让这一天变得更加美好,还给了我和戴安娜充足的时间交谈。而且,几小时后,随着太阳从我们身后落下,前方的天空渐渐变成紫色,我决定求婚。自从发现她还活着,这个念头就一直萦绕在我脑海中。不过要付诸行动还需要些铺垫。所以,当我们继续往东走时,我说:"我想是时候做一些改变了。"

"哦?"戴安娜应声,转过漂亮的脑袋看着我。

"是呀。我已经厌倦了在火星上当唯一的私人侦探了。"

"那你不干这行要干什么?"

"不不不,我没说要改行。我爱我的工作。引用一位前辈的话说,'这是我的专长'。不过我在考虑找个搭档。"

"没准儿道格尔·麦克雷会喜欢跟你一起干。"戴安娜提议,"我看他已经烦透了那些警察甩不掉的文件整理工作。"

"不,不是他。"我从方向盘上抬起一只手,从后往前一扫而过,就好像画出了几行文字。"你能想象吗?光线透过窗户,映出了涂在上边的两个名字,影子投在地板上的时候就能看到名字了:'罗麦克斯与康纳利,私人侦探事务所'。"①

她看上去十分吃惊,但到底是因为这个提议,还是因为发现我知道她的姓氏呢?我说不准。

"怎么样?"我说,"你当然不能继续在穹凿酒吧干活了。没人想在喝酒时由换身人提供服务,那就像是让摩门教教徒当了

---

① 透明的玻璃窗贴上文字,从室内看文字是反的,但是当太阳把影子投在屋里的地面时,文字是正常的。这是电影《卡萨布兰卡》里令人印象深刻的镜头之一。

酒保——气氛全被破坏了。而且,当然,我知道你不需要支付生命保障税了,但你肯定还是想挣些钱的。"

她用那双光彩夺目的丙烯树脂眼睛看着我,声音很柔和,"哦,亚历克斯……"

"怎么?"

"亚历克斯,宝贝儿,你还没明白吗? 我换身是有原因的。"

"当然有啦。永生。永葆青春。"

"不是。对我来说那不是理由。不过呢,甜心,我在这儿待了十二年,不像你,我从没进行过健身。我想要强壮有力。"

"你已经如愿了,"我说,"你会成为一个很棒的搭档,这就是一个理由。"

她轻轻摇头,金色的长发闪动着漂亮的光泽,"停一下。"

我停了车,她在座位上转身,透过透明的舱盖指向后方。起初,我以为她是在指我们处理掉的那具尸体——那事儿又不会成为当私人侦探的障碍——但接着我意识到,她是指着夜空中的星星,一颗低垂在西方天空的蓝宝石。

"地球?"我问。

"地球。我要回家,我在那里的体重是这里的三倍。要是在旧身体里,我永远都不能回去。但在这个身体里,我就没问题了。"

"但地球上有什么是火星没有的呢?"

这个问题很滑稽,真要列个清单恐怕无穷无尽。但她的答案让我吃了一惊,"玲子。"

"可她在这里啊。"

"现在是。不过她想回家,她从没打算在这里永久定居……而且,坦白说,我也是。事情就是这么凑巧。玲子和我已经登记乘坐'凯瑟琳·丹宁号'返回。"

"但是玲子仍然是生物人,对吧?她的体重回去之后也是三倍。"

"没错。不过她只在火星上待了几个月,而且一直在健身。她调整回一个 G 的重力没有问题。"

"我从没在谷力见过她。"

"那种破烂地方?亚历克斯,她是在阿姆斯特丹健身的。"

"我会想念你的。"我说。

"那就来看我。你当然是为了这个原因才健身的,对吧?想让自己有一天能回家?"

"终有一天,"我平静地说,"可能吧。"我又看了看那颗蓝色的行星,它在我们身后缓缓落下。我转身发动了越野车。接下来的一个小时里,我们默默无语地行驶着,然后又是一个小时。当我们重新开口说话时,也都是无关紧要的话题。

最终,我们回到了新克朗代克穹顶。我把胡安的越野车停放好,归还了租来的压力服。当然,我把戴安娜送回了家。毕竟现在已经是凌晨四点了——尽管实际上,与其说我能保护她,不如说她能保护我。我不知她会不会邀请我共度残夜,但当我们走上她公寓摇摇欲坠的楼梯时,她说:"玲子在上边,肯定已经睡熟了。"

我知趣地点了点头。

"不过你要是能等一下……"她打开房门进去了,没有开灯。也许她是用红外视线在黑暗里做事。再次出来时,她拿着一个素净的白色包裹。她上前给了我一个拥抱—— 一个很轻的拥抱,她现在仍然拿不准自己的力道。"我真的很开心,亚历克斯。"

　　然后她的手伸进白包里，取出另一个包裹，一个表面闪着彩虹般光泽的、带着U形提手的袋子，用一条红色的丝带系着。"我给你准备了一件小礼物，"她说，"一件能让你记住我的东西。"她把它递给了我，"来吧，打开它。"

　　我对付这个丝带结真是笨手笨脚，还不如匹克奥弗博士对付拉克什米的套索利落呢。已经没有手指甲的戴安娜笑了起来，干脆拿回包裹，打开绳结，然后再递给我。我打开袋子，取出了里边的东西——是一顶灰色浅顶软呢帽。

　　"现在你有一顶可以向人们行礼的真正的帽子了。"她说。

　　我捧着它小心翼翼地戴在脑袋顶上。大小正合适。我将它一抬，把它的初次致意献给了戴安娜。

　　"谢谢你，甜心。"我倾身向前，最后一次吻了吻她的嘴唇。

　　"不用客气。"戴安娜答道，"你得好好的，知道吗，亚历克斯？"

　　"一如既往，"我说，"直到永远。"

　　我下了楼梯，走进了孤独的夜色里。

Robert J. Sawyer
Creative Chronology

罗伯特·索耶创作年表

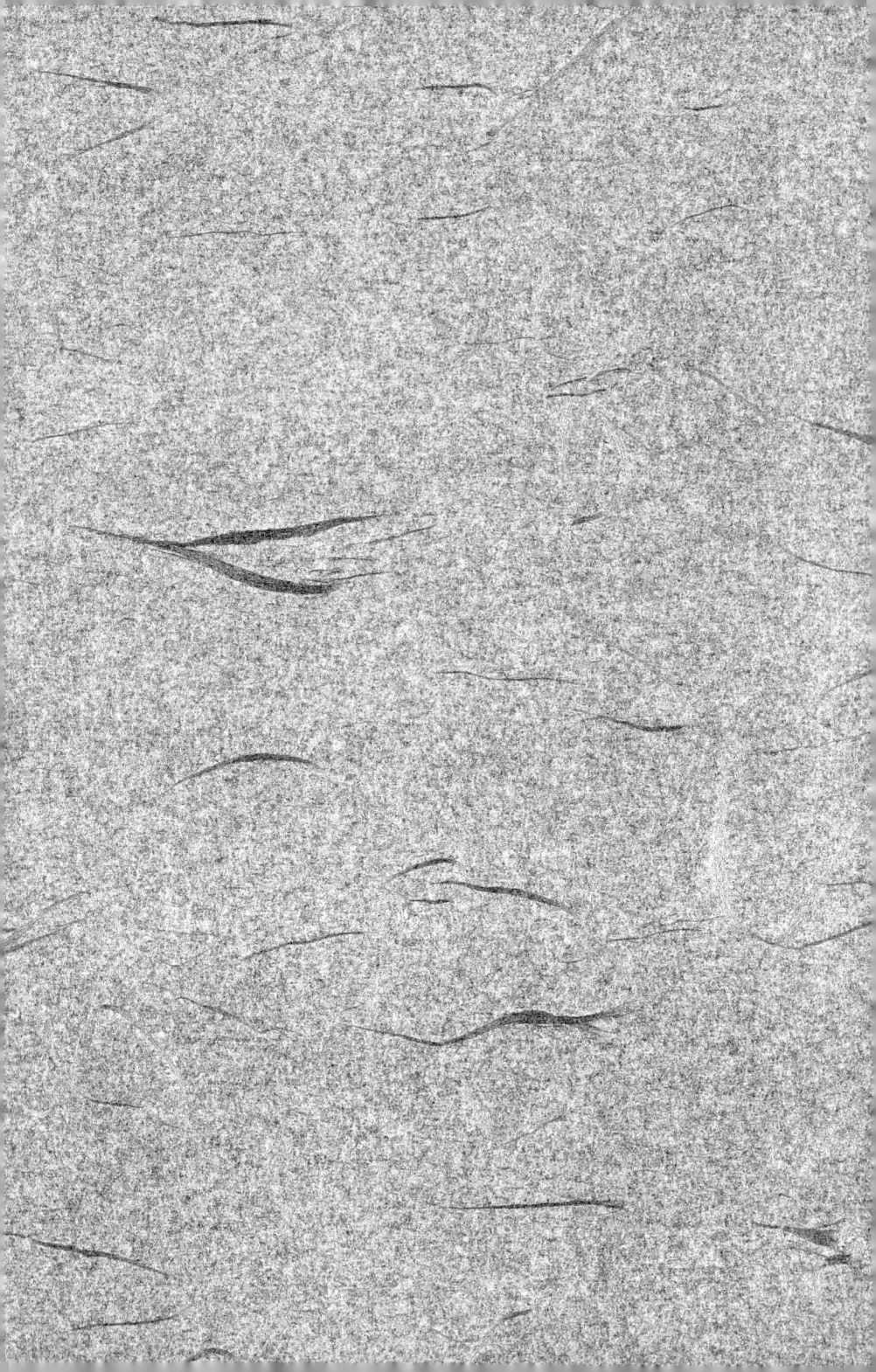